中公文庫

疾風に折れぬ花あり（上）

信玄息女 松姫の一生

中村彰彦

中央公論新社

上巻　目次

下巻　目次

疾風に折れぬ花あり

信玄息女　松姫の一生

上巻

第一章　高遠城の姫君

一

日本の城は建造された城郭とその周辺の土地の高低差により、山城《やまじろ》、平城《ひらじろ》、平山城《ひらやまじろ》の三種に分類できる。

水堀《みずぼり》や高石垣《たかいしがき》の構築法がまだよくわかっていなかった戦国の世には、平城よりも山城の方が主流であった。

平山城とは一方から見れば平城、他の方角から眺めれば山城のように感じられる城郭のこと。甲州武田《こうしゅうたけだ》家の持ち城のひとつ信州伊那郡《しんしゅういなごおり》の高遠城《たかとおじょう》は、その典型といってよかった。

この城は月蔵山《がつぞうざん》（一一九二メートル）の西麓、地上から一町五反《たん》（一六四メートル）の高さに盛り上がった冑山《かぶとやま》の上に縄張りされている。そのため東側の高みから望めば平城、他の方角から見上げれば山城と感じられるのである。

赤松の林につつまれたその本丸のひろさは、東西・南北ともに二十八間《けん》（五〇・九メートル）、面積にして約七百八十五坪。その南側東寄りには六百二坪の南郭《みなみぐるわ》、西寄りには三百七十九坪の笹郭《ささぐるわ》、南郭のさらに南側には三百二十坪の法幢院郭《ほうどういんぐるわ》がある。

また本丸の東から北側には、本丸を内側にかかえこむようにして三日月形二千八百五十九坪の二の丸と、その腰郭《こしぐるわ》である八百二十坪の勘助郭《かんすけぐるわ》がつづき、さらにその外側にはおなじく三日月形七千三十六坪の三の丸が張り出していた。各曲輪《くるわ》を隔てる深い乾堀《からぼり》をふくめると、縄張り面積はおよそ三万坪に達する。

東にひらいた追手門《おうてもん》は、この三の丸に据えられた両脇戸つきの四脚門《しきゃくもん》である。その門前の左右には、天正《てんしょう》九年（一五八一）の大晦日《おおみそか》が近づいてくると例年のように立派な門松が飾られた。

あけて天正十年（一五八二）一月三日、この門松を拝して年始の登城をおこなった仁科《にしな》家家中《かちゅう》の面々は、約一千人に達した。狩衣《かりぎぬ》、素襖《すおう》ないし大紋《だいもん》烏帽子《えぼし》などの礼装をまとって本丸表御殿《おもてごてん》の白書院《しろしょいん》に通された者たちは、白小袖《しろこそで》に紫色の直垂《ひたたれ》を着用した城主仁科五郎《ごろう》盛信が上段の間に着席すると、順次進み出て賀詞を述べては、盛信より手近に座った宿老《ろう》に太刀目録《たちもくろく》を差し出した。

太刀目録とは、年始の祝いとして進呈する太刀の目録という意味。多くの場合、太刀は馬とともに献じられるものだが、それぞれが馬など曳《ひ》いてきては大変な騒ぎになるので、まずは目録だけ差しあげるという習慣ができたのだ。

これらを鷹揚《おうよう》に受け取った仁科五郎盛信は、武田家当主で幼名を四郎《しろう》といった勝頼《かつより》の腹違いの弟である。この年、勝頼は三十七歳、盛信は二十六歳。腹違いの兄弟は往々にして険悪な仲になりかねないが、誠実な気性の盛信は勝頼から深く信頼され、天正九年（一五八一）、二十五歳にして高遠城の城主に指名されたのであった。

太刀目録を受け取ったあとは、城主がまだ前髪立ての小姓《こしょう》たちを介して登城者たちに吸《す》い物《もの》と酒盃《しゅはい》を与え、祝儀《しゅうぎ》の品として広蓋《ひろぶた》に載せた時服《じふく》を下賜する。このとき登城者たちが酌を受ける盃は土器《かわらけ》であり、酒を飲み干したあと、その土器は懐紙《かいし》に包んで持ち帰ってよいとされていた。

このような年始の登城は、本来なら元旦におこなわれる。しかし、盛信は旧臘《きゅうろう》に勝頼が韮崎《にらさき》に造営中の新府《しんぷ》城を訪問。同城における年賀の祝宴に加わって正月二日に高遠へもどってきたので、高遠城における年始の登城は三日に持ちこされたのである。

盛信は仁科家家中の者たちが潮の引くように去ってゆくと、白書院を出て奥御殿をめざした。奥御殿へとつづく廻廊《かいろう》の左右にひろがる中庭は、すっかり雪に埋もれていた。高遠は雪の深い土地柄で、城下の子供たちは坂道に積もった雪が氷状に固まると板貼りの橇《そり》を持ち出して橇すべりに興ずる。

男たちの詰める本丸表御殿に通じる追手門に門松が飾られるのに対し、女たちの住居である奥御殿に、新年のために門松を用意する習慣はなかった。御座《ござ》の間《ま》の床《とこ》の間《ま》に、

「輪飾り」

といって、藁《わら》を輪の形に編んだ下に数本の藁と裏白《うらじろ》、譲葉《ゆずりは》を添えたものを飾る程度である。

その代わりに、床の間の掛物《かけもの》や置物《おきもの》には神経が使われた。仁科盛信の正室は信玄《しんげん》の弟のひとり武田逍遥軒信綱《しょうようけんのぶつな》の娘だが、この年の元旦の祝いに正室が選んだ品は、松竹梅の三《さん》幅対《ぷくつい》の掛物、背に水晶の玉を負った銅《あかがね》造りの丹頂鶴《たんちょうづる》に亀の置物であった。

それにしても、武家の正室の元旦を迎えるための仕度にはこれ以外にもいろいろあった。

まず朝は、寅《とら》の刻《こく》（午前四時）には起床して白羽二重《しろはぶたえ》の寝間着の上に縮緬物《ちりめんもの》を羽織り、風邪など引かないようにしてから盥《たらい》の湯で顔を洗う。つぎに鉄漿《かね》をつけて化粧に取りかかり、髪をよく梳《す》いてから背へ流して金塗り紙の元結《もとゆい》を結んだ当世風《とうせいふう》のおすべらかしとする。

それからいよいよ侍女たちに助けられて晴着《はれぎ》の着用に取りかかるのだが、この時代の武家の女性の正装は朝廷の女官たちの影響を強く受け、単《ひとえ》、五ツ衣《いつぎぬ》、打衣《うちぎぬ》、表着《うわぎ》、唐衣《からぎぬ》、そして裳《も》をまとうものとされていた。

単とは紅色の下着のことで、模様は梅か幸菱《さいわいびし》。五ツ衣とは白綾《しらあや》の袷《あわせ》に紅絹裏《もみうら》を付けた衣装であって、襟《えり》、袖口《そでぐち》、裾《すそ》に薄く綿を入れ、五つ重ねとすることからこの名がある。

打衣は、打絹と書かれることもあるように紅絹の綾のこと。表着は模様を入子菱《いれこびし》か牡丹《ぼたん》とした二重織物をいい、唐衣とは亀甲《きっこう》模様の青い二重織物である。

これらを順次着用しおわったら下に裳をまとい、緋《ひ》の袴《はかま》を穿《は》いて檜扇《ひおうぎ》を手にする。

しかし、女が元旦になすべきことはこれだけではなかった。頃合を見て侍女たちが輪飾りつきの白木《しらき》造りの盥と湯桶《ゆおけ》を持ってくるので、着座した正室はその湯桶から注がれる湯を両手で受ける真似をしながら、つぎのように唱えねばならない。

君が代は千代に八千代にさざれ石のいはほとなりて苔《こけ》のむすまで

そして合掌した両手を額際《ひたいぎわ》まで上げ、神に祈ることがお清めの儀式なのだ。

この儀式をおえた正室と対面すべく主人が奥御殿に通じる廻廊をゆくと、途中に扉があって手前に男の番人が控えている。扉の向こう側へやってきた奥女中たちから正室の朝の儀式が完了したことを報じられた番人は、扉を開け、主人をこの奥女中たちにゆだねて一息つくのである。

仁科盛信もこのような手つづきを経《へ》、太刀をひざまずいた奥女中にわたして奥御殿に歩み入った。

奥御殿の廊下というものは、道なりに進んでゆけば老女の詰め所の前をよぎるようにできている。すでに銀髪となり、地味な色合いの打掛《うちかけ》をまとっている老女と新年の挨拶を交わした盛信は、その老女に先導されて御座所《ござしょ》へむかった。

その二の間には正室が待っていて、深々と頭を下げてまだ若い夫を出迎える。

「では、あちらへ」

にこやかにいった盛信は、老女づきの奥女中ふたりが一間幅の襖《ふすま》を横にすべらせるのを待ち、華やかに装った正室をうながして一の間に入っていった。

「ほほう、いずれも縁起のよいものばかりだな」

床の間の三幅対の掛物、丹頂鶴と亀の置物を眺めた盛信は、二の間との境の襖が音もなく閉ざされたころには内裏雛《だいりびな》のように上座《かみざ》に正室と並んで座っていた。この時代の名族の家では、夫婦が上座と下座《しもざ》にわかれて対面するのではなく、上座に並んでから新年の挨拶をはじめるのである。

眉が濃くて目が大きく、口髭《くちひげ》と顎鬚《あごひげ》をたくわえている盛信は、肉づきのよい堂々たる美《び》丈夫《じょうふ》であった。その盛信がやや首を傾《かし》げるようにして、

「新年めでとうござる、幾ひさしく」

と挨拶すると、正室は少しからだを背後の金屏風《きんびょうぶ》寄りにずらして両手をつき、面《おもて》を伏せてか細い声で答えた。

「新年の御祝儀、めでとう申しあげまする。相変わりませず」

盛信夫妻は本来ならばここで子供部屋から三歳の督姫《とくひめ》を呼び、親子そろって仏間へおもむいて仏壇に参拝。ふたたび御座所へもどり、老女たちも請《しょう》じ入れて屠蘇《とそ》の献酬《けんしゅう》をおこなう予定であった。

だが、この年はそうはゆかなかった。老女に督姫を呼ぶようにと伝える前に、その老女が細く襖をあけて盛信に報じたからである。

「南郭にましますご料人《ごりょうにん》さまが、すでに御書院の間にお出ましになっておいでございます」

高遠城の南郭は日当たりがよいため、当主の親たちの隠居郭として用いられてきた時代もあった。しかし、盛信の父武田信玄、その側室であった母 油川《あぶらかわ》夫人らはすでにすべて

鬼籍《きせき》に入っているので、南郭は客人用の殿舎として使われている。

「おお、そうか、そうか」

盛信は、嬉《うれ》しそうな笑顔を見せて答えた。

「ならば、早《はよ》うこちらへお運びいただけ。督姫もまいったらわれらは四人で仏壇を拝し、それからもどってきてそなたたちの賀詞を受けることにいたす」

「承知つかまつりましてござります」

と答えた老女は、杜若《かきつばた》の描かれている襖を静かに閉《た》てきった。

二

「御料人」

ということばは御寮人とも表記され、貴人の息女を敬って呼ぶ場合に用いられる。

甲州武田家はことのほかこのことばを好み、武田信虎《のぶとら》の三女で信玄の妹にあたる女性は禰々《ねね》御料人と呼ばれた。かつて諏訪《すわ》に近い上原《うえはら》城を本拠地とした豪族諏訪頼重《よりしげ》の娘として生まれ、信玄の側室となって勝頼を産んだ女性は諏訪御料人といった。

これらふたりの御料人は、ともに長くは生きなかった。

しかし、諏訪御料人の死から六年目の永禄《えいろく》四年（一五六一）、信玄と甲州一の美女といわれる側室油川夫人の間には、いずれ、

「新館《にいたち》御料人」

と呼ばれることになる姫が生まれた。

松姫《まつひめ》と名づけられたこの子は信玄の五女であり、季女《きじょ》（末娘）でもある。仁科盛信も油川夫人を母とするだけに、四歳年下の松姫を可愛がってやまなかった。

信玄の本拠地である甲府《こうふ》の躑躅《つつじ》ヶ崎館《がさきかん》の奥御殿で育った松姫は、切れ長な瞳と通った鼻筋をした美しい少女となっていた七歳の年——永禄十年（一五六七）十一月に不意に嫁ぎ先を決定された。

いずれ夫たるべき者の名は、尾張《おわり》・美濃《みの》二カ国の覇者織田信長《おだのぶなが》の嫡男奇妙丸《きみょうまる》、当年十一歳。信玄は、いずれ上洛《じょうらく》して天下に号令を下すなら、京への通路にあたる濃尾《のうび》二カ国を領有する信長と婚姻関係を結んでいた方がよい、と考えて松姫に白羽の矢を立てたのだ。

この年の九月に信長が美濃から稲葉山《いなばやま》城主斎藤龍興《さいとうたつおき》を追うまでは、信玄よりも信長の方が両家の縁組に熱心であった。その結果、信長の姪《めい》が養女として勝頼のもとへ嫁いできたのは、永禄八年（一五六五）十一月のこと。もし松姫が岐阜《ぎふ》城にいる奇妙丸のもとへ嫁ぐなら、武田・織田の両家は二重の縁で結ばれることになる。

　永禄十年（一五六七）十二月中旬、信長が信玄・松姫父子《おやこ》への結納の品として躑躅ヶ崎館に送ってきたのは、吉例の祝儀の酒樽《さかだる》や肴《さかな》のほか左のようなものであった。

信玄への進物《しんもつ》としては、虎の皮三枚、豹《ひょう》の皮五枚、緞子《どんす》百巻、金具の鞍《くら》と鐙《あぶみ》十口。

松姫へのそれとしては、厚板《あついた》（厚地の織物）、薄板《うすいた》、緯白《ぬきじろ》（経糸《たていと》は紫、緯糸《よこいと》は白の織物）、織紅梅《おりこうばい》（経糸は紫、緯糸は紅の織物）が各百反、銭が千貫、帯が三百筋。

　これらの品を見せられた松姫は目をまたたかせるばかりであったが、あけて永禄十一年（一五六八）六月上旬、信玄は負けじと信長・奇妙丸父子に返礼としてつぎのような品々を送り届けた。

信長へは越後《えちご》有明《ありあけ》の蠟燭《ろうそく》三千張《ちょう》、漆《うるし》千桶、熊の皮千枚、馬十一頭。

奇妙丸へは大安吉《だいやすよし》の脇差《わきざし》、郷義弘《ごうよしひろ》の太刀、紅《べに》千斤、綿千把《ぱ》。

すでに信長は、三河《みかわ》の戦国大名松平元康《まつだいらもとやす》あらため徳川家康《とくがわいえやす》と同盟を締結。永禄十一年、その家康は信玄と今川氏真《いまがわうじざね》の領国である遠江《とおとうみ》と駿河《するが》を大井川《おおいがわ》を境として分割するとの密約を結んだ。

　翌年、家康はこの密約に沿って氏真を追放し、居城を三河の岡崎《おかざき》城から遠州《えんしゅう》の浜松《はままつ》城に移した。並行して信玄も今川家から駿河を奪ったから、松姫の奇妙丸への入輿《じゅよ》が現実のものとなればそれは織田・徳川・武田の大連合の成立を意味し、西は濃尾二カ国、その東は三河・遠江・駿河の東海地方三ヵ国、そして武田領である甲信《こうしん》二州をふくむ大勢力圏の出現につながるのである。

しかし、織田家と武田家の関係は、勝頼に嫁いだ信長の養女が男児太郎信勝《たろうのぶかつ》を出産したものの、元亀《げんき》二年（一五七一）九月に病没してしまったころから雲行きが怪しくなってきた。そして両家の縁談は、元亀三年（一五七二）末に至るとなし崩しになかったことにされてしまったのであった。

この年の信玄最大の行動は、甲軍と世に謳《うた》われる強兵二万五千を率いて信州伊那郡から天竜川《てんりゅうがわ》沿いに秋葉《あきば》街道を南下し、遠江を西進して浜松在城の徳川家康軍と激突したことであった。十二月二十二日におこなわれたこの一戦は、浜松北東の三方ヶ原《みかたがはら》でおこなわれたため三方ヶ原の合戦と呼ばれる。

その結果は甲軍の勝利であったが、浜松城を攻略することなく西上をめざした信玄が重く見たのは、家康軍の五千には信長の部将ふたり——平手汎秀《ひらてひろひで》、佐久間信盛《さくまのぶもり》に率いられた三千の兵力が加勢していたことであった。しかも平手汎秀は討死《うちじに》してしまったから、信長としても面白かろうはずはない。

これをきっかけに武田・織田両家は事実上の絶交状態に陥り、奇妙丸と松姫の縁談もおのずと立ち消えになってしまったのである。

この年、まだ松姫は十二歳。元服して諱《いみな》を信忠《のぶただ》としたという奇妙丸とは一度たりと会ったこともないから、この破談が松姫の心に傷を残さなかったかというと、そうではなかった。

この時代の女性は十三歳で初潮を迎えるとされ、初潮がありさえすれば嫁いで子供を産めるとみなされていた。こういう早婚の時代だけに、松姫が十二歳にして早くも嫁《ゆ》き遅れてしまったと感じたのも無理からぬことだったのである。

松姫がこの出来事をきっかけに口数の少ない少女になっていったのは、すでに生みの母油川夫人が病死しており、その母のつけてくれた乳母《めのと》も実家へ帰っていたことも大きかった。しかも、信玄はあけて元亀四年（一五七三）となっても西上の旅をつづけ、一月に三河の野田《のだ》まですすんだところで体調急変。帰国を急いだものの、四月十二日に伊那の駒場《こまんば》まで兵を引いたところで息絶えてしまった。享年五十三。

松姫は十三歳にして両親をともに喪《うしな》ってしまい、侍女たちと双六《すごろく》などをして遊んでいても心ここにあらずという表情を浮かべることが珍しくはなくなった。武田一族を代表してその世話をすることになった者こそ実兄仁科五郎盛信であったが、躑躅ヶ崎館の北西の地に屋敷を与えられていた盛信は、若後家のように地味な衣装しかまとわなくなった妹を見《み》咎《とが》め、こういったことがある。

「お松よ、そなたの哀しみはわからぬでもない。だがな、いつまで沈んでいても致し方あるまい。どこぞに嫁いでもよいと考えておるのなら、兄としてきっと良縁を探して進ぜるから気持を聞かせてくれぬか」

そのとき、丈《たけ》なす黒髪を肩より少し下で切りそろえ、

「そぎ尼《あま》」

といって仏門に入る直前の女性の髪形に変わっていた松姫は、つぶらな瞳からほろほろと涙を流しながら答えた。

「五郎さま、なにをおっしゃいます。わたくしは婚礼の式こそ挙げはいたしませんでしたが、奇妙丸さまと婚を約した以上はすでに嫁いだも同然の身と考えております。他家に縁づくなどはあってはならぬことと存じますので、どうかもう、さようなことはおっしゃらないで下さりませ」

「するとそなたは、生涯独《ひと》り身《み》でおわると申すか」

事の意外さに大月代茶筅髷《おおさかやきちゃせんまげ》をのけぞらせて盛信がたしかめると、手巾《しゅきん》でそっと目頭《めがしら》を押さえた松姫は、色白の面を伏せていった。

「ただいまのところは、そういたそうかと存じております。父上さまと母上さまの御冥福も祈りつづけねばなりませぬし」

母油川夫人、許嫁《いいなずけ》の奇妙丸、そして父信玄と死別、生別のつづいた事実が、松姫を孤独地獄に追いやったことだけはたしかであった。そう受け止めた盛信は、

「お屋形《やかた》さま」

といわれる身分となって躑躅ヶ崎館の本主殿で政務を執っていた異母兄勝頼を訪ねて申し入れた。

「すでにご存じでありましょうが、お松は前はころころと笑う可愛らしい子でござったのに、近頃はすっかり鬱《ふさ》いでいるばかりと相成りました。ここはひとつ、お松の気分を晴らすために小さな屋敷を建てては下さりませぬか」

勝頼は、松姫に似て目はつぶらで鼻筋通り、口髭さえなければ女武者と見紛《みまご》うほどの美男である。

「五郎がそう思うなら、さよういたせ。場所ならば、かつてのお北《きた》さまの隠居曲輪《ぐるわ》が空いている。あそこに新館を建ててはどうだ」

お北さまとは、信玄によって駿河へ追放されたその父信虎の北の方のこと。躑躅ヶ崎館の北東の肩口に造られたその隠居曲輪は、空家《あきや》になってひさしかった。

盛信がこの話を伝えたところ、松姫がこくりとうなずいたため、早速、普請《ふしん》が開始された。やがて落成したこの屋敷は勝頼の使ったことば通り新館と名づけられ、松姫は、

「新館御料人さま」
と呼ばれることになったのだった。

ただし、それから八年近い歳月の流れた昨年暮れから、松姫が新館御料人さまと呼ばれることはふっつりとなくなった。

というのも躑躅ヶ崎館は周辺を重臣たちの屋敷に守られているとはいえ、しょせん居館であって城郭ではなかった。

この戦国の世には、領主たちは平常は山城の麓に建てた居館に暮らしていて、敵が迫ると山城に入っていくさ仕度を整える。躑躅ヶ崎館の北二十七町（二九四三メートル）にはその名も要害山《ようがいざん》という山城があり、武田家はいざとなったらこの要害山に籠もって戦うものとされてきた。

しかし、乱世がつづく間に戦術も様変わりし、近頃は騎馬武者よりも鉄砲足軽たちの腕の良《よ》し悪《あ》しと鉄砲の数量とが勝負を決定づけるようになりつつある。

特に勝頼は、諸国に蟠踞《ばんきょ》した戦国大名たちのうちでは、鉄砲によってもっとも痛い目を見た男といってよかった。

七年前の天正三年（一五七五）五月二十一日、甲軍一万五千を率いて三河の設楽《したら》ヶ《が》原《はら》へ突出した勝頼は、ほど近い徳川家の持ち城長篠《ながしの》城を救援すべくあらわれた織田・徳川連合軍三万八千と対戦。長さ二十三町（二五〇七メートル）、二重ないし三重の馬防柵《ばぼうさく》に突撃を阻止され、三千挺《ちょう》の鉄砲の連続射撃の前に空前の大敗を喫したのである。

　この日一日で勝頼は、山県昌景《やまがたまさかげ》、馬場信春《ばばのぶはる》、内藤昌豊《ないとうまさとよ》、原昌胤《はらまさたね》の四家老をはじめ、真田《さなだ》信綱《のぶつな》・昌輝《まさてる》兄弟ら名のある武将たちを少なからず失ってしまった。

　このような大敗は、勝頼に鉄砲に対する恐怖感を植えつけるものでもあった。越後の上《うえ》杉景勝《すぎかげかつ》、小田原の北条氏政《ほうじょううじまさ》とも敵対関係に陥った勝頼は、高石垣も城壁もない躑躅ヶ崎館と要害山では銃陣とは戦えないと判断。昨年春から甲府の北西四里たらず、韮崎の七里《しちり》岩《いわ》といわれる台地上に八万五千坪以上の城域を有する巨城を築きはじめた。

　この城が新府城、甲斐府中《かいふちゅう》、略して甲府が古府中《こふちゅう》と呼びわけられるようになったのは、新府城には武田家の新たな政庁となることが期待されたからにほかならない。

　勝頼は、昨年十二月二十四日には、気早くもまだ城壁も未完成の新府城本丸へ入城。松姫をふくむその家族や重臣たちには、城内ないしその周辺に建てられた屋敷へ引きうつるよう命じ、躑躅ヶ崎館には火を放たせた。

　その結果、松姫がひっそりと暮らしていた新館も灰燼《かいじん》に帰したため、新館御料人という表現も使われなくなってしまったのである。

　いよいよ年も押しつまってから、仁科盛信が任地の高遠城から新府城へおもむいたのは、

「きたる元旦、築城祝いもかねて親族のみの賀宴を張るものなり」

との廻状が勝頼からもたらされたためであった。

天正十年（一五八二）元旦に新府城本丸の白書院でひらかれた賀宴にあっては、信玄の娘たちのうちふたりのやってこなかったことが目についた。ひとりは三女の真理姫《まりひめ》、三十三歳。もうひとりは四女で油川夫人を母とする菊姫《きくひめ》、二十五歳である。

三年前まで躑躅ヶ崎館のうちに屋敷を与えられていた菊姫は、妹の松姫が新館御料人さまと呼ばれたのに似てお菊御料人さまといわれていた。天正七年（一五七九）秋、お菊御料人は勝頼の意向で越後の上杉景勝に嫁ぎ、上杉家家中では、

「甲斐御前《ごぜん》」

と尊称されて今日も春日山《かすがやま》城の女主人でありつづけている。しかし越後の雪は甲府盆地の比ではなく、甲斐御前が新府城までやってくることは不可能であった。

対して真理姫は、天文《てんぶん》二十三年（一五五四）、信玄が信州伊那郡から木曾谷《きそだに》へ進出した結果、その軍門に降《くだ》った木曾福島城主木曾義昌《よしまさ》の正室となった。木曾福島から伊那谷へ出るには権兵衛《ごんべえ》峠《とうげ》を東に越えればよく、この峠と伊那谷の東の奥にある高遠城との距離は直線にして七里半しかない。

それをよく知っているためか、上座の勝頼と北条家から嫁いできたその継室《けいしつ》に横顔を向

けて居流れた大紋烏帽子姿の男たちは、片身替《かたみが》わり振袖《ふりそで》の熨斗目《のしめ》をまとった前髪立ての小姓たちから酒を注《つ》がれるうちに次第に木曾義昌・真理姫夫妻のことを話題にしはじめた。

まず口火を切るようなことを口にしたのは、派手な色合いの衣装や軍装を好むことから、

「伊達者《だてもの》」

と渾名《あだな》されている信虎の九男、一条信龍《いちじょうのぶたつ》であった。

「五郎殿が高遠から来ておるのだから、木曾谷から来られぬわけはない。木曾家は単なる信濃衆《しなのしゅう》ではなく親族衆として扱われていると申すに、いまもって武田家の水になじもうとはいたさぬようだな」

「いや、それはちと止《や》むを得ぬ点もあるのではないかな」

と口を挟んだのは、その斜め前に胡座《あぐら》をかいていた武田信綱であった。九年前に剃髪《ていはつ》し、逍遥軒と称している信玄似のこの信虎の三男は、紺地白抜きに武田菱《たけだびし》を散らした大紋を着用して烏帽子はつけず、坊主頭を蠟燭の火に光らせてつづけた。

「四郎殿、いや、お屋形さまの御面前なれども少々耳を貸されませい。本日、新府城がまだ本丸のみとは申せ、ここに落成したのは武田家のためにはまことにめでたい。しかし、わが武田家の家中の面々がことごとくさように感じておるわけではござるまい。わけてもこのたびの普請により、もっとも迷惑をこうむったのは木曾家でござった。これだけの城

を造営するには用材を無数にかき集めねばならぬ理屈なれど、昨年、その用材の調達を一手に命じられ、それをこの地まで曳いてまいった者こそ木曾家の者どもであった。面々よく知っておるように、諏訪大社の大祭に依代《よりしろ》の御柱《おんばしら》として伐《き》り出される樅《もみ》の大木は、川をわたらせ境内に引き上げるのに一本につき百人以上の手が掛かる。木曾家は八万五千坪以上というこの城がすべて出来上がるまでにはまだまだ牛馬同然に働かねばならぬから、とても祝宴に加わる気にはなれぬのであろう」

そこから酒の勢いも手伝って男たちの意見は信龍派と信綱派に真っ二つに割れ、この日は格別に女たちが同席を許されていることも忘れて激論がはじまった。

酒宴がこのようになりがちだということなど知らない松姫は、末座から上座の盛信に助けを求めるようなまなざしを向けてきていた。

可哀相に、お松はこの城には居場所がないのだな。そう感じた盛信は、松姫を人気《ひとけ》のない別室に招いて聞いてみた。

「わしは明日には高遠城に帰らねばならぬが、あの城には南郭といって、春には最初に桜の咲きはじめる小さな曲輪がある。いまはだれも使っておらぬから、もしそなたに高遠に来る気があるならこの南郭を与えることもできるのだがな」

するとその日も若後家のように地味に装い、髪をそぎ尼にしていた松姫は、ぱっと花が咲いたような笑顔になって答えた。

「ぜひ御一緒させて下さりませ。わたくしは五郎さまとお話ししているときが、なぜか一番心安まりますの」

勝頼も松姫が盛信と行動をともにすることを許したため、ふたりは昨日二日に高遠城へ帰ってきて、この三日に二日遅れの屠蘇を祝おうというのであった。

三

松姫が次第に生気を取りもどしてきたことは、盛信にははっきりと感じられた。

松姫がまず変わったのは、薄化粧をして唇にちょんと紅《べに》を差すようになったことであった。松姫は生まれつき色白で眉の形がよく、たまご形の臈《ろう》たけた面差《おもざし》をしているので、これだけで美しさが匂い立つ。

しかし、そうなると気になるのは、若後家のようにあまりに地味な装いであった。そのことについて夫と語り合った盛信夫人は、ある日、松姫を自分の衣装部屋へ案内してみた。

この時代の絹織物の小袖の最高級品は、灯明《とうみょう》を近づけた程度では燃え出さないし、母、娘、孫娘と三代にわたって身にまとっても傷まない。病弱のため外出もままならない盛信夫人はなかなかの衣装持ちで、この日、衣装部屋の衣桁《いこう》には三領の小袖が背を見せて掛けられていた。

「この三領には、すべて織《お》り主《ぬし》によって名前がつけられておりますの。左から順に、『残雪《ざんせつ》』『桜花《おうか》』『夕陽《せきよう》』と申します」

といわれてそれらをまじまじと見つめると、松姫にも名称の由来がわかるような気がした。

「残雪」は襟から袖にかけて白い緯糸《よこいと》を多く用い、裾に近づくにつれて樹木や岩肌を思わせる茶色や青のぼかしが濃くなる。高遠は西に木曾山脈（中央アルプス）、東南に赤石山脈《あかいし》（南アルプス）を望む位置にあり、これらふたつの山並は万年雪で知られていることから、「残雪」はこの雪を表現したものであろうと思われた。

「桜花」は、身頃《みごろ》をすべて淡い桜色一色で織った気品のある一領。「夕陽」は襟から袖口にかけて青い緯糸を多用し、裾に近づくにつれて臙脂《えんじ》色、紅《くれない》色、茜《あかね》色、黄色などの緯糸によって空に夕焼がひろがる景色を再現していた。

「衣装にも名前があるとは、初めて知りました。お恥ずかしゅうございます」

衣桁の前に座っていた松姫は、かたわらの盛信夫人に正直に告げた。

すると、今日は打掛姿に変わっていた夫人は意外な答え方をした。

「そんなことは、気になさらなくてよろしゅうございましょう。それよりもわらわにはね、あなたさまにひとつお願いがございますの。この三領のうち、お気に召したものをお贈りいたしますから、どうぞ受け取って下さりませ」

切れ長の目を瞠《みは》った松姫が前髪を揺らして辞退しようとすると、盛信夫人は先まわりしていった。

「わらわはあなたさまにとって嫂《あによめ》なのですから、こういうときに遠慮なさるものではございませんよ。それに、これからのこのお城の行事をお伝えしておきますと、十一日には具足開《ぐそくびら》きがございまして、女たちもそのあと連歌《れんが》を作って楽しみます。このお城においで下さる以上、その会にもお顔を出していただきたく存じますので、そのときにこれらの小袖のどれかをお召しいただければ嬉しゅうございます」

具足開きとは、元旦に甲冑《かっちゅう》とともに飾られた鏡餅《かがみもち》を切り分け、主従がともに食する行事のこと。これを「開く」と表現するのは、「切る」といっては縁起が悪いからである。

こうして松姫は「桜花」をゆずられることになり、南郭の一室にそれを飾って本当の桜の季節を待ちわびた。

しかし、そのころ勝頼も盛信もまだまったく気づいてはいなかった。木曾義昌が武田家を見限り、信長に味方する肚《はら》を固めたことには。

四

武田家の領国の西の果ては、信州の木曾谷である。その木曾谷の木曾福島城を本拠地とする木曾家は信州の国人《くにうど》（在国衆）として知られ、天文二十三年（一五五四）、武田信玄に臣下の礼をとるようになる前から天下に家名を轟《とどろ》かせていた。

武家のすべてが東西に分かれて争った応仁《おうにん》・文明《ぶんめい》の乱のさなかの文明五年（一四七三）初め、時の木曾家の当主家豊《いえとよ》は室町幕府八代将軍足利義政《あしかがよしまさ》や東軍の細川政国《ほそかわまさくに》から美濃へ討ち入るよう依頼されたことがある。美濃の守護大名土岐成頼《ときなりより》らが西軍に味方していたためだが、ここから起こった木曾谷から東美濃にかけての戦乱は思いがけない結果をもたらした。二年後の文明七年（一四七五）六月、伊勢内宮《いせないくう》の禰宜荒木田氏経《ねぎあらきだうじつね》が、木曾家豊に対してこう申し入れてきたのである。

「兵部少輔《ひょうぶしょうゆう》さま（家豊）が美濃路に兵を動かされましたため、木曾路と美濃路が遮断され、この二年間、仁科御厨《にしなのみくりや》の神役《かみやく》（神事の奉仕人）がやって来なくなってしまいました。どうか通路をあけて下さりますように」

仁科御厨とは平安中期、信州安曇郡《あずみごおり》仁科（のちの大町《おおまち》）に創建された仁科神明宮《しんめいぐう》の管理する荘園のこと。この仁科の地こそは五郎盛信の相続した仁科氏の発祥の地でもあるのだが、右の一件によって、東の木曾路から西の美濃路へとつづく通路が戦乱によって鎖《とざ》されると、伊勢神宮へも人と物資が届かなくなってしまったことが知れる。

木曾家は単なる国人ではなく、美濃路へ通じる木曾路の通行権を握る存在でもあったのだ。

このことは、甲州武田家が信玄の父信虎の代に強大化してからも足利幕府によく認識されていた。十二代将軍足利義晴《よしはる》などは大永《だいえい》六年（一五二六）、その信虎を上洛させることにすると、諏訪上社《かみしゃ》の大祝《おおはふり》（神職最高位）や家豊からかぞえて三代目の木曾義在《よしあり》にも協力を依頼したほど。

木曾家の当主が臍《へそ》を曲げて木曾路を鎖してしまうと、いかに甲州の覇者といえど美濃から西へは進めない。木曾家は領国を持つ大名ではなかったが、伝統的に本州の脊梁《せきりょう》山脈の通行権を掌握する者として幕府からも宗教界からも一目《いちもく》置かれていたのである。

この時代に戦国大名として名をなした者たちには、ある国人が服属を申し入れてくると、その国人がこれまで持っていた知行地《ちぎょうち》を奪い、別の知行地を与えようとする傾向が強かった。こうすることによってその国人がこれまで培ってきた地縁血縁を断ち切ってしまった方が、自分への従属性が強まるからだ。

しかし、いかに信玄といえども、天文二十三年（一五五四）に服属した木曾義在のせがれ義康《よしやす》から木曾谷を奪うことはできなかった。それどころか義康の嫡男義昌に三女の真理姫を嫁がせることにより、武田家の領国体制における木曾家の立場を信濃国衆から親族衆へ引き上げたのは、これまで通り同家に木曾谷の通行権を与えておいた方が越後の上杉謙《うえすぎけん》信《しん》との戦いに専念できる、と考えたためにほかならない。

だが、木曾義昌が武田勝頼を見限り、信長に味方するという話は、まもなくまだ高遠城の南郭に暮らしていた松姫の耳にも入った。

兄の仁科盛信から教えられたところや高遠城よりさらに木曾谷に近い天竜川西岸の飯田《いいだ》城、おなじく西岸の大島《おおしま》城の守兵たちから報じられたことどもを総合すると、木曾義昌はこの一月中から信長によって東美濃の苗木《なえぎ》城に封じられている遠山友忠《とおやまともただ》とひそかに談合し、謀反《むほん》を起こす決意を打ちあけていた。

十五年前の永禄十年（一五六七）以降、美濃は織田家の分国だから、織田軍は木曾義昌が先導してくれるのであれば一気に木曾谷を東に越えて甲信二州へ乱入することができる。そう考えて武者震いした遠山友忠は、早速信長とその嫡男信忠宛の書状を認《したた》めた。

「信州の木曾義昌、近年、武田四郎より新城造営のため新役を課されることあまりに多く、よんどころなく謀反を企て、織田家に忠節を致すべき旨《むね》申し越したれば、御人数出《いだ》され候《そうろう》ように」

遠山友忠からこの書状を託された急使が、岐阜《ぎふ》在城の信忠のもとへ駆けこんだのは二月一日のこと。信忠は文面を一読するや平野勘右衛門《ひらのかんえもん》という者を呼び、安土《あづち》在城の信長への使者に指名した。

信長は、即断即決の人である。

「よし、木曾家に証人（人質）を出させてから出馬いたそうではないか」

と左右に伝えているうちに、木曾義昌が証人として差し出した舎弟の上松蔵人《あげまつくらんど》が到着したので、もう問題はなかった。

しかし、武田家の息のかかった忍びの者たちは、木曾路、美濃路ばかりか近江路にもひそんでいる。これらの者たちが信長・信忠父子の急な動きを察知して新府城の勝頼に注進したため、二月二日の時点で早くも木曾義昌の謀反は武田家の家中に知られるに至った。

勝頼には、太郎信勝という十六歳の嫡男がいる。容顔美麗、雪のように膚《はだ》の白いこの嫡男と従弟《いとこ》の典厩信豊《てんきゅうのぶとよ》とを木曾義昌追討軍の部将とした勝頼は、即日一万五千の兵力を率いて韮崎の新府城を発進。北西へすすんで信州の諏訪郡に入り、厳寒の季節のこととてすっかり氷結している諏訪湖のほとりに布陣した。

一方、信長も負けてはいない。二月三日には、早くも甲軍を根絶やしにするための陣割りを定めた。

駿河口から北上するのは、徳川家康勢三万。関東口から西進するのは、北条氏政勢三万。飛騨《ひだ》口《ぐち》から木曾口へむかうのは、金森五郎八《かなもりごろはち》勢三千あまり。その木曾口を経て伊那口へむかうのは、信長直率《じきそつ》の七万とせがれ信忠の率いる濃尾の兵力五万。

都合二十万近い大軍が、袋の口紐《くちひも》を一気に引きしぼるように動き出したのである。すでに従三位《じゅさんみ》、左中将《さちゅうじょう》の官位官職を持ち、

「三位中将さま」

と呼ばれている信忠は、まことに皮肉なことにかつての許嫁松姫のいる高遠城をはじめ、伊那谷にある武田方の諸城めざして進撃することになったのだ。

永禄十年（一五六七）、七歳にして信忠と婚を約した松姫が臈たけた女性に成長したのと並行し、二十六歳になった信忠も織田政権下にあって濃尾二州を直轄する堂々たる副将へと育っている。信長が信忠の器量を高く評価していることは、すでに信忠が金の切り裂きの馬印《うまじるし》と赤地に金で織田木瓜紋《もっこうもん》を描いた旗印《はたじるし》の使用を許された事実が如実に示していた。

その信忠の先鋒《せんぽう》軍が、岐阜城から東美濃における織田家の拠点岩村《いわむら》城めざして動きはじ

めたのも、おなじ二月三日のことであった。

この動きを偵知した勝頼は、下条信氏《しもじょうのぶうじ》・信正《のぶまさ》父子を下伊那の平谷《ひらや》へ急派し、要害を構築させて信忠軍の東進をなんとしても阻止しようとした。平谷は信州の西のはじに位置し、さらに西の岩村城とは六里足らずしか離れていない。

しかし、平谷の滝之沢《たきのさわ》という地点に建造された要害に入った下条家の家臣団は、激しく動揺していた。やがて東美濃からあらわれるであろう信忠軍は兵力五万、その背後につづく信長の本軍は七万にも達するとの噂が流れるにつれ、去就に迷う者たちが続出したのである。

——甲軍はもはや衰え果てて、お屋形さま（勝頼）に従って諏訪盆地まで押し出してきた兵力にせよ一万五千しかないというではないか。

——それだけの兵数で、都合十二万の織田軍と戦うのは蟷螂《とうろう》の斧《おの》と申すもの。しかも、織田軍が最初に踏みつぶそうとするのはこの砦《とりで》じゃ。ここは武田家を見限り、織田家に返《かえ》り忠《ちゅう》を申し入れた方がよいのではないか。

この時代に裏切り行為が返り忠とも表現されるのは、これまでの敵からお味方したいと申しこまれた立場の者からすれば、こんな忠義な行ないはないからである。

下条信氏の弟であり、家老でもある下条九兵衛《きゅうべえ》をはじめ原民部《はらみんぶ》、熊谷玄蕃《くまがいげんば》といった下条家の有力部将たちがこのように織田家への返り忠をもってよしとした背景としては、下条家が武田家譜代の家臣ではなかった点が挙げられる。下条家も木曾家とおなじく信玄の天文二十三年（一五五四）の下伊那侵攻の際に武田家に従属した家筋であり、その後、同家と血縁関係をむすんで親族衆に列してはいたものの、織田の大軍を一手に引き受けて全滅してでも勝頼に尽くす、といった感覚はまったく持ちあわせてはいなかった。

そこで下条九兵衛、原民部、熊谷玄蕃の三人は、下条信氏・信正父子に面会を求めて織田軍への降伏を進言した。

だが、信氏・信正父子はこれを拒否。怒った下条九兵衛たちは二月六日に挙兵して父子を要害から追い出してしまい、すでに岩村城から接近してきていた織田家の部将河尻《かわじり》与兵衛《よへえ》の兵力を迎え入れた。

高遠城主仁科盛信が南郭に松姫を訪ねてきたのは、あけて七日の巳《み》の刻《こく》（午前十時）のことであった。

五

武家の家筋に生まれた男たちは、真冬になっても厚着はせず、袴の下に股引《ももひき》の類《たぐい》は着用しない。顔や耳、首筋を寒さから守るため、頭部を頭巾《ずきん》で覆う程度である。

南郭の殿舎の玄関に身を入れた盛信も、式台下で頭巾を脱いで羽織の両肩に散った粉雪を簡単に払うと、慌てて出迎えた玄関番にむかって鷹揚にうなずき、寒さなどは感じていないかのように背筋をのばして書院の間をめざした。

そのまままっすぐすすみ、盛信が違い棚と床の間を背にして着座すると、紺地片身替わり振袖の熨斗目をまとって供をしてきたまだ前髪立ての小姓は、佩刀《はいとう》を刀架《とうか》にあずけて斜めうしろに控えた。盛信が座った円座《えんざ》の左には脇息《きょうそく》、右には火桶《ひおけ》が置かれていたが、かれがその火桶を引き寄せようとはせず、ちょっと右手をかざすだけにしたのも武家ならではの作法であった。

まもなく襖の閉てきられている下段の間からかそけく絹鳴りの音がして、

「御料人さまのお出ましでございます」

と、新府城から松姫についてきた奥女中が告げた。

「許す、襖を開けよ」

盛信のことばに応じて襖の一枚が初めは小さく、つぎに大きく横にすべったのも、襖は一気に開け閉てしてはならないという作法を守ってのことであった。

さらにもう一枚の襖も横に引かれるにつれて、

「ほほう」

　と盛信が大月代茶筅髷を揺らして驚いたようにいったのは、下段の間に両手を突いて上体を折った松姫が思いがけず華やかな色合いの衣装をまとっていることに気づいたためであった。

　松姫は身頃をすべて淡い桜色一色で織った小袖を着用し、金糸銀糸《きんしぎんし》を用いた千鳥掛《ちどりが》け雲《くも》散《ち》らし文様の打掛を腰巻《こしまき》として着装していた。

「その小袖は、風情があるな。まるでそなたのまわりにだけ、一足早く春が来たようだ」

　髪をそぎ尼にしている松姫は、ゆらりとその髪を揺らして面を上げると、はにかみつつもほほえみを浮かべて答えた。

「ありがとうございます。五郎さまに衣装を褒めていただいたのは、生まれて初めてのことのように存じます」

　そこで一揖《いちゆう》した松姫は、胸元から白い肌着と重ね着した横筋《よこすじ》、紅、肩裾片身替わりの小袖の襟を見せながら、

「でもこの小袖は」

　と、おっとりとした口調で伝えた。

「わたくしがあつらえたものではなくて、このお城にまいりましてから御前さま（盛信夫

人）にいただいたものですの。『桜花』と名づけられているそうで、先月十一日の具足開きのあとに催されました女たちの連歌の会に初めて袖を通してみました。でも五郎さまにはまだ御覧いただいていなかったものですから、今日はちょっと御披露させていただきたく存じまして」

「ふむ、そういうことがあったのか。それにしても、そなたは色白だけに桜色がよく映える」

「お恥ずかしゅうございます」

というやりとりのあと、盛信はにわかに人払いをして松姫を上段の間に請じ入れ、火桶を近づけてやってから切り出した。

「今日わしがそなたを訪ねてきたのはほかでもない、われらが今後いかに身を処すべきかを相談しておきたいからだ。すでに織田軍が下伊那の平谷まで進出いたし、その総兵力は二十万に垂《なんな》んとしているという風聞なのに対し、四郎さま（勝頼）がもはや一万五千しか兵をかき集められなくなっていることはそなたも聞いたであろう」

「——はい」

こくりとうなずいた松姫は、信頼して止まない実の兄の口髭《くちひげ》と顎鬚《あごひげ》を蓄えた男らしい風貌を見つめた。

盛信はその視線を受け止めながら、今後の見通しを語りはじめた。

「すでに木曾氏と下条氏の家臣団が織田家に通じた以上、さらに武田家を見限る者があらわれるのは必定《ひつじょう》と思われる。しかし、譜代の衆のなかには織田家に屈することを潔しとせぬ者も少なくあるまいから、この者たちは持ち場といたす城を落とされるや高遠へ走ってきてさらに一戦をこころみようとするであろう。わしも武田の男なれば、この者たちを率いて華々しく戦ってみせる」

「そんな」

と松姫が形の良い唇を喘《あえ》がせたのは、そんなことをなさったらお命が、とつづけようとしてためらったためであった。

それを見越したように盛信は、淡々と応じた。

「お松よ、よく聞いてくれ。男には、特に玄公《げんこう》さま（信玄）のように武名をひろく世に知られたお方のせがれとして生まれた者には、たとえ勝ち味《かみ》が薄かろうと引いてはならぬいくさというものがあるのだ。人の命は日の出とともに消える朝露のようにはかないものだが、義によって立ったる者の名が長く朽ちぬことは、われらが九郎判官義経《くろうほうがんよしつね》公や楠木正成《くすのきまさしげ》・正行《まさつら》両公の名を存じていることからもあきらかであろう。わしもすでにこの高遠の土になる覚悟を定めたから、なにゆえ四郎さまの代になってから武田家が衰運におもむいたのか、などということはいわぬ」

小袖の袖口で目頭を拭った松姫に手巾を手渡して、盛信はさらにいった。

「ただしわしは、そなたにだけはなんとしても生き延びてほしいのだ。四郎さまにはまだ幼い貞姫《さだひめ》がいるし、われら夫婦には三歳の督姫がいる。この高遠城が落ちたならば織田軍は大津波のごとき勢いで新府城へむかおうから、新府城もとても守り切れぬと考えた方がよい。とは申せ、もしもそなたがこれらの姫たちをつれていずこかへ逃れてくれたならば、いずれ武田の家を再興することもできよう。そう考えたので、頼みにくいことをあえて頼むことにいたしたのだ。そなたにかようなことを申し入れる兄の気持も察してくれ」

盛信の声は途中から震えを帯び、切羽詰《せっぱつ》まった胸中を伝えてくる。

それにしてもこの高遠城滞在が、もっとも信頼する兄とのとこしえの訣《わか》れになろうとは。激しい衝撃と驚きに押しひしがれて、いつか松姫は目頭を拭うことも忘れて唇をわななかせていた。

ややあってからその松姫が、

「それで五郎さまは、御前さまのことはいかがなさるおつもりですの」

と小首を傾げてたずねたのは、盛信がなぜ夫人と督姫をともなって高遠から逃れよとはいわないいかが気に掛かったためであった。

すると盛信は、にわかに濃い眉を寄せて答えた。

「うむ、そなたも知っての通り、奥は病弱で外出することもままならぬ。医師の診立《みた》てによると胸の病が次第に悪化しているそうで、ありていに申すと、もう長くはないようなのだ。それは当人もすでに承知していて、もし織田軍が迫ってきてもわしと運命をともにしたいと申している。そんな次第だから、そなたが今まとっているみごとな小袖は奥からの早目の形見分けであったと思い、どうかわしの最後の頼みを引き受けてくれ」

松姫としては、「桜花」が盛信夫人の形見の品になるなどとは思いもしなかった。まして自分が貞姫や督姫の母親代わりになれようとは、とても考えられない。

この日松姫は、

「これは思案にあまる御依頼事でござります。何日か考える時間を下さりませ」

と答えるだけで精一杯であった。

六

仁科盛信は松姫に対して、

「なにゆえ四郎さまの代になってから武田家が衰運におもむいたのか、などということはいわぬ」

と語り、決して愚痴は洩らさなかった。

しかし、これは天が武田家を見放したからだ、などという浅い解釈で済まされるべき問題ではない。すべては、武田勝頼が甲信二州を経営できるような器《うつわ》ではなかったことに原因があった。

その父信玄が病没したのは元亀四年（一五七三）四月十二日、伊那郡の駒場でのことであり、このとき信玄は、

「三年、わが死を秘せ」

と家老たちに遺言していた。

このことばを守り、勝頼が甲府郊外の恵林寺《えりんじ》において信玄の葬儀を主宰したのは天正四年（一五七六）四月十六日のこと。ところが勝頼は、信玄の四十九日がおわったころから愚行に走りはじめた。

記録に残っているものだけでも、つぎのような騒動を挙げることができる。

家中の孕石忠弥《はらみいしちゅうや》という大剛《だいごう》の者は、ささいなことから勝頼の怒りを買い、身の危険を感じて甲府東郊の尊躰寺《そんたいじ》に立て籠もった。勝頼は二十人の討手を派遣し、忠弥を斬殺させることをためらわなかった。

から、
おなじく曾根与一助《そねよいちのすけ》は、勝頼の放った小山田八左衛門《おやまだはちざえもん》と初鹿野伝右衛門《はじかのでんえもん》に不意に上意討《じょういう》ちされて仆《たお》れた。与一助は勝頼の気に入りの長坂釣閑斎《ながさかちょうかんさい》・跡部大炊助《あとべおおいのすけ》と不仲だったことから、

「このふたりが裏で四郎さまを動かしたのではないか」

との噂がもっぱらであった。

おなじく落合市之丞《おちあいいちのじょう》は、一度は勝頼を見限って出奔《しゅっぽん》することに成功した。だが、落合家からの証人として差し出されていた母を殺すと威《おど》かされてしぶしぶ帰参。足軽たちに捕縛され、斬《ざん》に処された。

このように家中が荒れると、興醒《きょうざ》めする者と隙を見て権勢をふるおうとする輩《やから》とがかならずあらわれる。勝頼に巧みに取り入ることに成功したのは、すでに名前の出た長坂釣閑斎と跡部大炊助であった。

このふたりは武田家の家老衆ではなく、その下の身分の奉行衆として部将たちとの連絡役をつとめる者にすぎない。というのに、家老衆の知らないうちに国法・軍法が改められ、甲府の柳小路《やなぎこうじ》や連雀町《れんじゃくちょう》の出入り商人たちだけがなぜかそれをいち早く承知している。調べるとその商人たちとは、釣閑斎と大炊助に袖の下を使っていたものばかりと知れる、ということがしばしばとなったのである。

これにもまして家中の面々が鼻白《はなじろ》んだ一連の出来事は、四年前の天正六年（一五七八）から翌年にかけておこった。

事の発端は、天正六年三月十三日に卒中のため死亡した越後の覇者上杉謙信が、景勝、景虎《かげとら》というふたりの養子を取りながらどちらを世子《せいし》（世継ぎ）とするか決めておかなかったことにある。景勝は謙信の姉の子、景虎は小田原北条家の三代当主氏康《うじやす》の七男であり、今の四代当主氏政の弟である。

五月から景勝と景虎が「御館《おたて》の乱」と呼ばれる相続争いの内訌《ないこう》を開始すると、勝頼はこれに介入することを決断。景虎に味方することにして、家老衆のうちの重鎮であり甲州都《つ》留郡《るごおり》の領主でもある小山田信茂《おやまだのぶしげ》の兵力ほか二万を越後へ派遣した。

これは、武田家家中の者たちの目にも納得のゆく判断と映った。もう二十四年も前、信玄は正室三条《さんじょう》夫人の腹の長女お梅《うめ》御料人を北条氏政に嫁がせており、勝頼も氏政の妹、北条夫人を正室に迎えて甲相《こうそう》同盟を強化するよう心掛けていたからである。

小山田信茂は信玄に対して四書五経《ししょごきょう》や『孫子《そんし》』、『呉子《ごし》』その他の兵法書《ひょうほうしょ》について講義したこともある聡明な人物だけに、小田原北条家出身の景虎に味方するといっても景勝討伐に加わるのではなく、両者のこじれ切った関係を修復する使者の役をつとめようとした。

ところが勝頼は、十月になると小山田信茂には理解不能な行動に及んだ。かれはこれまでの甲相同盟の誼《よしみ》など忘れ去ったかのように景勝と同盟し、越後に派遣されていた甲軍に帰国を命じた。

それればかりではない。勝頼は十二月中に景勝に松姫の実の姉のお菊御料人を輿入《こしい》れさせることにし、小山田信茂を使者に指名した。

これは信茂にとっても小田原城から天下の形勢を眺めている北条氏政にとっても、面白からぬことであった。お梅御料人が氏政に嫁いだ祝言《しゅうげん》の席において、悪魔を調伏《ちょうぶく》すべく蟇目《ひきめ》役（蟇目の矢を射る役）をつとめた者こそ信茂だというのに、これでは勝頼は甲相同盟の裏切者、信茂はその手先とみなされてしまう。

鬱々《うつうつ》として使者の役を果たした信茂が、景勝の本拠地春日山城から雪道を引き返してきたときのこと。どこからか弓弦《ゆづる》の鳴る音が雪原に谺《こだま》したかと思うと、行く手の一角に矢文《やぶみ》が突っ立った。

前駆の者に届けさせてみると、その矢文には勝頼がにわかに景虎を見放した理由を解説する狂歌一首が書きつけられていた。


無常やな黄金《こがね》五百鈞《きん》を形代《かたしろ》に三郎さまを売りたる跡部と釣閑

三郎とは景虎の通称だから、景虎の手の者が放ったと覚しきこの矢文は、跡部大炊助と長坂釣閑斎が景勝から莫大な量の砂金を受け取り、その礼として勝頼を口説《くど》いて景虎と手切れさせた、という意味にほかならない。

この狂歌がたちどころに甲軍のうちにひろまったのは、

「袖の下を受け取ることをためらわないと評判の大炊助と釣閑斎なら、それぐらいのことはやりかねんじゃろう」

と妙に納得してしまった者が少なくなかったためであった。

その後も御館と呼ばれる屋敷を本陣として景勝と戦いつづけた景虎が、小田原への亡命を果たさずして切腹したのは天正七年（一五七九）三月のこと。勝頼の背反行為に怒髪《どはつ》天を衝《つ》いた北条氏政が、武田家との甲相同盟を破棄し、徳川家康と手をむすんだのは同年七月のことであった。

家康は信長の古い盟友だけに、こうなると武田家は織田・徳川・北条の三家を相手として戦わざるを得なくなる。もしも松姫が織田信忠のもとに嫁ぎ、信玄が遠州三方ヶ原で家康と戦わなければ、織田・徳川・武田の大連合が成立したであろう。だが事実は、勝頼の外交が一貫性に欠けていたため、武田家が織田・徳川・北条の三家にじわじわと圧迫される道をたどったのである。

勝頼が甲府の躑躅ヶ崎館を捨て、北西へおよそ四里、韮崎の七里岩という台地上に新府城を築くことにしたのも、この三家の兵力に乱入された場合に備えて防禦力《ぼうぎょりょく》の強い城を造っておかねば、と考えたからである。

しかも勝頼は、新府城の縄張りの地均《じなら》しがつづいていた天正九年（一五八一）三月のうちから家康を敵にまわしたつけを払わされはじめた。

遠江の掛川《かけがわ》の海辺から北へ約一里、高天神山《たかてんじんやま》（標高一三二メートル）の山頂に築かれた高天神城は、

「高天神を制する者は遠州を制す」

といわれた要衝である。

天正二年（一五七四）五月、勝頼の率いる二万の甲軍はこの城を奪取し、将来駿河国から遠州へ進出する場合の足掛かりを作ることに成功したかに見えた。だが、天正九年（一五八一）三月二十五日、高天神城は徳川軍に奪い返され、甲軍の守兵は七百人近くが討死を遂げてしまった。

それだけではない。新府城の普請に多人数を動員していた勝頼に、高天神城へ援軍を派遣する余力はもはやなかった。そればかりか甲軍のどこからも、家康と雌雄を決すべし、などという声はすっかり聞こえなくなっていた。

それに加えて武田家の家中には、相変わらずごたごたがつづいていた。

もっとも大きな問題は、武田一族の出身で信玄の次女を正室としている穴山信君《あなやまのぶきみ》、入道して梅雪《ばいせつ》と号している重臣中の重臣が、長坂釣閑斎、跡部大炊助と険悪な仲になったことであった。穴山梅雪には勝千代《かつちよ》という十一歳の嫡男がおり、梅雪はこのせがれには勝頼の娘を嫁としてもらい受けたいと考えていた。釣閑斎と大炊助がこの縁談に邪魔立てをしたことから、梅雪はすっかりつむじを曲げてしまったのである。

駿河国の江尻《えじり》城の城代をつとめ、駿河支配のための朱印状を発給する資格さえ認められている梅雪が勝頼を見限ったならば、駿河は徳川家か北条家の領国に組みこまれてしまうであろう。木曾義昌、下条九兵衛らの裏切りは、ただでさえ武田家の家中が寒々とした空気に覆われつくした時点で起こったのであった。

さらに二月十四日の夜になると、信州飯田の松尾《まつお》城主小笠原信嶺《おがさわらのぶみね》が信忠軍に降伏したとの飛報が高遠城に入った。小笠原勢は織田家への忠誠の証《あか》しを立てるべく、南木曾《なぎそ》の妻籠《つまご》から梨子野《なしの》峠《とうげ》を東へ越えて飯田城に接近中だという。

天竜川西岸下伊那の飯田城からおなじく西岸、上伊那の伊那までの距離は北へ十里。そこから東の谷へむかえば、二里半にして高遠城に至る。

「もはや考えごとをしている暇《いとま》はございませんから、御依頼の件につきましては身命を賭してお引き受けいたしとう存じます。まだお小さいお姫《ひい》さまがたもおつれいたしますからには、乗物や食料、あたたかな衣装、それにお薬などの御用意もどうかよろしゅう」

防寒のため紫色の丸襟の被布《ひふ》をまとって高遠城本丸奥御殿を訪ねた松姫は、その紫色に肌の白さが映えて、お広敷《ひろしき》役人たちが思わず目を瞠ったほど美しかった。

「そうか」

十四日亥《い》の刻《こく》（午後十時）に御座の間にあらわれて松姫の決意を聞き、盛信は深くうなずいてつづけた。

「旅の仕度については、きっと注文通りにして進ぜようから案じずともよい。四郎さまはまだ諏訪に出陣しておいでだから、そなたはとりあえずはその陣所をめざし、供揃《ともぞろ》えや落ちゆく先については四郎さまのお指図を受けよ。わしは明日の夜明け前までに四郎さまのもとへ急使を出して、おっつけそなたたちがゆくことをお伝えしておく」

綿入れの袖なし道服《どうふく》を羽織って出座していた盛信は、児小姓《こごしょう》に詰め所から夫人付きの老女を呼んでこさせた。

奥御殿の家老相当職である老女は一般の奥女中たちと異なり、白地《しろじ》半文様《はんもんよう》の打掛をまとうものである。髪を当世風おすべらかしにし、その打掛姿で二の間にやってきた老女は、

「書面の代筆を頼む、宛先は四郎さまだ」

と盛信から伝えられると、

「されば失礼をば」

と応じて燭台《しょくだい》を手にし、上段の間の廊下に面した側に造られている付書院《つけしょいん》にむかって正座した。つづいてその老女が筆硯《ひっけん》と大高檀紙《おおたかだんし》を引き寄せたのは、これから盛信の口述するところをこの場で筆記してしまおうというのである。

盛信のよく通る声が響き、その盛信に背をむけて老女がさらさらと筆を運ぶのを下座から眺めるうちに、松姫は胸が切なくなってきた。

まさか自分が、こんな形で高遠城を去ることになるとは。しかも、五郎さま御夫妻がすでに御覚悟召されているというのに。いや、そうはいっても、信玄の娘として生まれた自分が、一度引き受けるといった前言を翻すことなどあってはならない。

松姫があれこれ思ううちに、老女は書きおえた書面と筆硯を盛信の膝の先へ運んでいった。盛信は一読して末尾に署名し、その大高檀紙を松姫にむかって示してみせた。

署名が「仁科薩摩守《さつまのかみ》盛信」となっているのは、かれが四年前から受領名《ずりょうめい》を薩摩守としていたからである。

この書面によって、いつも慕わしく感じてきた実の兄盛信と松姫の意思はひとつのものとして勝頼に伝えられることになる。

「ところでそなた、いつこの地を発《た》つ」

「はい、諏訪へゆくには杖突峠《つえつきとうげ》を越えねばなりませぬし、道筋にはまだ雪がたんと積もっておりましょう。明日の日暮れまでには諏訪に着きとうございますから、できましたら辰《たつ》の刻《こく》（午前八時）には出立《しゅったつ》いたしたく存じます」

「そうか。それではそのことは、この書状を持たせる使者の口から四郎さまにじかにお伝えするよう指示しておこう」

「よろしゅうお願い申し上げます」

と頭を下げたとたん、松姫は実感していた。もはや過去の自分にはもどれないのだということを。

第二章　笹子峠

一

輿《こし》には網代輿《あじろごし》、小輿《こごし》、張輿《はりごし》、四方輿《しほうごし》などの別がある。網代輿とは、屋形の四方と屋根の表面に網代を張ったもの。小輿とは屋形がなく台の四方に欄《おばしま》（欄干）を巡らしただけのものをいい、張輿とは屋形の外側に畳表《たたみおもて》を張ったもの、四方輿とは屋形の四方に簾《すだれ》を垂らしたものをいう。

天正十年（一五八二）二月十五日の辰《たつ》の刻《こく》（午前八時）、高遠《たかとお》城南郭《みなみぐるわ》の殿舎の玄関前へ運ばれたのは二台の張輿であった。最初の一台に赤い衣装を着せられた振分髪《ふりわけがみ》の督姫《とくひめ》が乳母《めのと》に抱かれて乗りこむと、二台目には紫色の丸襟《まるえり》の被布《ひふ》をまとった松姫《まつひめ》が両手にかざした被衣《かずき》に美貌を隠して身を入れた。

その先頭に立った編笠《あみがさ》にぶっさき羽織《ばおり》、たっつけ袴《ばかま》姿の武者六人、松姫の輿につづいて歩きはじめた奥女中たちの背後から動きはじめた六人、さらにそのうしろから朱塗りの長持《ながもち》を運んでゆく従僕たちは、いずれも仁科盛信《にしなもりのぶ》のつけてくれた家中《かちゅう》の面々であった。

いったん本丸表《おもて》御殿《ごてん》に立ち寄り、玄関先で待っていた盛信に別れを告げた一行は、雪除《ゆきよ》けのしてある三の丸の追手門《おうてもん》を抜けて東をめざした。左右の山々と田畑に雪の降り積んだ野中の一本道である杖突《つえつき》街道を三里ゆけば御堂垣外《みどうがいと》宿《しゅく》。好天に恵まれたおかげで、一行は雪沓《ゆきぐつ》に履き替える必要もなく茶店で昼食を摂《と》ることができた。

ここから諏訪郡《すわごおり》をめざすには、一里二十九町（七キロメートル）の金沢峠《かなざわとうげ》を登って上諏訪へ三里十四町（一三・三キロメートル）の甲州街道青柳宿《あおやぎしゅく》へ出るのが本来の道筋である。

しかし、これとは別に武田信玄《たけだしんげん》はより上諏訪に近い甲州街道茅野宿《ちのしゅく》と御堂垣外をつなぐ杖突峠をひらき、軍用道路として用いていた。武田勝頼《かつより》は諏訪湖近くへ出陣中と聞いていた一行は、こちらの道を喘《あえ》ぎ登った。

杖突峠最高地点は、メートル法でいうと標高一千二百四十七メートル。葉の落ちた唐松《からまつ》林《ばやし》の枝々には雪が積もり、松姫は手の甲に刺さるような冷気を感じた。

だが、その驚きは東側の斜面を下るにつれて感動に変わっていった。この峠はある地点まですすむと、目の下に諏訪盆地を限《くま》なく眺望することができる。そしてそのかなたの正面には、銀雪に輝く八ヶ岳《やつがたけ》連峰と霧ヶ峰《きりがみね》を仰ぐことができるのだ。

しかも松姫一行は茅野から勝頼の本陣へ出向く必要はなかった。茅野の内にある出城《でじろ》上原城に入っていた勝頼が、

「女どもは陣場《じんば》へまいるに及ばず。まっすぐ新府《しんぷ》城へ帰城いたすべし」

と使い番の者をもって命じてきたからである。

北西の茅野と南東の韮崎《にらさき》は甲州街道でむすばれていて、距離は十余里しか離れていない。輿の前棒、後棒に取りついて駕輿丁《かよちょう》の役を務める仁科家従僕たちの疲れを思いやって金沢宿に一泊した松姫は、あけて十六日には釜無川《かまなしがわ》の流れに沿った道をゆるゆるとたどって新府城本丸奥御殿《おくごてん》に入ることができた。

七里岩《しちりいわ》という名の巨大な岩盤に西南を守られた高地上に縄張りされた新府城は、今日では国指定の史跡とされていて、文化庁と山梨県韮崎市の教育委員会とによってつぎのような解説板が立てられている。

「本城は南北六〇〇メートル、東西五五〇メートル、外堀の水準と本丸の標高差八〇メートル。形式は平山城《ひらやまじろ》で、近世城郭のような石垣は用いず、高さ約二・五メートルの土塁《どるい》を巡らしている。

最高所は本丸で、東西九〇メートル、南北一二〇メートル、本丸の西に蔀《しとみ》の構《かまえ》を隔てて二の丸があり馬出しに続く。（略）堀は北西から北、北東へと巡り、北方の高地からの敵襲に備えて十字砲火を浴びせるための堅固な二ヵ所の出構《でがまえ》が築かれている」

「蔀」とは本来は風雨をさえぎるための板戸のことだが、軍学用語として用いられるときは城外から見透かすことのできる城内の構造物の目隠しとなる土居《どい》や曲輪《くるわ》のことをいう。

武田家の歴史を伝える『甲陽軍鑑《こうようぐんかん》』に、

「信玄公御家中城取《しろとり》の極意五つは、一、辻の馬出し、二にしとみのくるわ、しとみの土居、三にかざしの土居屏、……」

とあるように、信玄は防禦《ぼうぎょ》装置としての蔀の曲輪や土居を設けることを重視していた。新府城の普請を任された同家の部将真田昌幸《さなだまさゆき》は、このような伝統に従って本丸の西側に「蔀の構」を設けたのである。

対して「出構」とは堀に向かって突き出した凸の字形の小陣地のことで、堀のかなたに敵があらわれた場合、左右一対の「出構」から銃撃を加えれば、その銃撃は十字砲火と化して強力な殺傷能力を持つことになる。

甲府の躑躅ヶ崎館《つつじがさきかん》には、「蔀の構」も「出構」もそなわってはいなかった。鉄砲が主要な武器となりつつある今日、そんなことでは織田軍と戦えないと見て新府城を建造させた勝頼が、これらの構えを設けることにこだわったのはもっともなことであった。

松姫はこの「蔀の構」に守られた本丸奥御殿にもどると、勝頼の正室北条《ほうじょう》夫人の御座《ござ》所《しょ》へおもむいて帰城の挨拶をした。小田原北条家の四代当主氏政《うじまさ》の妹であるこの気品ある正室は、五年前の天正五年（一五七七）一月、十四歳で嫁いで以来、実家の家名から北条夫人と呼ばれている。

「ようおもどり下さいました」

と北条夫人が御座所上段の間から下段の間へ下って松姫をねぎらったのは、松姫が義理の姉であることから敬意を表したのである。

髪を当世風おすべらかしにして背に流し、額《ひたい》に描眉《かきまゆ》をしている北条夫人は顔立ちも心根も優しい人なので奥女中たちから慕われていた。

しかし、およそ一ヵ月半ぶりに高遠から帰城した松姫にとって、城内の様子はどうも奇妙であった。

主将の勝頼が一万五千の兵を率いて出陣中なのだから、大手門―東三の丸―西三の丸―馬出し―二の丸―本丸とつづく城内に兵の姿が少なかったのは止《や》むを得ぬことと感じられた。だが本丸奥御殿詰めの奥女中たちもめっきり人少なになっていて、躑躅ヶ崎館から新府城へ引き移ったときの情景を、

「金銀珠玉をちりばめたる輿、車（牛車《ぎっしゃ》）、あたりもかがやくばかりにて、御供の衆かず知らず」

と記録された武田家奥向きのにぎにぎしさは、すっかりどこかへいってしまっていた。これは木曾《きそ》福島城主木曾義昌《よしまさ》、平谷《ひらや》の下条九兵衛《しもじょうきゅうべえ》、飯田の松尾城主小笠原信嶺《おがさわらのぶみね》らが織田軍に通じたことに愕然《がくぜん》とし、前途に期待が持てなくなって勝手に城を退出してしまった奥女中たちが少なくなかったことを物語る。

奥御殿に入れる十歳以上の男はその家の当主のみ、犬や猫でも飼うのを許されるのは雌《めす》だけであるが、その奥御殿にも広敷《ひろしき》という男の役人たちの詰める一角がある。奥女中たちはこの役人たちから外界の動きを教えられる仕組みになっており、松姫とともに高遠から帰ってきたおつきの女たちはあらたに左のようなことをひそひそ声で報じられた。

「松尾城主小笠原掃部大夫《かもんだゆう》（信嶺）が織田軍先鋒《せんぽう》として十四日夜に飯田城に迫ったところ、城将の保科越前守《ほしなえちぜんのかみ》（正直《まさなお》）は戦わずして高遠城へ後退いたしたそうだ」

保科正直の父正俊《まさとし》は、武田家の家中では、

「槍弾正《やりだんじょう》」

の異名を取った大剛《だいごう》の者である。その薫陶《くんとう》を受けて正直もいくさ巧者《こうしゃ》に育っていたにもかかわらず、飯田城で死力を尽くして戦う気になれなかったのは勝頼の朝令暮改《ちょうれいぼかい》にうんざりした経験があったためであった。

四年前の天正六年（一五七八）、勝頼は保科家に年貢を納めることの認められてきた片《かた》蔵郷《くらごう》という土地の年貢率を勝手に引き上げた。これによって顔に泥を塗られた形の保科正直は激怒し、その後長く躑躅ヶ崎館に出仕しなくなった。一方、片蔵郷の農民たちからは勝頼の苛斂誅求《かれんちゅうきゅう》を恨んでいずこともなく逐電《ちくでん》する者が相ついだため、勝頼は昨天正九年（一五八一）三月二十一日、正直宛に朱印状を発した。

「　定

片蔵郷の百姓等は、（年貢率）お改めのみぎり、去る寅（天正六年）の増し分について迷惑いたし、逐電せしむと云々《うんぬん》。されば、くだんの増し分いっさい御赦免なされ候間《そうろうあいだ》、おのおの還住《かんじゅう》せしめ、田畠等荒蕪《こうぶ》なく候様、申しつけらるべく候由《よし》仰《おお》せ出《いだ》さるもの也《なり》」

勝頼は農民たちに夜逃げされてようやくおのれの悪政に気づき、あわてて年貢率を元にもどした。しかし、このことがあってから保科正直は勝頼を信頼しなくなっていた。

両者のこじれかけた関係を決定的なものにしたのは、勝頼が木曽義昌の離反を知って飯田城に加勢として派遣した小幡因幡守《おばたいなばのかみ》であった。保科家の兵力が千に満たなかったのに対し、小幡因幡守のそれは二千に達していたため、因幡守は、

「それがしが本丸に入って将兵を動かす」

と主張した。対して保科正直が、

「いや、それがしは小身《しょうしん》なれども当城のあるじなれば本丸を動くことはできぬ」

としてこれに応じなかったことから、飯田城の内部はふたつに割れてしまったのである。

その後すぐ、飯田城に放火した者があった。保科家側は小幡家の、小幡家側は保科家の織田軍への通敵を疑って、互いに我先に城を退去してしまう。

しかもその先には、とんだ喜劇が待ち受けていた。この夜、城に残った兵たちは五百しかいなくなっていたが、その五百が望楼上から暗闇に包まれた城の外をうかがうと、あちこちに赤い炎が明滅している。

これは織田軍が夜陰《やいん》に乗じて接近しつつあり、その鉄砲足軽たちの構えた鉄砲の火縄が燻《くすぶ》っているに違いない。そう読んで臆病風に吹かれた五百は一斉に城から逃亡してしまったが、この赤い炎の正体はあちこちで馬糞《ばふん》が焼けているだけのことであった。城内の火事から飛んだ火《ひ》の粉《こ》が、馬糞に燃え移ったのである。

武田家家中の者が書いたとされる『甲乱記《こうらんき》』という史料には、左のような嘆きの一節がある。

「昔、源平の戦《いくさ》の時、群居鷺《むれいるさぎ》に肝《きも》をけし、水鳥の羽音に驚き、敗軍せしなどと云《い》ふ事は語り伝ふれども、馬糞に脅《おどろか》され、城をあけたりと云ふ事は、寔《まこと》に珍しき敗軍也《なり》。偏《ひとえ》に武運尽《つく》る所は、歎きても猶余《なおあまり》あり」

二

新府城の女たちにとってより衝撃的だったのは、つづいて二月十七日、飯田城より二里高遠寄りの大島城に入っていた武田逍遥軒《たけだしょうようけん》が風を喰らってどこかへ逃走してしまったことであった。さらに佐久郡《さくごおり》の小諸《こもろ》城に入って織田軍の動きを眺めていた典厩信豊《てんきゅうのぶとよ》も、病と称して引きこもってしまった。

武田逍遥軒は信玄の弟で勝頼の叔父、典厩信豊ももう一人の叔父の息子だから、このような事態はあってはならないことであった。

すると、すでにこれらのことが奥女中たちの間にも知れわたっていた十九日の午前中、白地半文様《しろじはんもんよう》の打掛《うちかけ》をまとった北条夫人付きの老女が松姫の部屋を訪ねてきて頼みごとをした。

「まことに恐れ入りますが、御前《ごぜん》さま（北条夫人）におかせられてはお屋形さま（勝頼）の御勝利を祈願あそばさるべく、氏神さまの武田八幡宮《はちまんぐう》に願文《がんもん》を奉納することを思い立たれました。かようなときはいつもわらわが代筆いたしてまいりましたが、お恥ずかしいことにわらわは近頃すっかり目が霞《かす》んでしまいまして、その代筆も叶《かな》いませぬ。さよう申し上げましたところ、御前さまはおんみずから願文をお書きあそばされましたのでございますが、いまだお年若にましませば御文章に心もとないところもおありになるようで、この願文を御料人《ごりょうにん》さま（松姫）に一度見ていただけまいか、と仰せ出されました。御覧《ごろう》じていただけますならば、これより御前さまの御座所へお運び下さいますよう」

「わらわでよろしければ、すぐにまいりましょう。ちょうど御相談いたしたく思っていたこともございますから」

涼やかな瞳を向けて応えた松姫は、この日は青藤色の小袖《こそで》を一番上に着用し、竜胆《りんどう》色の地に花蝶《かちょう》文様を縫い取った打掛を羽織っていた。

「御足労いただきまして、申し訳ありません」

と黒髪を揺らしてその松姫を出迎えた北条夫人は、黒地に朱色の勝虫《かつむし》文様を散らした打掛姿であった。

勝虫とは、武家ことばではトンボのことをいう。日本のトンボのうち最大のオニヤンマやギンヤンマは鎧《よろい》を着けているように見えることから武家には目出《めで》たい虫とされ、勝利を意味する勝虫ということばが生まれたのである。

この日のうちに韮崎の武田八幡宮に参拝しようとしている北条夫人は、夫の勝利祈願のためには勝虫文様の衣装がふさわしい、と考えたらしかった。

「それでは、拝見つかまつります」

松姫が頭を下げると、色白でおとなしい目鼻立ちをしている北条夫人は、

「拙《つたな》い筆でお恥ずかしゅうございます」

と小声で答えながら、黒漆《こくしつ》塗りの状箱《じょうばこ》を膝行《しっこう》した老女の前にすべらせた。

その老女が松姫のもとへ運んだ状箱には、朱房《しゅぶさ》の打紐《うちひも》が掛けられていた。松姫が静かに紐を解いて取り出した願文は、最初に二行、

「うやまつて申す　祈願の事」

「南無《なむ》帰命頂礼《きみょうちょうらい》　八まん大ぼさつ」

と分かち書きしてから、つぎのようにつづいていた。

「此国《このくに》の本主《ほんしゅ》（本来の所有者）として武田の太郎と号せしより此方《このかた》、代々まもり給ふ。ここに不慮の逆臣出《いで》きたつて国家を悩ます。よつて勝頼、運を天道にまかせ、命をかろんじて敵陣にむかふ。しかりといへども、士卒利を得ざる間《あいだ》、そのこころまちまちたり。なんぞ木曾義昌、そくばく（いくつか）の神慮をむなしくし、あはれ身の父母を捨てて奇兵をおこす。これみづから母を害する也。なかんづく勝頼累代《るいだい》、重恩《ちょうおん》の輩《ともがら》、逆臣と心をひとつにして、たちまちに（国家を）くつがへさんとする。万民悩乱、仏法のさまたげならず

や。そもそも勝頼いかでか悪心なからんや。……我もここにして、あひともにかなしむ涙、又闌干《らんかん》たり。……神慮まことあらば、運命此《この》ときにいたるとも、ねがはくば霊神《れいじん》ちからをあはせて、勝つ事を勝頼一しにつけしめたまひ、敵《あだ》を四方《よも》にしりぞけん。……右の大願成就ならば、勝頼、我ともに社壇みがきたて、廻廊建立《かいろうこんりゅう》の事。

うやまつて申す。

天正十ねん二月十九日

源勝頼内　」

北条夫人が夫の武田勝頼を源勝頼としたのは、武田家は甲斐《かい》源氏の嫡流だからである。松姫がこの願文を一読して感じたのは、北条夫人がまだあまりに若いため、文章も達意のものとはいえないという点であった。「そもそも勝頼いかでか悪心なからんや」といってては勝頼に悪心があったことになってしまうから、ここは「悪心あらんや」でなければならないし、「勝つ事を勝頼一しにつけしめたまひ」というのも意味が通りにくい。

それでも松姫は、

「御心のこもった願文と拝見いたしました」

とだけ感想を伝え、文言については意見を控えることにした。北条夫人が逆臣たちに裏切られつづけている勝頼になおも心を寄せており、「あひともにかなしむ涙、又闌干たり」と書いているくだりにと胸を突かれたからである。「闌干」とは、涙がこぼれて止《や》まないことをいう。

ついに夫を持つことなく二十二歳の年を迎えた松姫にとって、恩愛の情に結ばれた夫婦関係の垣間見《かいまみ》える手書きの文章を読んだのは初めてのことであった。

その日の午後、松姫はふたたび北条夫人の御座所を訪ね、

「願文は無事、武田八幡宮に奉納してまいりました。これで、あとはお屋形さまの無事の御帰陣《ごかいじん》をお待ち申し上げるばかりでございます」

とお礼のことばを伝えられたのを受けて、高遠滞在中に仁科盛信から新府城もとても守り切れぬからどこかへ脱出して武田の家の再興を図れ、といわれていたことをようやく打ちあけることができた。

「──さようでございましたか」

ぽつりと答えて沈黙に落ちた北条夫人は人払いしてから立ち上がると、打掛の裾《すそ》をまわすようにしながら松姫に身を寄せてきて、その手を取ってつづけた。

「今のおっしゃりようから拝察いたしますと、五郎さま(盛信)は高遠城に籠城《ろうじょう》あそばされて討死《うちじに》なさるお覚悟のようでございますね。飯田城の保科越前守殿が高遠城に入ったといいますのも、五郎さまのお心映《こころば》えの美しさを知ったればこそのことなのかも知れませ

ん」

「ほんに」

　と松姫がうなずいたときであった。白檀香《びゃくだんこう》の得もいわれぬ香りが漂ったかと思うと、北条夫人がその胸に頭を寄せてきて囁《ささや》いた。

「わらわはすべてお屋形さまの御意《ぎょい》に従うつもりでおりますので、まだお屋形さまが御帰城なされませぬうちにこのお城を離れることはできません。それに、ご存じのようにお屋形さまは気丈な御性分でいらっしゃいますから、もしも五郎さまが高遠城にてみごとな御《ご》最期《さいご》をお遂げになった暁《あかつき》には、このお城に籠城あそばされて最後の一兵となっても戦い抜こうとなさるでしょう。もしもこのお城が落城の日を迎えましたなら、わらわはお屋形さまのお供をして黄泉路《よみじ》へ旅立つことにいたします。それはもう心に決めたことでございますのでこれ以上は申しませんけれど、ひとつだけお願いごとをさせて下さりませ」

「どういうことでしょうかしら」

　松姫が北条夫人から覚悟のほどを打ちあけられても平常心を失わなかったのは、北条夫人が心ある所作をおこなったことと無縁ではなかった。

　この時代に礼節を守って生きる女たちは、人にいいにくいことをあえて伝える場合には相手に身を寄せ、互いに抱き合うなどして視線が交わらないようにしてから口をひらく。

北条夫人が松姫の胸に頭を寄せてきたのもこのような習俗に従ってのことだったから、松姫は北条夫人が「ひとつだけお願いごとをさせて下さりませ」という前から、話がそういう流れになるのを感じ取っていたのである。

つづいて北条夫人が口にしたのは、つぎのような申し入れであった。

「今も申しましたように、わらわはお屋形さまと今生《こんじょう》をともにいたしまして、西方浄土《さいほうじょうど》へ御一緒いたしましたならおなじ蓮《はちす》の台《うてな》に花咲きたいものと願っております。でも、貞姫《さだひめ》はまだ四歳にて、この幼さで世を去らしめるのはあまりに不憫《ふびん》と申すもの。御料人さまが近々このお城をお離れあそばしますならば、どうか貞姫をつれて行って下さりませ。どこその権門勢家《けんもんせいけ》に嫁がせて下され、などとは申しませぬ。尼《あま》となして下さっても一向に構いませんので、どうかこの子だけは命永らえさせて下さりませ」

取りすがってものを頼む、とはこのようなことをいう。

「お姫《ひい》さまのことは、きっとお引き受けいたしますから御心配あそばしますな。ご存じのようにわらわは高遠から五郎さまのお子の督姫君を託されてまいりました。この何日か、おふたりは一緒に遊んでいるようですから、旅に出ても仲良くして下さることでしょう」

松姫がおっとりと答えたので、話は決まった。

ちなみに北条夫人は勝頼にとっては後妻であり、前妻は織田信長《おだのぶなが》の妹の娘として生まれ、信長の養女となって永禄八年（一五六五）にまだ高遠城主だった勝頼のもとへ嫁いできた女性であった。この女性は二年後に嫡男信勝《のぶかつ》を産んだものの、十一年前の元亀二年（一五七一）九月に高遠城中で病死してしまい、松姫や北条夫人たちの間では、その法号から、「龍勝院《りゅうしょういん》さま」と呼ばれている。

三

それでも松姫としては、すぐに新府城を去るわけにもゆかなかった。一度お屋形さまのかんばせを拝して、これまでのことにお礼を申し上げてからでないと。そう考えていたのに勝頼に帰城する気配がないため、松姫は動くに動けなくなっていたのである。

その間に信州伊那郡《いなごおり》には高遠城を除いて織田信忠《おだのぶただ》軍七万が浸透してしまい、茫然自失した勝頼は茅野の上原城でなんの結論も出しようのない軍評定《いくさひょうじょう》を冗々《くだくだ》しくつづけていた。

それに鼻白《はなじろ》んだ武田家の筆頭家老は、出羽守《でわのかみ》の受領名《ずりょうめい》を持つ小山田信茂《おやまだのぶしげ》であった。甲州都留郡《つるごおり》の領主でもある信茂は、このころ軍評定に同席した義兄の御宿監物《みしゅくけんもつ》入道に七言絶《しちごんぜっ》句《く》と狂歌を贈っていた。

汗馬怱々兵革の辰《とき》
東西戦鼓辺垠《へんぎん》（国境）に轟《とどろ》く
世上の乱逆《らんぎゃく》何に拠《よ》りてか起こる
只是《ただこれ》黄金五百鈞《きん》

すな金《がね》を一朱もとらぬ我らさへ薄恥をかく数に入《いる》かな

勝頼の取りまきである長坂釣閑斎《ながさかちょうかんさい》と跡部《あとべ》大炊助《おおいのすけ》が上杉景勝《うえすぎかげかつ》から莫大な量の砂金を贈られ、勝頼に景虎《かげとら》を見捨てさせたことは、すでに武田家の家中にあまねく知られるところとなっていた。小山田信茂はそれが北条家の武田家からの離反につながり、自分も面目《めんぼく》をつぶされたと公言することにより、初めて勝頼への不満を表明したのである。

御宿監物入道は、すぐ信茂に返歌を与えた。

甲越和親堅約の辰《とき》

黄金の媒介神垠《しんぎん》に訟《うった》う（神の裁きを待つべきことだ）
佞臣屠《ねいしんほふ》り尽くす平安の国
惜しむべし家名を万金に換うるを

薄恥をかくはものかはなべて世の寂滅《じゃくめつ》するも金の所行よ

信茂と監物入道は長坂釣閑斎と跡部大炊助の奸佞邪智《かんねいじゃち》が武田家に亡国の事態を招いたとする点で、完全に意見が一致したのである。これに反論する同時代史料がないことから見ても、この見解は決して誤ってはいなかったと考えてよい。

そんなこんなのことから勝頼の本陣が浮足立っていた二月二十七日、今では新府城に対して古府中《こふちゅう》と呼ばれるようになっていた甲府からの早馬が、その本陣へ駆けこんできて注進した。

「さる二十五日、駿河《するが》の江尻《えじり》城より穴山《あなやま》家の兵力四、五百が押しかけてまいり、まだ新府城に移らずにいた穴山梅雪《ばいせつ》殿の御簾中《ごれんちゅう》（正室）と嫡男勝千代《かっちよ》殿をつれて逃亡いたしまして候《そうろう》。古府中留守居《るすい》の兵二、三百がこれを制止せんといたしましたが、二、三十人を討たれてそのままになりましてござる」

いずこの大名家でも部将たちは主君の館か城へ正室と嫡男を差し出すことにより、決して裏切らない証《あか》しとしていた。穴山梅雪もその慣例に従い、躑躅ヶ崎館の南側に屋敷を構えて信玄の次女である正室と一粒種の勝千代とをこちらに住まわせていた。

しかし、これらの妻子を勝頼に証人（人質）に取られていると、どうにも裏切りにくい。そこで梅雪は江尻城の守備兵力から四、五百を割いて大胆にも古府中へ送りこみ、妻子を奪還してから徳川家康に通じることにしたのである。

この飛報がおなじ二十七日のうちに新府城留守居の面々にも伝わると、その日のうちからいずこともなく落ちてゆく者たちがめだちはじめた。

もともと家康は、いくさ巧者として世に知られていた。その家康が織田信長・信忠父子に呼応して動き出したばかりか、武田家親族の穴山梅雪までがこれに加勢したとあってはまったく勝ち目はなかったからである。

松姫としても、こうなっては愚図愚図してはいられなかった。

「明朝一番にこのお城を落ちようと思いますので、人を集めてたも」

と松姫が自分付きの奥女中たちにひそかに伝えている間に、松姫が住まいとしている奥御殿の一棟を訪ねてきた品の良い年上の女がいた。

「沢瀉紋《おもだかもん》を散らした打掛をお召しですから、小山田出羽守さまの奥方さまと思われます」

取次に出た者の読みは、誤ってはいなかった。小山田信茂は正室と香具姫《かぐひめ》という名の四歳の娘を証人として勝頼に差し出しており、このふたりはすでに古府中から新府城へ移ってきていた。

松姫が出会いの間《ま》に通して会ってみると、当世風おすべらかしにした黒髪の髻《きつ》に平元結《ひらもとゆい》をむすんで歯に鉄漿《かね》をつけている小山田夫人は、心痛の面持ちで訴えるように切り出した。

「すでに御料人さまもお聞き及びでございましょうが、恐れながら武田のお家はいにしえの平家の公達《きんだち》とほぼおなじ運命をたどろうとしておいでのようにお見受けいたします。小山田家も幾度《いくたび》か武田のお家と嫁婿《よめむこ》をやりとりいたしたことのある家筋でござりますので、当主出羽守もわらわもお家と存亡をともにさせていただきたく存じております」

けれど、といって小山田夫人が松姫に申し入れたのは、

「近くこのお城をお落ちになるとの噂を耳にいたしましたが、そのときはせめて香具姫だけでもおつれ下さりませんか」

ということであった。

聞けば香具姫は、貞姫とおなじ四歳だという。松姫としては、すでに督姫、貞姫の面倒を見ることは決めてあるから香具姫はつれてゆかれない、ともいえない。

「お乳《ち》の人（乳母《めのと》）だけはお供させて下さいね」

と松姫がひとつだけ条件をつけると、小山田夫人は、

「ありがとうござります。かしこまりました」

と頭を下げてからたずねた。

「ところで御一行は、いずこへお落ちになるおつもりでございましょうか」

「はい。わらわはここを出ましても知った土地といえば古府中と高遠くらいしかございません。ですから、しばらくは武田家ゆかりのお寺やお社《やしろ》のお世話になりながら後のことを思案しようかと考えております」

「あの、立ち入ったことをうかがうようで恐縮でございますが、御一行にはお屋形さまのお姫さまでいらっしゃる貞姫さまもふくまれると小耳に挟みました」

「それはまことでございます。それがなにか、——」

と松姫が小首を傾《かし》げて切れ長な目をまたたかせると、

「それならば、小山田家がお預かりしております都留郡を東へ抜けてゆかれてはいかがでございましょう」

と、小山田夫人は身を乗り出すようにして提案した。

「甲州街道を古府中から東へ七里あまりゆかれますと、八代郡《やつしろごおり》と都留郡の境をなす笹子《ささご》峠《とうげ》に入ります。この峠は二里以上もの木《こ》の下闇《したやみ》に羊腸《ようちょう》の小道のつづく大変恐いところで

ございますが、これを抜けてさらに東をめざされますと、四里ほど先に大月《おおつき》という宿場がございまして、ここから富士山道へ折れて二里ゆけば、谷村《やむら》と申します土地に小山田家の館《やかた》がございます。ここでしばらくおからだをお休めいただければうれしゅうございますけれど、谷村へはゆかずに甲州街道をそのままお進みになりますと、やがて道は相模国《さがみのくに》に入ります。ご存じのように北条家と武田のお家は近ごろ仲違《なかたが》いいたしておりますが、お屋形さまの御継室《ごけいしつ》さまは北条家の御出身、貞姫さまはその北条夫人の血をついでおいでなのでございますから、もしも御料人さま方が北条家をお頼りになったときには、あちらさまは昔の誼《よしみ》であれこれ便宜を図って下さるのではないでしょうか」

すでに北条氏政は武田家との甲相同盟を破棄し、家康と手をむすんでいるのだから、松姫一行が甲州から逃れてきたと知っても善意の手を差しのべてくれるとは限らない。それでも笹子峠という名のみ知る峠を東に越えて都留郡のうちに潜めば、香具姫のことは谷村の館へ送り出せるし、小山田家の援助を受けて貞姫や督姫を育てられるかも知れない。

めまぐるしく頭を働かせるうちに松姫は、自分のたどるべき道筋がようやくくっきりと浮かび上がってきたように思った。

四

仁科盛信が高遠城から新府城へもどる松姫につけてくれた面々は、すでに盛信のもとへ引き返していた。そのため二月二十八日早朝に松姫が新府城を出たときの供は、元から松姫付きとされていた十余名の侍のほかは、市女笠《いちめがさ》をかぶったわずかな侍女たちと駕籠方《かごかた》の者だけになっていた。

それぞれの乳母《めのと》に抱かれた督姫、貞姫、香具姫の三人も輿ではなく駕籠におさまったのは、駕籠の方がだれが乗っているかわかりにくいためであった。

それでも見る人が見れば、この行列の主人は貴《あて》なる女性だとすぐに気づいたに違いない。松姫は万一織田家の手の者に見つけられてしまったならば、かなわぬまでも一矢《いっし》報いるべく侍たちに自分用の薙刀《なぎなた》を持たせていた。これは織田信忠のもとへ輿入れするときには表道具《おもてどうぐ》七品のひとつとして持参するはずだった、鞘《さや》に武田菱《たけだびし》の家紋を打った品である。松姫と幼い姫君たちの乗ったのも男用よりはひとまわり小さくとも色合いは華やかな女駕籠であり、侍女たちも杖を引いて従っていたから、これが新府城を落ちる女たちの一行であることは隠しようもなかった。

一行は、この日は韮崎《にらさき》から東へ四里すすんで古府中（甲府）の浄土真宗の寺、入明寺《にゅうみょうじ》を訪ねた。信玄の次男で今年四十二歳になる武田信親《たけだのぶちか》、法名龍宝《りゅうほう》がここに身を寄せていたからである。

信玄の正室三条《さんじょう》夫人の腹に生まれた信親は、生まれつき盲《めし》いていた。そのため信玄は躑躅ヶ崎館の北、聖道小路《しょうどうこうじ》の館に住まわせて半俗半僧の暮らしをさせた。

信親は龍宝という法号を持っていたにもかかわらず、その小路の名称によって、

「御聖道さま」

と呼ばれるようになった。その龍宝がなぜ入明寺に来ていたかといえば、入明寺がもともと信玄の庇護《ひご》を受けて開山した寺であったことと関係がある。

同寺の四代目住職内藤栄順《ないとうえいじゅん》は武田勝頼が一気に衰運にむかったことから、僧は僧なりに武田家の恩義に報いようと思い定めた。しかし、その目で見ると勝頼は聖道小路の館住まいの龍宝を新府城へ迎えようともしていない。

このまま織田軍が古府中へ突入してきたりしたら、御聖道さまはどうかなってしまう。そう考えた内藤栄順が龍宝を入明寺に引き取ったことは高遠城にも聞こえてきていたので、松姫はこれが盲いている異母兄との最後の別れになるかもしれないと考えながら入明寺を訪ねたのである。

温厚な性格ゆえに人に好かれる質《たち》の龍宝は、松姫が自分に挨拶するためにやってきてくれた、と知っただけですっかりうれしくなってしまったらしく、庫裡《くり》の一室から目隠しされた鬼ごっこの鬼のような仕草をしながら法衣《ほうえ》に包んだ身をあらわした。

「おお。こがいなときに、お松がわしに会いにきてくれるとはの」

その大きな肉厚の掌《てのひら》にほっそりした白い手をゆだねた松姫は、躑躅ヶ崎館の新館《にいたち》に住んで新館御料人と呼ばれ、聖道小路へ時折御機嫌うかがいに出向いていたときとおなじように龍宝の両手を自分の頭部へ導いた。龍宝は末っ子の松姫が幼いころから可愛がってくれ、遊びにゆくとかならず両手で髪の毛、顔の輪郭と両耳、両肩を撫《な》でて、

「うん、また大きゅうなった」

とにこやかにうなずくのをつねとした。

もしも織田軍が高遠城を屠《ほふ》って古府中と新府城に殺到してきたならば、信玄の次男である龍宝も無事ではいられまい。内心そう思って胸を痛めていた松姫は、童女にもどったように龍宝に頭と肩を撫でてもらうことにより、永訣《わかれ》の抱擁《ほうよう》に代えたのである。

入明寺に一泊することになった松姫は、夕食を摂ったあと、龍宝をその居室に訪ねて聞いてみた。

「それにいたしましても、わたくしどもの叔父の武田逍遥軒さまは大島城からいずことも

なくお姿を消してしまわれましたとか。小諸城の典厩信豊さまも織田方と矛《ほこ》を交えるおつもりはないようでございますし、穴山梅雪さまに至っては徳川方に返《かえ》り忠《ちゅう》をなさったとうかがいました。これらのことは、どこまでお耳に入っておいででございましょう」

旅衣から打掛姿に変わっていた松姫が、そぎ尼にした髪を揺らしてたずねたのは、龍宝が何も知らされていない可能性を考えたためであった。

青々と剃《そ》り上げた頭部を燭台《しょくだい》の灯《あかり》に光らせていた龍宝は、一瞬、白目を見せて答えた。

「うむ。すべて聞いておるが、まことに情ない奴《やつ》ばらだ。何、いずれ織田の兵力が古府中を侵そうと、この龍宝は逃げ隠れはいたさぬ。だからそなたは、龍宝に代わって武田の血を後世に伝える役目を担ってくれ」

信玄の嫡男として生まれた太郎義信《たろうよしのぶ》は、対外政策をめぐって父と対立した結果、三十歳にして切腹を命じられておわっていた。そのため龍宝は、盲目ながら信玄の子供たちの中では最年長者となっている。

「兄上さま、――」

龍宝がいざとなったらみごとに死んでみせる覚悟であることに松姫は初めて気づき、目頭《めがしら》が熱くなるのをどうしようもなかった。

「お松は泣いてくれるのか、何もしてやれなんだ兄だと申すに」

松姫の声の潤《うる》みからその涙を察した龍宝は、すでに悟達《ごたつ》の境地にあるらしく、さらにいった。

「しかし、龍宝が腹を切ってこの寺に葬られると、織田軍がいずれそうと気づいて住職に非道なふるまいに及ぶやも知れぬ。だから龍宝は、住職にはわが墓には墓標を立てず、紅梅一本を植えてくれればそれでよい、と伝えてある。そなたもいずこかで紅梅を見掛けたら、この龍宝がそなたを見守っているものと思って手を合わせてくれればうれしく思うぞ」

その後の松姫一行の足取りは、つぎのようなものとなった。

あけて三月一日。古府中から甲州街道を一里と少し東へ下り、笛吹川《ふえふきがわ》をわたって生母油川《あぶらかわ》夫人の生まれた石和《いさわ》の東油川の地を訪問。ひなびた風景を目に焼きつけてからさらに一里二十一町（六二一六メートル）東へすすみ、川中嶋《かわなかじま》の宿場を越えて開桃寺《かいとうじ》へ宿泊。

三月二日。さらに三十町（三二七〇メートル）東進して勝沼《かつぬま》から北へ折れ、山梨郡《やまなしごおり》於曾《おぞ》郷《ごう》塩山《しおのやま》の向嶽寺《こうがくじ》へ。

松姫が臨済宗の向嶽寺を立ち寄り先と決めたのは、この大寺院が南北朝の時代を生きた甲州武田家の八代目武田信成《のぶしげ》によって建立された寺だからである。信玄自身も宏大《こうだい》な土地を寄進するなどしたことから軒瓦《のきがわら》の先に武田菱の紋を刻んでいるこの寺には、雲水《うんすい》たちの修行の場である道場もあった。

ここに身を潜めていれば、心身を鍛えた雲水たちが守ってくれるし食事の世話もしてくれる。

何よりも甲州街道を勝沼からさらに一里二十一町（六二二六メートル）東へすすみ、駒飼《こまかい》を越えればもう道は笹子峠へとつづいてゆく。ここまでくれば織田軍が不意にあらわれるということはあり得ないし、何かあったらすぐに笹子峠へ走って木の下闇に溶けこむこともできる。

そんな利点があることから松姫たちは赤松の老樹の多い向嶽寺にしばらく滞在し、迫りくる戦雲の行方《ゆくえ》を見定めようとしたのであった。

五

松姫が新府城へもどっていってから、仁科盛信は高遠城へ多くの将士を迎え入れていた。

その一部は小山田昌成《おやまだまさゆき》、小菅五郎兵衛《こすげごろべえ》、渡辺金太夫《わたなべきんだゆう》など、武田勝頼が茅野の上原城の陣営から高遠城へ派遣した重臣たちである。勝頼は木曾谷《きそだに》から伊那谷《いなだに》へ浸透した織田信忠軍が高遠城攻略をめざすのは必至と見て、これらの重臣とその寄騎《よりき》たちを高遠城救援にむかわせたのだ。

かれらが仁科家の諏訪勝右衛門《すわかつえもん》をはじめとする直臣《じきしん》たちと軍評定をおこなう間に、飯田城と大島城が織田軍の手に落ちた。そういう順序であったが、勝頼の正室北条夫人が「うやまつて申す　祈願の事」とはじまる願文を韮崎の武田八幡宮に奉納して一息ついていたころ、仁科盛信はやはり高遠城に意外な人物を迎えていた。

その名は、武田逍遥軒。

「逍遥軒は信忠飯田に着陣と聞《きき》て忽《たちまち》思慮替《かわ》りけるにや、俄《にわか》に面色《めんしょく》（顔色）土の如くになり、相備組衆《あいそなえぐみしゅう》（協力し合うべき籠城者たち）にも牒《しめ》し合《あわ》せず、狼狽《ろうばい》して夜中に逃去《にげさ》りければ、……」（『晴清忠義伝《はるきよちゅうぎでん》』）

と怯懦《きょうだ》ぶりを史書に特筆されてしまった五十一歳のこの男は、すごすごと高遠まで落ちてきたのだ。

どの面《つら》さげて、と思いながらも盛信が致し方なく対面して汁かけ飯を食べさせてやると、顔だちが兄の信玄によく似ている逍遥軒は得意の弁舌をふるいはじめた。

「織田の兵力の鋭気は並々ではなく、孤軍にてはなかなかさえぎり難い。攻めるも引くもいくさの習いなればこのたびは兵を引いてまいったが、案ずるに四郎（勝頼）の運命もここに極まった。さればわしも古府中近くに引きこもって世のなりゆきを見、少々の土地を得て先祖代々の霊を祀《まつ》ろうと思う。御辺《ごへん》は仁科の名跡《みょうせき》を継いだ以上、家名をこれ以降も存続させることを考えよ」

近江《おうみ》の浅井長政《あざいながまさ》、越前《えちぜん》の朝倉義景《あさくらよしかげ》など信長と敵対した戦国大名とその家臣団は、大敗を喫するやほぼ全員が撫で斬りにされた。信長はこれを、

「根切《ねぎ》り（根絶やし）」

と称したほどであり、今回の対武田勝頼戦においてもこの方針を貫くと宣言していた。それは織田家の領国に潜入した武田家お雇いの忍びの者たちから報じられていたところだというのに、いくさよりも絵を描くことの好きな逍遥軒はなぜか自分は生き残れると思いこみ、盛信にも戦うよりも家名を残すことを考えよ、と告げたのである。

「――――」

鼻白んだ盛信が答えずにいると、小具足《こぐそく》の上に法衣をまとっていた逍遥軒は次の間に控えていた仁科家の直臣たちに坊主頭をむけて伝えた。

「いま五郎にも申したごとく、織田の大軍には破竹《はちく》の勢いがある。汝《なんじ》ら、とくと評議して、年若い五郎を犬死にさせるべからず」

すると、小山田昌成が羽織姿で膝行《しっこう》して苦々しげに答えた。

「仰せ、かしこまって候《そうろう》。あるじは大義に叶う道へおもむかれる。万一拙《つたな》きいくさをなされたときには、きっとお諫《いさ》め申し上ぐべく候」

すでに仁科家の直臣と勝頼から援将に指名されてやってきた者たちは、

「われらが身命を抛《なげう》って戦わば、敵は地形に不案内なれば大軍なれども恐れることなし」

との一点で一致し、実戦経験豊富な小山田昌成の指揮を受けて戦い抜くことを誓い合っていた。ために昌成は盛信を犬死にさせるなという逍遥軒のことばをわざと曲解し、まだ若い盛信にも渾身《こんしん》の戦いをしていただく、と応じたのである。

不愉快そうに盛信の御座所を出た逍遥軒は、そのまま高遠城を去っていった。

それと入れ違いに勝頼の使い番が盛信に届けたのは、一種の密書であった。そこには、およそつぎのようなことが書かれていた。

——飯田城、大島城の守兵たちが引き退《ひ》のいたと申すに、その方の領内が堅固に取り鎮められ、城内の下々の者までが心をひとつにしている点には感悦するところが少なくない。

——しかし、わが直率《じきそつ》の兵力はもはや孤軍と化した。早々に城を明けて、余に合流いたすべし。

いつも強気一点張りだった勝頼も、絶対不利の形勢に初めて弱気になったのだ。

ただし、それに気づくと弟の盛信としては兄が気の毒に思われてくる。懸命に涙をこらえた盛信は、使い番にいった。

「お屋形さまの仰せの趣《おもむき》は、よくわかった。しかし、お屋形さまがそれがしをこの城に入れ置いたのは、一朝《いっちょう》事あるときにはひと防ぎいたすべしとのお心からであろう。こたびのように御運も末となったるときに敵の旗の先も見ずに引き退いては、それがしの武名ばかりか仁科家の家名をも汚《けが》してしまう。仰せに背くようではあるが、このことだけは曲げて御免こうむりたい」

では、お屋形さまへの返書を認《したた》める、と告げた盛信は付書院《つけしょいん》にむかい、筆硯《ひっけん》を引き寄せて書いた。

——五郎盛信においては、敵寄せきたらば防ぎ戦い、叶わずんば城を枕に討死つかまつる。

——大軍押しかくれば、内外音信通ずべからず。それがし生きてあらん内は、高遠に敵ひとりも通すまじ。高遠へ敵が押し通らば、盛信は討死と思《おぼ》し召《め》し候《そうら》え。

すでに松姫に打ちあけられていた盛信の覚悟のほどは、使い番に手わたされたこの返書によって勝頼に伝えられたのである。

茅野の上原城でこの返書を受け取った勝頼は、読みすすむにつれてはらはらと涙を流し、近習《きんじゅう》たちにその概容を伝えてから決意のほどを告げた。

「命は義によりて軽し、と申すが、高遠の五郎はまさしくその覚悟にて籠城戦をおこなうとしておる。なれど余は、不肖《ふしょう》なりとはいえ清和《せいわ》源氏の末裔《まつえい》にして甲州武田氏の嫡流なるぞ。義のある弟を捨て殺しにいたしては、遠くは新羅三郎義光《しんらさぶろうよしみつ》・義清《よしきよ》父子、近くは祖父信虎《のぶとら》、父信玄の武名に対したてまつって示しがつかぬ。高遠城を囲まれたならば余みずからが敵陣に突入いたし、織田城介《じょうのすけ》(信忠)を討ち果たしてくれようぞ。それが叶わなんだときは、五郎とともに屍《かばね》を高遠にさらす覚悟だ」

そういってはみたものの、もはや勝頼直率の甲軍から高遠城を救援するに足りる兵力は失われていた。

当初、一万五千あったその兵力は、穴山梅雪が妻子を救出して徳川家康と手を結んだ、との飛報が入った二月二十七日までの間に煙のように消えてゆき、一万を割りこもうとしていた。重臣間の反目、武田家親族衆の相つぐ裏切りなどを間近に見て嫌気の差した将兵が、それぞれ勝手に上原城を退去してしまったからである。

わずか一万の兵力では、都合十二万の大軍に木曾義昌、下条九兵衛、原民部《はらみんぶ》、熊谷玄蕃《くまがいげんば》、小笠原信嶺らの軍勢も加わった織田軍にはとても対抗できない。

そうと悟った勝頼が、やむなく新府城へ兵を返すことにしたのは二月二十八日早朝のこと。このときの上原城内の様子を、つぎのように記した史料がある。

「面々年比《としごろ》（年来）の恨《うらみ》を言立《いいたて》、人数を引分々々《ひきわけひきわけ》おのれ〳〵（各人）の居館をさして引退《ひきの》ければ、上原の陣中寂寞《じゃくまく》として更に人ありとも見へ《（ママ）》ざりける」

これは表現がやや大袈裟《おおげさ》すぎるが、二十八日に新府城をめざした甲軍は八千しかいなくなっていた。一夜にしておよそ二千の兵力が消え失せたのは、門番その他の番兵たちからも離散する者があいつぎ、逃亡者を制止することがまったくできなくなっていたことを物語る。

しかも、目を疑いたくなる事態はまだおわりではなかった。

釜無川の流れに沿って走る甲州街道を約十里ほどゆくうちに日が暮れ、新府城に着いたときの甲軍はわずか一千たらずに激減していた。韮崎付近の街道の左右はきわめて草深く、雑木林もつづいている。それだけにその草むらや林の中へ駆けこんでしまえば、姿を隠すことはきわめて容易なのである。

六

織田木瓜紋《もっこうもん》、五三《ごさん》の桐紋《きりもん》、二《ふた》つ引両紋《ひきりょうもん》などの旗印を林立させた織田信忠軍五万が、飯田から伊那谷の最奥部にある高遠城めざして動き出したのは、松姫が開桃寺にからだを休めた三月一日のことであった。

しかし、それに先立つこと二日、二月二十八日のうちに織田信忠はお雇いの使僧《しそう》（外交僧）に寺侍《てらざむらい》ふたりを添えて高遠城を訪ねさせ、仁科盛信につぎのような書面をわたさせていた。

「このたび四郎殿を攻めんとして、伊那口へは城介信忠、五万の兵を乱入せしむ。武田の御武運すでに傾けるにや、今まではしかとした合戦とてもこれなし。これに対して仁科殿には籠城堅固の趣《おもむき》、御奇特《ごきとく》千万。しかしながら、四郎殿にも諏訪を引き払わるるの由《よし》、相聞こえ候《そうろう》。されば誰《た》がために、いつまでを限りとして籠城つかまつり候や。早々に城を明けわたさるべく、さもあらば仁科家は武田家とは別家のことなれば、本領安堵《あんど》相違あるべからず」

織田信忠は盛信を手強《てごわ》しとみて、高遠城を差し出せば仁科家をこれまで通りの形で存続させる、と甘言《かんげん》を弄《ろう》したのである。

主《おも》だった者たちを呼んでその使僧に文面を読み上げさせた盛信は、一同が憮然《ぶぜん》とした目つきをしたのを見定めて旭日《きょくじつ》の扇をさっとひらいた。そして、ぱちりと扇を閉じたかと思うと末座に控えた使僧にその先を向け、朗々たる声音で告げた。

「この文面には、筋の通らぬことばかりが書かれているな。われらが当城を堅固に守っておるのは当然の務めなれば、奇特千万などというものではなかろうが。しかも当城を明けわたせとのことだが、この城は武田家のお屋形さまより預かりしものなれば、織田家にわたすべき謂《い》われはあらず。かつまた、われらの本領は織田家より受けたる知行《ちぎょう》にあらざれば、なにゆえ城介信忠よりあらためて下賜されねばならぬのか」

羽織と袴からかそけき絹鳴りの音を伝えながら盛信が立ち上がったのは、会見はこれで打ち切る、という意味であった。ただし盛信は使僧から目を離す前に、低い声でいった。

「その方は、早々に立ち去れ。重ねてまいったりいたすと、身のためにならぬぞ」

使僧はすごすごともどってゆき、盛信は三千の将兵たちに誓った。

「身はたとえ露と消えても仁科家重代の鎧『桐の葉』をまとって今生の思い出に一戦いたし、名を高遠の城に残さん」

だが一夜あけた二月二十九日、織田信忠は何を思ったか、おなじ使僧におなじ寺侍ふたりをつけて高遠城を再訪させた。

このとき盛信はすでに古風な金小札《きんこざね》の「桐の葉」を着用、その上に雲竜《うんりゅう》文様の陣羽織《じんばおり》をまとって本丸大広間の上段の間に据えた床几《しょうぎ》に腰掛けていた。背後の台に置かれた兜《かぶと》は、鉄一枚張り六筋の伏兜《ふせかぶと》。金色《こんじき》に輝く大鍬形《おおくわがた》を打って、やはり金色の武田菱の紋を前立てとしていた。

恐る恐る入室した使僧をちらりと見た盛信は、右手につかんでいた金割り切りの采配をひと振りして、かたわらに蹲居《そんきょ》して控えていた怪力無双の渡辺金太夫に合図を送った。

「かしこまって候《そうろう》」

と応じて立ち上がった金太夫は、額《ひたい》には鋳鉄《ちゅうてつ》の半月形《はんげつがた》の鉢金《はちがね》を巻き、黒皮縅《くろかわおどし》の鎧に身を貫いて、左腰の環には長大な太刀を吊《つ》っている。叩頭《こうとう》する使僧にずかずかと近づいた金太夫は、前に出て使僧を守ろうとした寺侍を無造作に蹴倒したかと思うと腰を引いた使僧の襟上《えりがみ》をつかみ、荷物を引きずるようにして囲炉裏部屋をめざした。

金太夫は、盛信から昨日の使僧がまたやってきたと伝えられたとき、

「では、『重ねてまいったりいたすと、身のためにならぬぞ』との仰せの通りにしてやりましょう。おまかせあれ」

と答えて荒武者らしくにんまりしてみせた者である。

囲炉裏部屋へつれこむや使僧を天邪鬼《あまのじゃく》を踏みつける四天王のように押さえこんでおいて、金太夫は囲炉裏に赤々と燃える炭に差しこまれていた焼け火箸を手にした。そして、使僧が悲鳴を上げるのも構わずその額に焼け火箸で「信忠」と刻みつけると、つぎには脇《わき》差《ざし》を抜き放って鼻と両耳とを削《そ》ぎ落とした。

現代の感覚からすれば異様な行為だが、この時代には、どんな不利ないくさであっても断固戦い抜くと肚《はら》を決めた武士たちは、このようにして覚悟のほどを敵に見せつけるものなのだ。

無残な姿と化した使僧が馬に乗せられると、その鞍《くら》の前後には寺侍ふたりが「へ」の字形に括《くく》りつけられた。信忠は高遠方面から伊那へもどってきたこの馬のことを報じられ、ついに高遠城攻めを決意したのであった。

三月一日、織田信忠軍は東側を北から南へ流れる天竜川のかなたに鬼面山《きめんざん》（標高一八八九メートル）、戸倉山《とくらやま》（一六八一メートル）へとつらなる白雪皚々《はくせつがいがい》たる伊那山地を望みながら、西岸の道を北上していった。

西岸のさらに西側には摺古木山《すりこぎやま》（二一六九メートル）、南駒ヶ岳《みなみこまがたけ》（二八四一メートル）、駒ヶ岳（二九五六メートル）と、やはり真っ白な木曾の山並がつづき、天竜川は雪解《ゆきげ》の水によってかなり増水していた。

それでも信忠軍としては東岸へ渡河《とか》しなければ高遠へむかえないから、たびたび物見の騎馬武者を出しては瀬踏《せぶ》みをおこなわせた。今日では「まず試してみること」という意味で使われることの多い「瀬踏み」ということばの本義は、実際に川へ足を踏み入れて瀬の深さを測ることである。

天竜渓谷を十里ほど北上したところでようやくひろやかな浅瀬を見つけた信忠軍は、頭上に一面の夕焼がひろがったころ、甲州街道伊那宿に近い貝沼原《かいぬまはら》という荒地に夜陣することにした。ここまでくれば高遠は東へ二里だから、信忠は小笠原信嶺を道案内とする先鋒八千を発進させる一方、森長可《もりながよし》勢をさらに北上させ、箕輪《みのわ》から杖突峠へ大迂回《だいうかい》させて別働軍とすることも怠らなかった。

これらの動きが仁科盛信の知るところとなったのは、小笠原信嶺らが道筋の村々に火を放ちながら高遠城下西端に迫ったからである。

ちなみに、この時代の軍勢が敵の本拠地に近づくにつれて民家を焼き打ちするのは気まぐれからのことではない。その狙いはふたつ、ひとつは敵兵の潜み得る物陰をあらかじめ消し去ってしまうこと、そしてふたつ目は馬の駆け場を造っておくことであった。

馬は常歩《なみあし》から早歩《はやあし》へと誘ってから駆歩《かけあし》に導くこともできるし、初めから駆歩発進させることもできる。だが、いずれの場合も歩度《ほど》（速力）が最高潮に達するまでにはやや時間と距離が必要になる。そこで駆け場と称し、いわば騎馬武者たちの助走路たり得る何もない空地を前方に設けておく必要があるのだ。

さらにこの三月一日には、信忠軍の一部が別働軍として杖突峠へまわりこんだことも盛信に報じられた。

この手柄を立てたのは、勝頼に仕える小山田大学《おやまだだいがく》という武田家譜代の者であった。信玄の時代から旗本のひとりとして武門名誉の前備えに任じられ、騎馬武者十八騎を預かる歴戦のつわものである。

新府城へ引く途中の勝頼に対し、大学は馬首を返して申し入れた。

「日ごろ二心《にしん》なく見えし者にも逃げ去る者が多いようでござるが、それがしはお屋形さまに代わりましてこれより高遠へ走り、五郎さまと生死をともにいたしたく存ずる」

勝頼の気性をよく知る大学は、かれが兄として弟の盛信を案じていることを察していた。

勝頼が喜んでこの申し入れを承諾したため、大学は杖突峠を越えようとして森長可の物見の部将たちと交錯。その部将をはじめ三つの首を奪って従者に持たせ、高遠の東の木戸《きど》まで長駆すると、槍の鞘を払って身構えた木戸番たちの前で馬を輪乗りしながら告げた。

「われは武田家譜代の者にて、小山田大学と申し候《そうろう》。お屋形さまのお許しを受け、五郎さまの御最期のお供をつかまつりたく存じてまいり候ぞ」

この口上を聞いた盛信が、

「まことに神妙なことである」

と喜んだのはいうまでもない。

七

高遠城の西側、山の下に高遠の町並を見下ろす高みにひらいているのは搦手門《からめてもん》である。一本道のこの町並にも火つけして搦手門へむかったのは、三階菱《さんがいびし》の旗印を松明《たいまつ》に赤く染めた小笠原信嶺勢に信忠配下の河尻与兵衛《かわじりよへえ》勢、毛利河内守《もうりかわちのかみ》勢を加えた一万あまりであった。東側にひらいた追手門へは、おなじく水野監物《みずのけんもつ》と濃尾の兵力七千、法幢院郭《ほうどういんぐるわ》へは金の三つ団子の旗印の滝川一益《たきがわかずます》勢五千がむかい、着々と三方合撃の態勢をととのえた。

遅れて到着した三万八千の大軍もひしひしと第二陣を作り上げたのを見て、信忠は法幢院郭の南二町（二一八メートル）まで裾をのばした白山《はくさん》（比高七三メートル）中腹の権現堂《ごんげんどう》を本陣とした。

この日の信忠の軍装は、燕尾《えんび》の兜に南蛮胴《なんばんどう》、下に緋縅《ひおどし》の草摺《くさずり》を着けて、背には浅葱金襴《あさぎきんらん》の母衣《ほろ》を掛けるというもの。本陣に立てられたのは、金の切り裂きの馬印と赤地に金で織田木瓜紋を描いた旗と幟《のぼり》であった。

これら包囲軍の各陣営で盛大にかがり火が焚かれるにつれ、樹木鬱蒼《うっそう》たる高遠城は巨大な炎環《えんかん》に取りこまれる。信忠は城攻めの開始時刻を二日の卯《う》の刻《こく》（午前六時）と布令していたから、高遠城の籠城者たちのほとんどにとっては、この一日こそが今生における最後の日となるはずであった。

それでも約三千の守兵たちに、浮足立つ気配はまったくなかった。それどころか兜の上にまで霜の降りる寒さにもかかわらず、守兵たちはそれぞれの持ち場に焚火《たきび》をして謡《うたい》や小唄舞《こうたまい》の一節を楽しげに吟じはじめた。

親子、兄弟、親戚、友人たちが明日は打ちつれて黄泉路へ旅立つことを前提とし、持ち場を訪ね合って酒を酌み交わしては好みの歌を披露して悠然と訣別《けつべつ》の宴をひらいたのだ。

およそ二十倍の兵力に城を囲まれた兵たちが、ここまでよくまとまっていたほかの例は戦史に見えない。のちに、

「高遠合戦」

と呼ばれて伝説となってゆく戦いが開始されたのは、まだ夜空に満天の星のまたたいていた二日の寅《とら》の刻《こく》（午前四時）のことであった。滝川一益勢の血気盛んな若武者たちが抜け駆けし、法幢院郭の正門に通じる急な坂へむかったのである。

ここを守っていた仁科方の武将は、朱柄《しゅえ》の大身槍《おおみやり》を小脇にかいこんで悍馬《かんば》にまたがった渡辺金太夫と、お貸し胴具足《どうぐそく》に鉄笠を着用した槍足軽二百五十。鋳鉄の鉢金の下部に天狗《てんぐ》の面に似た面頬《めんぽお》を着けて顔面を守った金太夫は、

た。

「下郎ども、推参《すいざん》！」

と叫んで城門から悍馬を駆歩発進させたかと思うと、たちまち三人までを突き伏せてい
つづいてあらわれた槍足軽二百五十は、互いに左右の者と息を合わせて長槍を水平に構え、穂先をそろえて槍ぶすまを作った。これにまくり立てられた若武者たちのうち四、五十人は、坂の中腹から転落してしまう。

滝川勢からはこの拙《つたな》いいくさぶりに気づいた三千が加勢にむかったものの、渡辺金太夫がさっと兵を返した坂道には老松古杉《ろうしょうこさん》の根が蛇のようにうねっていた。星明かりしかない闇の中、そうとも知らずに馬腹を蹴りつづけた滝川勢の騎馬武者たちはつまずいて嘶《いなな》きながら横転する馬体からほうり出され、それを待ってふたたびあらわれた金太夫配下の槍足軽たちに次々と討ち取られた。

そこへ城壁に切られた鉄砲狭間《てっぽうざま》（銃眼）からは鉄砲の、矢狭間《やざま》からは矢のつるべ撃ちがはじまったため、この滝川勢はもろくも敗れて高遠城の背に位置する月蔵山《がつぞうざん》へ逃れた。

そして卯の刻、明るくなった視界に朝霧が立ちこめる中で高遠城の周辺からは法螺貝《ほらがい》がぼうぼうと吹かれ、陣太鼓が連打されはじめて月蔵山に谺《こだま》した。

法螺貝の吹き方のうちでも押し貝という吹き方は、攻めの合図。陣太鼓はドーン、ドー

ンとゆるやかに打ちはじめられたのがドン、ドンとなり、最後にド、ド、ド、ドと急調子に変わることを序破急《じょはきゅう》という。兵たちはこの変化を聞きながら、常歩、早歩と歩調をあげていって突貫《とっかん》に移れ、と教えられている。

この二日の朝、松姫が開桃寺から塩山の向嶽寺へむかうところに、高遠合戦はいよいよ決戦の時を迎えたのであった。

第三章　果つる時

一

渡辺金太夫《わたなべきんだゆう》が出撃する直前に高遠《たかとお》城本丸表《おもて》御殿《ごてん》でひらかれた軍評定《いくさひょうじょう》では、「桐の葉」を着用した仁科盛信《にしなもりのぶ》が初々しい口調で発言した。

「敵が寄せてきたならば余みずからが全軍を率いて突出いたし、城介信忠《じょうのすけのぶただ》の本陣へ突入する覚悟だ」

「御大将《おんたいしょう》にふさわしいおことばなれど、なかなか敵の本陣には近づけますまいて」

と、揉烏帽子《もみえぼし》に小具足《こぐそく》姿の小山田昌成《おやまだまさゆき》が指摘した点は、さすがに百戦錬磨の男らしい目のつけどころであった。昌成は織田《おだ》信長《のぶなが》・信忠父子が羽柴秀吉《はしばひでよし》を先鋒《せんぽう》の将として芸州《げいしゅう》の毛利《もうり》家と播州《ばんしゅう》佐用郡《さよごおり》の上月城《こうづき》の争奪戦を演じていたころのことを引き合いに出し、こうつづけたのである。

「城介信忠が父の信長に似て鋭き大将でありましたなら、進んで城近くまでやってきましょうから、その本陣へ突入する機会に恵まれることもあろうかと存ずる。しかし、実のところ、城介ははなはだ鈍い気性の者でござって、上月城が毛利家の部将吉川治部少輔《きっかわじぶのしょう》（元長《もとなが》）の大軍にかこまれたときにも救援いたそうとせず、籠城していた味方の尼子勝久《あまこかつひさ》とその家老山中鹿介《やまなかしかのすけ》を見殺しにしたことがござる。このとき毛利家の者たちは城介のことを物笑いの種にいたしたらしゅうござるが、かように鈍い将と申すは合戦場よりはるか後方に本陣を置く癖があり、その前方に旗本勢やら脇備えの者やらをぶ厚く配しまするので、なかなか本陣には迫れぬものと思《おぼ》し召《め》されませ」

盛信がなるほどとうなずくうちに、小山田昌成はさらにいった。

「しかも外堀代わりの三峯川《みぶがわ》には雪解《ゆきげ》の水が流れこんで水量を増しており、騎乗のままにては敵陣めざして渡河《とか》いたしにくくなっており申す。かといって徒立《かちだ》ちで向かっては、鉄砲組に狙われることは必定《ひつじょう》。されば御大将におかせられましては、敵が城に迫らば頃合を見て華々しく突出あそばされ、疲れたまわば兵を引く。それを幾度もくり返しまして、叶《かな》わずんば最期をお迎えになると肚《はら》を固めて下されば、だれが鈍き将などと申しましょうぞ」

すると同席していた渡辺金太夫が、

「では御大将御出馬の折には、それがしが先陣をうけたまわりたく存ずる」

と申し入れて盛信がこれを了承したため、緒戦《しょせん》の滝川勢との戦いは金太夫の受け持つところとなったのである。

ではなぜ渡辺金太夫が先陣を切ることを望んだのかというと、かれは三河生まれの者であって武田家譜代の臣ではなかった。まして仁科家から恩を受けた者でもなかったから、

「三河と尾張はすぐ隣りだ。あやつ、織田軍がやってきたら寝返る気ではないのか」

と疑う声もないではなかった。

ところが金太夫は無骨一方の者で、あらぬことをいわれてもうまく弁駁《べんばく》することなどはできない。そこでかれは盛信の馬前に討死《うちじに》することによって疑念を晴らし、かつおのれの武名をまっとうしようと決意したのであった。

二日卯《う》の刻《こく》（午前六時）の押し貝と陣太鼓の音に乗って、織田の大軍は合財袋《がっさいぶくろ》の口紐《くちひも》を一気に絞るように攻囲の輪を縮めた。

三階菱《さんがいびし》の旗印を押し立てた小笠原信嶺《おがさわらのぶみね》勢は高遠の町屋と城とを隔てる三峯川の支流藤沢《ふじさわ》

川《がわ》をわたり切り、搦手門《からめてもん》へ肉薄してきた。

高遠城内からは、この搦手門へむかって急な坂がのびてきて、門の内側には兵馬の溜まり場である五間《けん》（九・一メートル）掛ける八間（一四・五メートル）の、いわゆる五八の枡《ます》形《がた》が造られている。盛信は銀の髭籠《ひげこ》の馬印と白地の上部に丸に武田菱《たけだびし》を描いた旗印を前方に傾けて、この枡形に到着。搦手門を守るのではなく、門扉《もんぴ》を八の字形にひらかせて逆襲に転じた。

反対方向の東側、追手門《おうてもん》を突破して城内に乗りこもうとした水野監物《みずのけんもつ》勢と濃尾の兵力七千は、門へ通じる坂の上から岩や大木を落とされて大苦戦となる。

このころ織田信忠の本陣はまだ白山《はくさん》中腹の権現堂《ごんげんどう》に置かれていたが、稲妻菱《いなずまびし》の旗印を鎧《よろい》の背の合当離《がったり》（環）に挿しているその使い番たちは、城南から本陣へ馬を飛ばしてくると口々に報じた。

――搦手門よりは、仁科五郎とその手勢と見られる数百が討って出、小笠原勢は苦戦。

――追手門へ向かいし水野勢は、大岩、大石の仕掛けによって四、五十人が圧死。逃げもどりたる者、少なからず。

しかし、城の南寄りにある法幢院《ほうどういんぐるわ》郭の正門には金の三つ団子の旗印の滝川一益《たきがわかずます》勢およそ五千が接近。これを今生《こんじょう》における最後の一戦と見た渡辺金太夫は、今回は金の雨傘に

おなじく金の短冊十八枚つきの大指物《おおさしもの》を風になびかせ、

「まいる、まいる」

と雄叫《おたけ》びを上げてその正門から討って出た。

それよりいち早く門から走り出たのは、すでに抜け駆けした滝川家の若武者たちを鎧袖一触《がいしゅういっしょく》したお貸し胴具足《どうぐそく》に鉄笠姿の槍足軽二百五十に新手《あらて》の鉄砲足軽組数十。長槍を水平に構えて疾駆する槍足軽組と朱柄《しゅえ》二間（三・六メートル）以上の大身槍《おおみやり》を風音すさまじく頭上に回転させた金太夫は、錐《きり》をもみこむように真正面から滝川勢の中へ突入していった。このとき鉄砲足軽たちのみ戦場を迂回《うかい》して白山をめざそうとしたのは、あわよくば信忠に起死回生の銃撃を浴びせようとしたのである。

だが、これら鉄砲足軽たちの試みは無謀すぎた。本来、鉄砲足軽というのは弓足軽と息を合わせて攻めに転じることをもって旨《むね》とする。

鉄砲は一発撃つと、銃口からあらたな弾丸と火薬を落としこんで棚杖《かるか》でよく突き固めた上、火皿に口火薬《くちびやく》を盛ってからでないと第二弾を発射できない。その間、鉄砲足軽たちは敵に対して無防備な姿をさらすことになって非常に危険であるため、行動をともにしている弓足軽たちが矢を乱射することによって玉ごめ途中の鉄砲足軽を守る、というのが合戦の常識なのである。

しかるに、このとき法幢院郭から信忠の本陣をめざした鉄砲足軽たちには、弓足軽が同行していなかった。しかも人数寡少《かしょう》であったため次々に討ち取られ、ついに信忠本陣には突入できずにおわった。

対して渡辺金太夫と槍足軽は力戦奮闘し、特に鋳鉄《ちゅうてつ》の鉢金《はちがね》と天狗《てんぐ》の面に似た面頬《めんぽお》を着用している金太夫に至っては、大身槍を振りまわしすぎて腕《かいな》が疲れると、いったん下馬して筋肉を休めるゆとりさえみせた。

しかし、後続する者のないまま敵陣に深く入りこんだ集団には、ある運命が待っている。次第にかれらを押しつつんだ滝川勢は花が咲くようにはっとひらいては、はっとつぼむ動きをくり返した。これは四方から斬りつけ、逆襲されたら跳びのいてまた攻めるという戦術である。

滝川勢が何度目かにはっとつぼんだときには、もはやはっとひらく動きはなかった。金太夫のすべての槍足軽たちは、滝川勢のうちに呑《の》みこまれてしまったのだ。ひとり残った金太夫は乗馬を騎座《きざ》（両膝の内側）のみで操り、りゅうりゅうと大身槍をしごいて九人まで突き倒し、十一人を手負わせたところで四方から槍を受けておわった。

織田信忠の本陣は法幢院郭から南へ二町（二一八メートル）の高地上にあるため、三峯川を挟んでこの光景を直視することができた。その本軍が金の切り裂《きさ》きの馬印と赤地に金で織田木瓜紋を描いた旗印を前へ傾けて駆歩発進すると、滝川勢も備えを立て直して法幢院郭へ突入していった。

対して仁科方は盛信自身が東の追手門へ駆けつけ、小山田昌成以下の五百あまりとともにこのもっとも重要な城門を死守しようとした。ただし西の搦手門は盛信とその旗本たちが陣替えしたために、諏訪勝右衛門《すわかつえもん》、小山田昌成の弟の大学《だいがく》、神林十郎兵衛《かんばやしじゅうろべえ》と雑兵《ぞうひょう》百あまりしかいなくなる。

盛信直率軍《じきそつ》の動きに気づいた織田方の河尻与兵衛《かわじりよへえ》、毛利河内守《もうりかわちのかみ》の八千は、高遠の北東へまわりこみ、森長可《もりながよし》勢と合流してから追手門へ殺到していった。

二

この三月二日に甲州山梨郡《やまなしごおり》於曾郷《おぞごう》塩山《しおのやま》の向嶽寺《こうがくじ》に身を休めた松姫《まつひめ》は、すでに高遠合戦がはじまったことまでは知るべくもなかった。しかし、その朝早くから近在を托鉢《たくはつ》してまわった雲水《うんすい》たちの口から、兄の仁科盛信がかねてからの覚悟に従って籠城の用意をしていることだけは伝えられていた。

向嶽寺の道場で修行中の雲水たちは、いずれも武田家贔屓《びいき》なので一気に緊迫してきたという高遠城の様子を気にかけていたのである。

　中でも松姫を嘆息させたのは、勝頼《かつより》が小山田昌成、渡辺金太夫とともに援将として高遠へ派遣した小菅五郎兵衛《こすげごろべえ》の行動であった。

　二月二十八日に勝頼が茅野《ちの》の上原城から新府《しんぷ》城へ帰ることにしたとき、初め一万五千あったその兵力は八千に激減していた、という話を聞くや、小菅五郎兵衛は青白い顔をして盛信の前に進み出て申し入れた。

「それがしどもがこちらへ出張《でば》りましてからまだ数日しか経ちませぬが、お屋形さまは上原城から没落なさったとうけたまわりました」

　没落とは、まったく勢いを失ったという意味である。

「うむ」

　と盛信が先をうながすと、五郎兵衛はすらすらとつづけた。

「この小菅五郎兵衛はお屋形さま厚恩の者に候《そうろう》。されば、いずれ死ぬる命であればお屋形さまの御最期を見届けたく存じ申す。ここは一度、それがしに新府城へもどることを許したまえ」

　五郎兵衛は盛信の返事も待たず、そそくさと甲州へ逃げ帰った。それを見て高遠城の雑兵や仁科家の陪臣たちにも逃亡する者があったが、同家の直臣たちからはひとりの落人《おちうど》も出なかった。

しかも、用事で古府中《こふちゅう》（甲府）の寺を訪ね、二日早朝に向嶽寺にもどってきた雲水は首を傾《かし》げて同僚たちに告げた。

「古府中で小菅五郎兵衛さまを見掛けましたが、いくさ仕度もしてはおられず、微醺《びくん》を帯びておいでのようでした」

五郎兵衛は勝頼を慕って高遠城から新府城へ帰ったのではなく、命惜しさに武田家を見限ったものの、つぎにどうしていいかわからなくなって古府中をうろついていたのである。

つづいて二十九日に勝頼が新府城へもどったとき、兵力は一千たらずしかいなくなっていた、とも報じられた。

かつての躑躅ヶ崎館《つつじがさきかん》の華やぎやまだ木の香も新しい新府城の壮大さを知る松姫には、これらの話がどうにも実感しにくかった。

高遠城の西側にひらいた搦手門の外側には、まだ濃尾両国の荒武者たちが犇《ひしめ》いていた。ならば門を打ち破られる前に先手を打たねば、と相談し合った諏訪勝右衛門、小山田大学、神林十郎兵衛は、百の兵力を三つに分けてそれぞれ率い、門扉をひらいて討って出ることにした。

搦手門の内も外も急な下り坂、その下はすぐに藤沢川となるので、寄せ手に鉄砲を構える隙を与えず槍を入れれば、かなりの敵をその流れへ突き落とすことができる。

これら三人が兵力寡少をものともせず門外に馬蹄《ばてい》の音を響かせるうちに、東側の追手門外の地では小山田昌成と森長可が死闘をくりひろげていた。舞鶴《まいづる》の旗印を押し立てた森長可勢に毛利河内守勢が助太刀《すけだち》すると見て盛信が小山田に加勢すると、仁科家家臣飯島小太郎《いいじまこたろう》という者が三階菱の旗印を目にして叫んだ。

「あれは小笠原掃部大夫《おがさわらかもんだゆう》（信嶺）の旗印ぞ、伊那口《いなぐち》に敵を引きこんだ逆賊を許すな！」

いうや否や馬腹を蹴って門外へむかった小太郎は、みごとに小笠原信嶺の上体に槍をつけて重傷を負わせたものの、信嶺は馬首を返して何とか逃げおおせる。

銀の髭籠の馬印を掲げた盛信直率の軍勢もいつか門を抜けて、河尻与兵衛勢と槍を合わせた。

盛信直率軍の特徴は、龍尾《りゅうび》、牛首《ぎゅうくび》、栄螺形《さざえなり》、波頭《なみがしら》など思い思いの変わり兜《かぶと》を着用して馬上筒《ばじょうづつ》か大身槍を小脇にかいこんだ騎馬武者五、六十騎が盛信の乗馬の前方に立ちふさがり、銃弾が耳元を掠《かす》めてもびくりともしないことであった。

「よし、その方どもも一塩つけよ」

と盛信がその騎馬武者たちに采配を打ち振って命じたのは、野菜や魚に軽く塩を振りかけるように手並のほどを見せてやれ、という意味合いである。

これも坂の上から駆歩発進した者たちの猛攻により、河尻勢の先鋒は坂下に追い落とされて後続の毛利勢へ崩れかかった。

鯨波《とき》の声、怒声と悲鳴、馬の嘶《いなな》きが法螺《ほら》の音と陣太鼓に混じり合い、焙烙《ほうろく》で豆を煎るような銃声、カーンと拍子木を打つのに似た弓弦《ゆづる》の音も重なって耳を聾《ろう》する。視界は土ぼこりと白い弾幕にさえぎられ、硝煙と血の臭《にお》いが鼻を刺した。

盛信がそれをものともせず七度まで直率軍に発進を命じて敵を坂下へ追いやったころには、開戦から二刻《ふたとき》(四時間)の時が流れて巳《み》の刻《こく》(午前十時)となっていた。すると轟音《ごうおん》一発、盛信は馬体左方向から発射された銃弾に左の高股《たかもも》を撃ち抜かれ、肩口にかざそうとしていた采配を危うく取り落としかけた。

このころになると、高遠城の東、西、南を守る仁科軍のなかばは討死を遂げており、なお戦いつつある将士に切り傷、突き傷を受けていない者はいなかった。

しかし、ここで敵に盛信の首を奪われてはならぬとみて、直率軍は追手門と三の丸を捨てて二の丸へ引いていった。

すると搦手門の守将のひとり小山田大学が満身創痍《まんしんそうい》となってあらわれ、血槍を杖代わりにして馬上の盛信に片膝づきの礼を取ると、荒い息を吐きながら告げた。

「無念ながら搦手門は打ち破られまして、諏訪勝右衛門と神林十郎兵衛は坂の途中にて討死いたしましてござる。すでに法幢院郭にも敵が満ちたる様子なれど、それがしは今一度、御大将に見参《げんざん》いたしてから腹を切るべしと愚考つかまつって引き上げてまいり申した」

「是非もあるまい」

と盛信が応じて止血のため二の丸御殿へむかううちに、水野監物勢が三の丸から二の丸に乱入してきた。

そうと気づいて盛信が本丸へ引く間に、直率軍の内からはこれを迎え討とうとした者もあった。だが、水野家鉄砲足軽たちの正確な射撃と騎馬武者たちの発進によって、突風に薙《な》がれた草木のように倒れ伏すばかり。勢いこんだ水野勢が、

「それ、めざすは本丸ぞ」

と叫んで三日月形の二の丸を北に突っ切ろうとしたときのこと、本丸との境の二の丸門の石垣の陰からあらわれたひとりの女武者がいた。

源平合戦の世からこの時代まで、平時は家事に勤《いそ》しんでいても、いったんいくさとなると女武者として戦場におもむくことをためらわない武家の女性は珍しくない。

紺糸縅《こんいとおどし》の腹巻を着け、二尺（六一センチメートル）ほどの刀をすでに抜き放っていたこの女武者は、わらわらと迫った水野家の徒武者《かちむしゃ》たちにきっぱりと告げた。

「わらわは諏訪勝右衛門頼清《よりきよ》の妻なるぞ。夫すでに討死いたせしことなれば、おなじき道を志《こころざ》す。御身《おんみ》らは、黙ってわらわの供をしや」

諏訪勝右衛門の妻は、名をお花《はな》といった。本丸奥御殿に詰めていて、搦手門から負傷して引いてきた兵から夫の死を聞いたお花は、咄嗟《とっさ》に自分も斬死《きりじに》して夫の跡を慕おうと考え、二の丸門へ駆けつけてきたのであった。

「おっ、女郎《めろう》ではないか」

といって水野家の徒武者たちがお花に近づいていったのは、戦場で出会った敵の男は殺す、女は弄んでから妾《めかけ》にするか遊女屋に売り飛ばすという感覚を当然としていたからである。

この徒武者たちが不運だったのは、高遠城詰めの武家の女たちのほとんどが源平合戦の世に木曾谷《きそだに》からあらわれて源 義仲《みなもとのよしなか》とともに戦った巴御前《ともえごぜん》を女の鑑《かがみ》とし、薙刀《なぎなた》術や剣術を修めているのを知らなかったことである。

剣技に長じた者は、打ちこむべき相手をじっと見つめるのではなく、その相手の仲間の動きにも注意を払うためにちらちらと瞳を動かす。いわゆる、

「二つ目遣い」

この二つ目遣いを見せながら、肩をならべて近づいてきた徒武者ふたりにするすると足

を送ったお花は、ためらわず先頭の男の首筋を一閃《いっせん》。驚いて立ちすくんだ第二の男の首筋にも燕返《つばめがえ》しの一打を送りこみ、瞬時にしてふたりを討ち留めていた。

「おのれ、女郎」

第三の徒武者が槍を取り直して進み出、水野家鉄砲足軽たちもその後方で立ち撃ちの構えに入ったときであった。丈《たけ》なす黒髪を背に乱していたお花は、血塗られた刀を捨てて短刀を抜いたかと思うとその切先《きっさき》を口にふくみ、大地に身を投げ出してみごとな最期を遂げた。

三

しかし、高遠合戦はまだおわりではなかった。

安土城のような大城郭はともかく、高遠城のように天守閣のない城の本丸は、

「詰めの城」

ともいわれ、落城間際に主将の籠もるところとされる。

盛信が馬廻《うままわ》りたちの肩を借り、その本丸の東の矢倉に登って南方を見つめると、金の切り裂きの馬印が法幢院郭を越えてこちらへ接近してくるところであった。

「城介の旗本どもも近づいて来おったようだな。今一度追い払ってやりたいところだが、片足が動かなくなってはそれもできぬな」

盛信が無念そうにいうと、付き従っていた小山田大学が返り血を浴びた顔面から目だけを光らせて答えた。

「それがし、本日は何度か敵と駆け違い申したれど、御大将の御前《おんまえ》にては働いておりませぬ。これより討死つかまつるにより、黄泉路《よみじ》への魁《さきがけ》と思《おぼ》し召《め》し候《そうら》え」

いいもあえず矢倉を駆け下りてゆく大学を見送りながら、

「小山田大学を討たすな」

と盛信は悲痛に叫んだ。

「うけたまわって候《そうろう》」

と、その床几《しょうぎ》のかたわらにあってこれに応じたのは、小山田昌成。昌成は盛信と近習《きんじゅう》十四名だけを残すと、年老いたため本丸番を命じられていた者と生き残りの将兵六、七十人を率いて、二の丸へ討って出た。

この者たちのうちには、あわよくば城介信忠と刺し違えようとして金の切り裂きの馬印をめざして疾駆した者たちもいる。だが、信忠のまわりには赤母衣《あかほろ》、黒母衣《くろほろ》をまとった馬廻りたちがびっしりとならんでこちらへ馬首を向けており、信忠と馳《は》せ違うことは不可能であった。

逆にこれら六、七十人は斬り立てられて十五、六人ばかりとなってしまい、息を喘《あえ》がせながらも本丸へ引かざるを得なくなる。

ただしその十五、六人には昌成と大学の小山田兄弟がふくまれていた。ふたりを迎えた盛信は、口髭《くちひげ》をたくわえた口元に笑みを浮かべて告げた。

「あっぱれ、一騎当千のつわものとはその方どものことだ。余も、もはや思い残すことはない」

つと床几から立ち上がった盛信は、近習の肩を借りて奥座敷をめざした。その盛信が金《こん》色《じき》の大鍬形《おおくわがた》と武田菱の紋を前立てとした伏兜《ふせかぶと》と雲竜《うんりゅう》文様の陣羽織《じんばおり》を脱ぎ、左の腰の環から太刀を外したのは、切腹の用意にほかならない。

ついで盛信が金小札《きんこざね》の「桐の葉」を脱いでがらりと投げ捨てると、それより一呼吸早く鎧を脱いでいた大学がその前に飛び出して頭を下げた。

「先ほど御暇《おいとま》申し上げましたのに、また御前にまかり出てしまい申した。今度こそつかまつるべし」

いうやいなや大学は腹をくつろげ、短刀を抜いて十文字腹を切った。

その大学がつぎにしたのは、上体を前に傾けながらもその短刀の刃を袖で押し拭い、盛信に差し出すことであった。これは、よろしければ御大将もこの短刀を使って下さりませ、という黄泉路への案内役をつとめると誓った者ならではの最後の願いである。

「うむ」

と応じた盛信がこの短刀を受け取ると、仁科一族の曾根原十左衛門《そねはらじゅうざえもん》という者が進み出て大学の介錯《かいしゃく》をした。

つづいて小山田昌成、飯田城から引いてきていた小幡因幡守《おばたいなばのかみ》、おなじく清左衛門《せいざえもん》らが切腹し、やはり曾根原十左衛門の介錯を受けた。

それを見届けて、いよいよ盛信も腹をくつろげたころには、水野監物勢と滝川一益勢が早くも喚声をあげて本丸表御殿に侵入してきた。東西・南北ともに二十八間（五〇・九メートル）の本丸には、東矢倉のほかに殿舎はひとつしかないので、寄せ手は迷いなく直進することができる。

これに対してある戸口に板の盾を一枚持ち出し、その陰から散々に弓を射て抵抗したのは、曾根原十左衛門の一子、まだ十六歳の三十郎《さんじゅうろう》であった。寄せ手六、七人を射倒した三十郎は、弓弦が切れると若党ふたりを従えて寄せ手の中へ駆け入り、斬死を遂げた。

戦国の世から幕末まで、武士というものは畳の上で死ぬことよりも戦場に屍《かばね》をさらすことをもってよしとする。この日、寄せ手六、七人を射たこと以外に逸話の伝わらない曾根原三十郎という少年も、高遠武士らしくこの感覚に殉じたのである。

その間に盛信も腹を切り、曾根原十左衛門がこれをみごとに介錯したが、三十郎が斬死した時点で仁科方の殿舎外での抵抗はおわっている。ずかずかと表御殿へ乗りこんでくる寄せ手の足音に気づいた十左衛門は、残った近習十四人に返り血を浴びた上体を向けて命じた。

「まもなく消ゆる命ではあれ、どこまでも敵を悩ませるのがつわものぞ」

「はっ」

とうなずいた近習十四人と十左衛門に共通するのは、肩衣半袴《かたぎぬはんばかま》姿で具足をまとってはいないことであった。それでもかれらは戸や障子を盾に巧みに刀を揮《ふる》ったので、寄せ手はなかなか室内に入りこめない。

このように死に狂いに狂う敵こそもっとも危険と見た森長可の兵たちの一部は、梯子《はしご》をかけて表御殿の屋根へ登り、葺《ふ》き板《いた》を破って屋内へ鉄砲を撃ちこんだ。この戦術は、

「高遠の屋根葺きいくさ」

と名づけられて後世に伝えられることになる。

かくして屋内の抵抗もほぼおわり、森長可勢のひとりの兵が盛信の首を求めて奥座敷に近づくと、手前の囲炉裏部屋の一角にまだ十三、四歳の茶坊主が座っていた。兵が無視し

てその部屋を突っ切ろうとすると、茶坊主は思い掛けない行動に出た。さっと十能《じゅうのう》をつかんだと思うと、囲炉裏の灰をすくって兵に投げかけ、目つぶしを食らった兵が後ずさるうちに匕首《あいくち》を抜いて駆け寄るや草摺《くさずり》の外れに突っ立てたのである。

姓名の伝わらないこの少年は後続していた寄せ手に斬られたが、仁科方の史料はかれのことを、

「志《こころざし》をあらわして討たれける」

という表現を用いて記録している。

その後、各部屋を改めた兵たちの動きはいやが上にも慎重となったため、表御殿内で発見された四、五十人の亡骸《なきがら》と首に盛信のそれがふくまれていることが確認されたのは、申《さる》の刻《こく》(午後四時)になってからであった。

この日の織田方の死者は、二千七百五十人あまり。対して仁科方のそれは、二千五百八十人あまり。仁科方の将兵は、少なくとも寄せ手のひとり以上を討ってから仆《たお》れた、といってよい。

四

武田勝頼が高遠落城を知ったのは、三月二日当日の夜のことであった。高遠城から身をもって逃れた十人の兵が新府城に駆けこみ、そうと告げたのである。

伊那谷の最奥にある高遠城は屈指の名城であり、織田の大軍に囲まれたところで一カ月はもつ、と武田家家中《かちゅう》では考えられていた。それが一日にして抜かれたとあっては、まだ矢倉も出来上がらず城壁の土台たるべき土盛《ども》りしかない新府城ではとても決戦できないし、第一兵自体が一千たらずしかいなくなってしまっている。

小諸城を預かる典厩信豊《てんきゅうのぶとよ》はなおも病と称して新府城にはやってこなかったから、勝頼の相談相手になれるのは長坂釣閑斎《ながさかちょうかんさい》、跡部大炊助《あとべおおいのすけ》と筆頭家老の小山田信茂《おやまだのぶしげ》しか残っていなかった。

その勝頼が時を置かず信茂を表御殿書院の間に招いてどうすべきかを問うたので、侍《さむらい》烏帽子《えぼし》と素襖《すおう》姿の信茂は献策した。

「わが小山田家伝来の土地都留郡《つるごおり》は渓谷険阻《けんそ》にして、大月の近くに岩殿《いわどの》城と申す難攻不落の城を構えております」

深い谷を形成する桂川《かつらがわ》と葛野川《かずのがわ》を裾野にめぐらした岩殿城の南斜面には、鏡岩という名の高さ一町（一〇九メートル）以上の一枚岩がほぼ垂直に屹立《きつりつ》。西側にも、兜岩から稚《ち》児落《ごお》としへとつづく天然の大懸崖《だいけんがい》が発達している。

「幸いこの城には、御家中の者数百が番兵として入っております。まずはこの城へお引きあそばされて老幼婦女を隠し、機を見て討って出ることになされば一度散った兵たちもおいおい馳せ参じましょう」

信茂がめっきり面《おも》やつれした勝頼を見つめて口跡《こうせき》よく述べると、勝頼は大きくうなずいた。つづいて入室した坊主頭の長坂釣閑斎、目つき卑しい跡部大炊助もこの策に賛同したので、信茂はまたいった。

「さればそれがしはこれより妻子ともども谷村《やむら》の館《やかた》へ立ちもどり、万端手はずをととのえて明日のうちに途中までお出迎えにまいります。郡内《ぐんない》（都留郡）は関所堅固にして領民は強悍《きょうかん》、容易に敵を入れることはござりませぬから、ゆめゆめ案じたもうな」

「うむ、当家一門の身命《しんみょう》はその方に任せたぞ」

小姓《こしょう》を呼んだ勝頼は信茂に酒盃を与えたばかりか、差していた伊勢光忠《いせみつただ》の脇差《わきざし》を下賜して付け加えた。

「奥州黒《おうしゅうぐろ》に乗ってゆくがよい」

奥州黒とは、文字通り奥州産の黒毛の名馬に付けられた名称である。

信茂が「これより妻子ともども谷村の館へ立ちもどり」といったのは、武田家が新府城を廃棄するなら証人（人質）として妻子を城内に入れておく必要はなくなるから返していただく、というふくみにほかならない。

それがどのような意味を持つのか、ということなど考えられなくなっている勝頼に、信茂は一揖《いちゆう》して告げた。

「では今宵《こよい》のうちに谷村へ向かいましょう、しばらく御免」


信茂の長女香具姫《かぐひめ》は、松姫一行と行動をともにしていて新府城にはいない。

しかし、香具姫の乳母《めのと》からは、

「ただいまは山梨郡於曾郷塩山の向嶽寺におりますが、お姫《ひい》さま（香具姫）はお健やかでございますから御懸念なきように」

とこの日の昼過ぎに使いの者がきて信茂夫人に伝えてあったので、信茂は松姫一行の居場所を承知していた。

そこで信茂は、すでに髪を落として尼御前《あまごぜ》と呼ばれている老母、正室、そして長男の弥《や》三郎《さぶろう》の三人を輿《こし》に乗せて新府城を出る前に、使い番の者を向嶽寺へむかわせた。

「小山田家の一族郎党はただちに谷村をめざすにより、よろしければ御一行は谷村の館へ先行あそばされたし」

との口上を述べさせるためである。

三日の夜明け前、松姫は騎乗したまま向嶽寺に駆けこんできたその使い番に湯漬けを与えておいて手早く着更《きが》えをすると、たおやかな面差《おもざし》を向け、寂しそうにたずねた。

「御苦労さま。五郎さまが亡くなったことを伝えに来て下さったのですね」

「え、どうして」

それをご存じなので、と使い番がつづける前に、そぎ尼にしている髪を揺らした松姫は、手巾《しゅきん》で目頭《めがしら》を押さえながら答えた。

「わらわにはわかっておりました。寝《やす》んでいる間に着背長《きせなが》（鎧）を召された五郎さまが夢枕に立って哀しそうなお顔をなさり、もう会えぬ、そなたは早《はよ》う東へ走れ、とおっしゃったものですから」


小山田信茂が松姫にいいたかったのは、笹子峠《ささごとうげ》は羊腸《ようちょう》の小道であり一本道でもあるので、松姫一行と小山田勢の人馬が互いに接近し合うと思わぬ事故が起こりかねない、だから自分たちより早く峠を抜けてほしい、ということであった。

松姫は一種の霊感により、そうすべきだということをあらかじめ承知していたのである。

五

しかし、松姫にはその三日の昼のうちに誤算が生じた。

その第一は、今は仁科五郎盛信の遺児となってしまった督姫《とくひめ》が向嶽寺にいると知って、いったん高遠城から新府城へ逃れた仁科家の遺臣十人が奥女中ふたりとともにやってきたことであった。

これらはすべて高遠合戦前夜、すなわち三月一日から寝ていない上に体力を消耗し尽くしているので、

「姫は別室でお昼寝をしていますから、そなたたちも沐浴《もくよく》をして少しからだをお休めなさい」

と松姫にいわれて湯漬けを出されただけで緊張がゆるみ、泣き出してしまう者もいた。

松姫の供侍《ともざむらい》たちのまとめ役は石黒八兵衛《いしぐろはちべえ》という初老の落ちついた人物で、介添役として同朋衆《どうぼうしゅう》のひとり何阿弥《なにあみ》という法体《ほったい》の者をつれてきていた。同朋衆とは、書信の授受や対面希望者の取次などにあたる者である。

石黒八兵衛と坊主頭に羽織姿の何阿弥は、督姫を探し当ててほっとした仁科家の遺臣た

ちが別室に退いて泥のように眠りに落ちるのを見定めると、目と目を見交わしあってから松姫の面前にすすんでふたりの意見を伝えた。

「今もこの何阿弥と語りあったのでござりますが、高遠から落ちてきた者たちは疲れ切っておりますから、ひと休みしたなら御料人《ごりょうにん》さま（松姫）のお供に加わって郡内（都留郡）をめざせ、とはちと申しにくいような」

と、大月代茶筅《おおさかやきちゃせん》に結い上げた髪に白い筋のめだつ八兵衛が困ったようにいったのである。

「それもそうですね」

松姫は、そぎ尼にしている髪を揺らしながら素直に答えた。

「それでは、本日出立《しゅったつ》するのは取り止《や》めといたしましょう。その代わり、といっては何ですけれど、こちらのお寺のどなたかにお願いして、高遠で亡くなられた方々のために読経《どきょう》していただくことはできますまいか」

「それはよいお考えと存じます。この向嶽寺は武田家によって建立《こんりゅう》された寺でございますから、厭《いや》という訳がござりませぬ。われらから、御料人さまのお心を僧侶たちに伝えてまいりましょう」

と答えて、八兵衛は何阿弥とともに松姫の御座所《ござしょ》となっている庫裡《くり》の一室から去っていった。

向嶽寺側は快くこの依頼に応じてくれたが、すべての読経がおわって松姫たちが庫裡にもどろうとすると、その庫裡の台所屋形にいたまかないの者たちは、なぜか物情騒然となっていた。古府中（甲府）へ托鉢にいっていた雲水たちが急ぎ足で帰ってきて、こう報じたからである。

「古府中より勝沼《かつぬま》あたりにかけては、韮崎《にらさき》方面から逃れてきたとおぼしき武田家のお女中方が足を血に染めて点々と倒れ伏しております」

これが松姫の耳に入った、武田四郎勝頼の新府城離脱の第一報であった。

六

昨三月二日夜に小山田信茂を谷村の館へ送り出した武田勝頼は、その夜のうちに、明朝にはこの新府城を焼いて小山田一行の後を追うことに決めていた。時を置かず、

「馬三百匹、人夫五百人を出すべし」

と周辺の郷村に布令したのは、武具、兵糧《ひょうろう》、財宝と正室北条《ほうじょう》夫人および上臈《じょうろう》たちの乗る輿を運ばせるためであった。

ところが、である。

三日の卯《う》の刻《こく》（午前六時）が近づいて野鳥が囀《さえず》り、あたりが白みはじめても、新府城の指定の場所には馬一匹、人夫ひとりたりとあらわれなかった。すでに信州高遠城が一日にして落城したことは甲州一円に伝えられ、つぎに織田の軍勢がめざすのは新府城だ、と悟った武田家の領民たちは家を捨てて山野の奥へ逃走してしまったのだ。

「こ、こりゃあどうしたらいいんじゃ」

と、小者頭《こものがしら》たちが驚き慌てたのも無理からぬことであった。これまでは北条夫人や上臈衆の方違《かたたが》えのための外出や寺社への日帰りの参拝というだけでも、女たちの輿が十挺《ちょう》、二十挺、それを守る騎馬武者たちが百騎、二百騎とつらなることがきわめて当たり前だったからである。

北条夫人を輿に乗せるつもりでいたお付きの者たちも、駕輿丁《かよちょう》の役を務めるべき地下《じげ》人《にん》がひとりもいないとあっては怒ることもできない。城内の馬小屋からようやく馬格の劣った駄馬一匹を見つけ出し、草を編んで造った安っぽい草鞍《くさぐら》を置いて夫人にはこれに乗ってもらうことにした。

正室ですらこのようだから、長持《ながもち》に衣装や愛用の品々を納め、地下人たちに運ばせようとしていた上臈たちも身ひとつで城を去ることを覚悟しなければならなかった。

しかも、勝頼が二月二十八日に帰城した直後に一千人近くいた将兵は、小山田信茂とそ

ってい た。

の家臣団が先に退去したこともあってさらに減り、徒武者六百と騎馬武者二十騎のみとな
っていた。
　というのに北条夫人に仕える上臈衆は厳密にいえば年寄、中年寄、お次その他の身分に
わけられていて、あわせて百人近かった。これは北条夫人にお目通りすることを許された
「お目見以上《めみえ》」の者たちであり、その下に「お目見以下」の仲居、火の番、使い番その他
が二百人以上いた。
　将兵が六百二十人しかいないのに女たちが三百人、しかもその女たちに乗物がないとい
うのはいかにも動きにくい事態であった。
「お目見以上」の女たちは一生奉公といって一生を奥御殿で過ごすのに対し、「お目見以
下」の者たちは個人の都合で暇をもらうことも許される。ただし武田家が織田の軍勢に押
しつつまれつつあり、甲州の地下人たちにも背かれた今となっては、退職したところで混
乱に巻きこまれるしかない。女たちはそう考え、打ち嘆きながらも菅笠《すげがさ》を傾けて徒立ちで
北条夫人の供をすることにしたのであった。
　加えてこの女たちが次第に沿道に集まってきた野次馬たちにも哀れと感じられたのは、
「お目見以上」かそうでないかにかかわらず、ある共通点を持っているためであった。そ
れはほとんど本丸奥御殿から出ることがなく、たまに外出する際も底厚の草履《ぞうり》を常用して

いるため、草鞋《わらじ》掛けで長い距離を歩むことにはまったく慣れていない、という点である。

これらの女たちがほろほろと泣きながら古府中めざして歩みはじめた姿は、

「目もあてられぬ有様なり」

と記録され、寿永《じゅえい》二年（一一八三）の秋のころ、源義仲に攻め立てられて西国《さいごく》へ落ちていった平家一門に比定された。

中でも浅ましかったのは、これらの者たちとともに逃れようとして、新府城周辺の武家屋敷から家財道具を荷車に積んだ老幼婦女が続々とあらわれたことであった。荷車が道の窪地に車輪を取られて横倒しになると、満載の家財道具があたりにぶちまけられて、押した押さないの口喧嘩《くちげんか》がはじまる。

そこから人の流れが滞るうちに、家族を見失った妻たち、親と離れてしまった幼き者たちが辻《つじ》という辻に集まって泣き叫び、これがまたあらたな騒動の火種となった。

先を行っていて後方からこのような騒ぎが起こったことに気づいた者たちは、気早くもすでに織田の大軍が背後へまわりこんだものと錯覚。

「敵が後から追い掛けてきたぞ！」

と喚《わめ》いたからたまらない。韮崎と古府中のほぼ中間、西はずれに釜無川《かまなしがわ》の流れを見る巨《こ》摩郡《まごおり》の竜地《りゅうじ》村の台地まで、女たちはこけつまろびつ走って息を喘がせた。

しかも、視界のひらけた台地上から振り返ったとき、一行の目に映ったのは織田軍の旗や幟《のぼり》ではなかった。新府城から幾条も立ち昇り、空の高みに渦巻きはじめた黒煙であった。勝頼は自分たちが城を退出しおわったなら、すべての曲輪《くるわ》と武家屋敷に火を放て、と命じてあったのである。

西の韮崎と東の古府中は、竜地台とも呼ばれるこの台地を挟んで甲州街道でむすばれており、その距離は三里二十一町（一四キロメートル）あまり。竜地台を越えた道筋は古府中の南を横断しているため、かつての甲州武田家の拠点躑躅ヶ崎館とそのまわりに建てられた甲軍の部将たちの屋敷は、すべて行く手の北側に位置した。

その北側にならんだ神社仏閣や商店、茶店、宿屋などからは、老若男女が道筋まで見送りにあらわれた。これら古府中の住人たちに手を合わせて一行を打ち眺めては涙を流す者が少なくなかったのは、目の前をとぼとぼとすすんでゆく一行の旅路が滅びの淵《ふち》へとつながっていることを察していたためにほかならない。

その北側へ向かいたい気持を圧《お》さえた勝頼以下は、愛宕山《あたごやま》の手前を右折して古府中の東郊をめざした。道筋はやがて板垣郷《いたがきごう》に入り、不意ににぎやかに商店のならぶ通りに出た。

ここには、武田信玄が参道から門前町まで信州の善光寺《ぜんこうじ》を模して建立した甲斐善光寺がある。二階建て折衷様式の堂々たる山門の先にはひろやかな石畳がつづき、よく手入れされた赤松のかなたに金堂《こんどう》が建っていて、その屋根の正面真下には金色の武田菱が輝いていた。

「南無西方極楽世界《なむさいほうごくらくせかい》の教主阿弥陀如来《あみだにょらい》、われらを十万億土《じゅうまんおくど》まで迎え取らせたまえ、南無阿弥陀仏」

と、その金堂に向かって合掌する者がほとんどであったが、門前の土産物屋には参拝客が集まって、高遠城が落ちたことなど知らぬかのようなにぎわいぶりであった。しかも、その門前まで見送りにあらわれた武田家出入りの商人たちも多く、これらの大混雑にまぎれて勝頼一行の半数が姿を消してしまった。

さらに東郊へ抜けるまでの間に道端の木の下、雑草の上に倒れ伏す女たちが続出したのは、三里二十一町につづいて古府中二里十九町（一〇キロメートル）を通過するうちにすっかり足を痛めたためであった。

草鞋は磨り切れやすい履物《はきもの》であり、長旅をするときは予備の草鞋を何足も腰の帯にくくりつけて出掛けねばならない。そんなこととはつゆ知らない上臈たちは道に突き出た岩の角を踏んだりして足の裏や爪に負傷し、いつか白足袋《しろたび》を血に染めていた。並行して体力も気力も失《う》せてしまっていた女たちは、あちこちに倒れ伏しては、

「たとえ敵に捕らわれましょうと、もはや一歩も歩けませせぬ」

と声を上げて泣く惨状を呈したのであった。

それでも勝頼はこれらの足弱《あしよわ》たちを励まして東へ歩みつづけ、甲州街道を石和《いさわ》—栗原—勝沼と四里ほどすすんで柏尾《かしお》村に休息することにした。

真言宗柏尾山大善寺《かしおさんだいぜんじ》という古刹《こさつ》のあることで知られる柏尾村は、南にも北にも深い沢がつづき、大善寺のすぐ先、日川《ひかわ》という渓流に一本の橋が架かっているばかりである。だが、小山田信茂の領地都留郡の者が古府中の方角から下ってくる者を出迎えるのは柏尾とされていた。そのため勝頼は、この地で信茂と再会できるものと信じていた。

しかし、なぜか信茂もその家臣たちも姿を見せない。やむなく勝頼はこの地に一泊すると決め、北条夫人および前妻の子である十六歳の太郎信勝《たろうのぶかつ》とともに大善寺の薬師堂に入って理慶尼《りけいに》という尼僧の世話になることにした。

一方、問題になったのは将兵と女たちにどのようにして一夜を過ごさせるか、であった。大善寺に僧は三人しかいないため、人数激減したとはいえまだ男女あわせて五百人近い供の者たちの面倒は見切れない。柏尾村の人口はわずか五十人ほどで、しかもかろうじて膝の入る程度の家しかないから宿を借りるわけにもゆかない。

致し方なく供の者たちは、木陰や岩と岩との間に薦《こも》を張ったり筵《むしろ》を敷いたりして夜露を凌《しの》ぐことにした。

だが、勝頼はただ手をこまぬいていたわけではない。

柏尾からさらに一里ほど東進すれば鶴瀬《つるせ》となり、ここで山梨郡はおわって八代郡《やつしろごおり》となるため、鶴瀬の八代郡寄りには関所が設けられていた。いったんその先の都留郡へもどった小山田信茂が用意をととのえて出迎えにくれば、かならずこの関所を越えねばならない。

そう考えて夜のうちに物見の兵を鶴瀬へ放ってみたところ、関所は無人と化しているのでさらに十八町（二キロメートル）先の駒飼《こまかい》まで行ってみる、とそのひとりがもどってきて告げた。駒飼の先はもう笹子峠だから、峠口に小山田家の者たちが姿をあらわせばすぐに知れる。

あけて四日、まだ峠口に出迎えの者は姿を見せなかったことから、勝頼一行の中にはようやく疑心暗鬼を生じた者たちがいた。

「小山田殿は、織田軍に通じたのではないか」

というわけである。

「まさか」

という者もあったが、

「さればそれがしはこれより妻子ともども谷村の館へ立ちもどり、万端手はずをととのえて明日のうちに途中までお出迎えにまいります」

と信茂が勝頼に誓ったのは三月二日夜のこと。その信茂が約束の三日からさらに一日過ぎてもあらわれない以上、かれが織田信忠に通じたとは断定し切れなくても、誓約に違反したことだけはあきらかであった。

その判断が勝頼一行を動揺させ、日も落ちてから人数をかぞえると、あろうことか士分の者は四十一人、女は五十人しかいなくなっていた。

これだけの人数になってしまったところに小山田勢に襲われてはひとたまりもないし、織田信忠軍は高遠から諏訪を経て古府中をめざしつつあるという噂がしきりだから、古府中方面から織田軍が肉薄してくる危険もある。少なくとも甲州街道上に身をさらしているのは愚の骨頂と見て、勝頼はいったん鶴瀬へ引き返し、そこから北東にのびる山坂がちの間道を一里ほどすすんで田野《たの》に入った。

笹子峠は駒飼の南寄りの地点からはじまっているが、田野は街道の北側、天目山《てんもくざん》の麓に位置し、東西に連山を見る奥地であるため、炭焼きと猟師たちしか住んでいない。ちなみに田野のことを天目山と書いた史料もあるのは、元は木賊山《とくさやま》といった山に南北朝時代に天目山棲雲寺《せいうんじ》が建立された結果、この山号があたり一帯を示す地名に変化したことによる。

なおも勝沼の北一里あまりの向嶽寺から動けずにいた松姫は、夢にも思っていなかった。本来なら自分が先に越えるはずだった笹子峠の手前で、勝頼が最後の迷走をはじめていようとは。

七

あけて三月五日の早朝、いよいよ小山田信茂が勝頼を裏切ったことに最初に気づいたのは、向嶽寺から勝沼、鶴瀬、駒飼を経て峠口手前の甘酒茶屋まで托鉢に出かけた若い雲水たちであった。

峠口には笹子峠の方角から小山田家の沢瀉紋《おもだかもん》の旗印を掲げた兵たちがあらわれて逆茂木《さかもぎ》で道をふさぎ、その逆茂木には鉄笠にお貸し胴具足姿の鉄砲足軽たちが貼りついて銃口をこちらに向けていた。

松姫一行に自分たちより早く笹子峠を抜けてほしいと伝えてきた信茂がその峠口をふさいでしまうとは、心変わりしたことを示してあまりある。

松姫は道場へもどってきた雲水たちからこのことを報じられ、なおしばらく向嶽寺に滞在して様子を見ることにした。

この雲水たちと入れ違いに駒飼から峠口をめざす男たちがあらわれたのは、巳《み》の刻《こく》（午前十時）のことであった。騎馬武者二騎、徒武者四人から成るこの集団は、勝頼に命じられて物見にやってきたのである。

　峠下から逆茂木とその向こう側にいる小山田家の鉄砲足軽たちに気づいた騎馬武者のひとりは、太刀を抜いてその刀身を頭上に大きく振ってみせた。これは戦意はない、話をしたい、と相手に伝えるときの戦国の作法である。

　しかし、小山田家の鉄砲足軽たちはこれに応えず、組頭の合図によって一斉射撃をおこなった。驚いた乗馬二頭がそろって竿立《さおだ》ちしたため、騎馬武者たちは同時に落馬。それでも何とか立ち上がり、徒武者たちとともに駒飼方向へ逃れた。

　同日午後にはこれら物見の者たちが田野の雑木林のうちに建てられた仮小屋へもどって勝頼に銃撃を受けたことを伝えたので、ようやく勝頼も小山田信茂の裏切りを悟った。

　勝頼が信茂の口車に乗せられて都留郡の岩殿城をめざす気になったのは、都留郡を東へ突っ切れば相模国《さがみのくに》津久井郡《つくいごおり》に出られるからであった。伊豆《いず》、相模二カ国を領有するのは北条夫人の実家北条家だから、自分の身に危険が迫っても夫人だけは何とか実家へ帰してやろう、と勝頼は考えていた。

　だが、小山田勢が笹子峠の峠口をふさいでしまっては、この夢も叶わない。

　こうして勝頼が二棟建てた仮小屋のまわりに柵を引きまわして息をひそめているうちに、

高遠から動き出したのは織田信忠率いる五万の大軍であった。

三月三日に高遠を出立した信忠は、諏訪を経て七日に古府中入りすると、躑躅ヶ崎館の東南にある勝頼の叔父一条信龍《いちじょうのぶたつ》の屋敷を本陣とした。その目的はただひとつ、勝頼をはじめ甲州武田一族と譜代の部将たちを草の根を分けても探し出し、根絶やしにしてしまうことにある。

ただし、七日の時点でまだ小山田信茂は信忠のもとへ使者を送ってはいなかったから、信忠にとって勝頼の行方《ゆくえ》は杳《よう》として知れないままであった。

しかし、まもなく勝頼が男女百人ほどを供として鶴瀬付近の山中に潜伏しているはず、と知れたのは、信茂同様に勝頼を見限って信忠の副将滝川一益のもとへ出頭してきた男がそうと告げたためである。

歴史に悪名を残すことになるこの男は名を秋山摂津守《あきやませっつのかみ》といい、鶴瀬まで勝頼につき従っていた近習のひとりだった。同地で行方をくらました摂津守は鎧兜も投げ捨ててしまい、色目もわからなくなっている衣装からは悪臭を放ち、髷《まげ》は蓬髪《ほうはつ》と化して顔は無精髭《ぶしょうひげ》におおわれていた。

湯浴《ゆあ》みすることを許されて着更えと食事を与えられた摂津守は、滝川一益から心当たりのある山中への道案内を命じられるとこれを承諾。数千の兵力を鶴瀬へ案内して、いくつかの山路をたどった果てに天目山をめざした十一日早朝、田野の雑木林の中にまわりに柵を引きまわした不審な小屋があるのを発見した。

勝頼は目は切れ長、通った鼻筋に口髭をたくわえた美男である。しかし、小山田信茂が裏切ったと知ってからはさすがに憔悴《しょうすい》激しく、気も弱くなって、仮小屋の一棟を御座所としてからは、かつてその小姓をしていた土屋惣蔵《つちやそうぞう》から厳しく諫《いさ》められていた。

「小山田出羽守《でわのかみ》（信茂）にまで背かれるほどの御運のなさでは、いかなる金城鉄壁の地に立て籠もりましょうと御運をひらくことはできますまい。武田家の御先祖八幡太郎義家《はちまんたろうよしいえ》さまのお書きあそばされた御文章にも、

『侍たる者は死ぬべき所を知るを肝要とす』

とありましたことが思われてなりませぬ。たとい小人数であっても、新府城に踏み止《とど》まって敵寄せきたらば命を限りに戦い、矢玉尽き弓折れたらば御一門の方々と御一緒にお腹を召されてこそ、信玄公以来の武田家の武勇のほどを後世に伝えることもできたはず。と申すに小山田などをお頼みあってここまで逃れ、卑しき者の手に掛かって屍《かばね》を山野にさらしたまわんこと、後の世までの御恥辱とは思し召されませぬか。いくさは時の運によって勝敗の決まるものでござりますから、戦って負けることは恥ではござりませぬ。ただ戦う

べきところにて戦わず、死ぬべきところにて死なぬを弓矢の家の瑕瑾《かきん》とは申し候《そうら》え」

十一日に滝川勢が接近する前から、周辺に住む地下人たちには仮小屋をうかがう気配が濃厚に感じられた。そこで幼少のころから頭の切れることで知られた二十七歳の土屋惣蔵は、またしても勝頼が判断を誤って世の笑いものになることを恐れ、あえて諫言に及んだのである。

「もはや逃れるべきところもない。敵が寄せてきたなら、ここにて自害いたそう」

勝頼は十日のうちに答え、槍奉行の安西平左衛門《あんざいへいざえもん》、まだ二十一歳の秋山源三《あきやまげんぞう》を使者に指名して別棟を御座所としている北条夫人につぎのように伝えさせた。

「われらの運命は、今日明日を限りのこととなり。されどそなたは女の身なれば、自害に及ぶべからず。幸い、この地より北条家の小田原城までは一本道だ。何としても送り届けてつかわすから、われらが菩提《ぼだい》を弔い、貞女の心を失いたもうな」

これを聞くと白小袖《しろこそで》をまとっていた北条夫人は、憂い顔をしてつぶやくように答えた。

「これは情ないことを仰せられます。一夜の情を交わしただけで命を捨てることもございますのが妹背《いもせ》（夫婦）の仲と申すのに、わらわは嫁いで早五年《はやいっとせ》。御前《ごぜん》が露と消えたもうのに、わらわが雫《しずく》としてこの世に残って何になりましょう。夫婦は二世の契りと申します。ここにてともに自害して、死出の山道、三途《さんず》の川も手に手を取ってわたりとうござります」

北条夫人は、自分が死んだならば北条家にそう伝えてほしい、と勝頼に最後の願いを伝えてきたので、かれはその使者の役に早野内匠助《はやのたくみのすけ》、剣持但馬守《けんもちたじまのかみ》、清六左衛門《せいろくざえもん》・又七郎《またしちろう》兄弟を指名した。

北条夫人は実家への遺言を認《したた》めると、摘んだ髪幾筋かと辞世とともにこの四人に託した。

辞世は、つぎの一首であった。

黒髪の乱れたる世ぞはてしなき思《おもい》に消《きゆ》る露の玉の緒

するとと剣持但馬守が、意を決したようにほかの三人に告げた。

「その方どもは、これらを持って小田原へおもむけ。わしはここに残って、御前さま（北条夫人）の御最期のお供をいたす。せめてひとりなりと御前さまのお供をいたさねば、小田原北条家への聞こえが悪い」

「よくぞ申した」

と三人が答え、但馬守とともに別棟の北条夫人の御座所を訪ねようとしたのが十一日早朝のこと。

そのとき四人の耳に、一発の銃声が轟《とどろ》いた。滝川一益勢を田野へ案内してきた秋山摂津守が仮小屋の見張り番に気づき、手近にいた鉄砲足軽から鉄砲を借りて撃ち出したのである。

八

銃声の起こった田野への登り口の方角からは、騎馬武者三騎が柵をめがけて突進してきた。

勝頼の御座所を兼ねた仮小屋にあって、この馬蹄《ばてい》の響きを察知したのは土屋惣蔵。剣持但馬守らがその土間へ飛びこんで敵の来襲を告げる前に、小具足姿の軽装になっていた惣蔵は鋳鉄の鉢金で額《ひたい》を守り、二人張り二十二束《つか》、塗籠籐《ぬりごめどう》の強弓《ごうきゅう》と胡簶《やなぐい》を手にして戸外へ走った。

射芸得意の惣蔵は、騎馬武者三騎が土くれを蹴立てて迫ってくるのを見つめると、左半身、立ち射ちの構えをとって弓を満月のようにきりきりと引き絞り、先頭の者の胸甲《きょうこう》めがけて一の矢をひょうと放った。

この武者が落馬すると、そのからだを躱《かわ》した第二の騎馬武者が大身槍を右脇にかいこんで肉薄してくる。惣蔵の二の矢はその兜の真向に命中、乗り手はやはり落馬して動かなくなり、その後も惣蔵は十七、八騎まで鞍から射落とすみごとな武者ぶりを見せた。

しかし、そこで矢が尽き、登り口からは敵二、三百騎が何波にもわかれて続々と発進してくる。惣蔵は弓と胡簶を捨てて抜刀、斬死を覚悟して左右に集まってきた安西平左衛門、秋山源三、大田式部丞《おおたしきぶのじょう》、小宮山内膳《こみやまないぜん》らとともに最後の突貫に移ろうとした。

そのとき、鎖つきのいくさ草鞋を鳴らして仮小屋からあらわれたのは、武田勝頼・信勝父子であった。

勝頼は黒糸縅《くろいとおどし》、腹に金色《こんじき》の武田菱を描いた胴丸具足《どうまる》を着けて、兜はかぶらず白練りの鉢巻を締め、武田家重代の郷義弘《ごうよしひろ》の太刀を佩用《はいよう》。卯《う》の花縅《はなおどし》の鎧を美々しくまとった紅顔の美少年信勝は左文字《さもんじ》の太刀を佩《は》き、右の肩口には十文字槍を屹立させて鞘《さや》はすでに打ち捨てていた。

その背後からあらわれた者もあって総勢は三十人以上に達したが、なかで異彩を放っていたのは白頭巾と墨染《すみぞめ》の衣に腹巻を着用し、ぎらりと光る大薙刀《おおなぎなた》をかいこんだ坊主であった。武蔵坊弁慶《むさしぼうべんけい》の再来のようなこの坊主は、古府中の大龍寺《だいりゅうじ》の長老麟岳《りんがく》和尚。麟岳は信玄の甥《おい》なので、その血縁によって古府中から行をともにしてきたのだ。

「されば、まいるぞ」

勝頼が腰を右にひねって抜刀し、信勝とともに疾走に移ると、

「おう！」

と応じた土屋惣蔵たちも抜きつらねて肩口にかざした白刃《はくじん》を薄《すすき》の穂波のように波打たせ、全力で駆けはじめた。

この日の勝頼・信勝の戦いようは、左のように史書に特筆された。

「太郎信勝、生年十六歳に成玉《なりたま》ふが、勝頼に立双《たちなら》び切《きっ》て廻り玉ふ風情は、只籬《ただまがき》の花に戯《たわむ》る、胡蝶《こちょう》の如し」（『甲乱記《こうらんき》』）

しかし、胡蝶の舞もいずれはおわる。信勝は股間近くに銃弾を浴びてしまい、地面に手をつきながら、

「手負ってしまいました」

と父に告げた。

血刀を杖代わりにした勝頼は、荒い息を吐きつつ答えた。

「余もそなたも、本日もろともに討死すべき命だ。痛手ならば腹を切れ、薄手《うすで》ならば敵中に斬りこんで討死つかまつれ」

「かしこまって候《そうろう》、御免」

と気丈に応じて信勝が何とか立ち上がったとき、

「拙僧がお供いたす」

　と駆けつけてきたのは大龍寺麟岳。ふたりは太刀と大薙刀で敵を五騎まで斬って落としたが、息が上がってしまって動けなくなる。

「冥土まで導かれたし」

　と麟岳と両膝立ちの姿勢で向かいあった信勝は、互いに脇差で刺し違えてその場にくずおれた。

　その間に勝頼は、迫ってきた徒武者どもを四人、五人と斬り倒していた。だが、まもなく腕《かいな》が疲れて太刀を揮えなくなることは自分でわかる。後方へ身をひるがえした勝頼は、北条夫人の御座所を兼ねている女たち用の仮小屋へ走った。

　その仮小屋に、北条夫人の姿はなかった。おいおいと泣いている女たちが、御前さまはあちらへ、と震える指先で裏手を示すだけであった。

　この仮小屋の裏側には、屏風のような岩がある。勝頼はその岩に身を隠すようにして、夫人と、それに殉じた上臈のひとりが仆れていることに気づいた。夫人は高遠合戦における諏訪花とおなじく、短刀の先を口にふくんでその場に倒れるという方法によって死を選んだのである。享年十九。

　その亡骸を抱き起こし、うなじへ切先の抜けていた短刀を抜き取った勝頼は、白小袖の端で夫人の顔に付着した血を拭い、乱れた黒髪を撫《な》でつけてやった。

そこへ土屋惣蔵が駆けもどってきたので、ここで切腹する、敷皮《しきかわ》を敷け、と勝頼は命じて辞世を詠んだ。


朧《おぼろ》なる月のほのかに雲かすみ晴《はれ》て行方《ゆくえ》の西の山の端《は》

敷皮の用意をした惣蔵は、慎んで返歌をこころみた。

俤《おもかげ》の身をし離れぬ月なれば出《いず》るも入《い》るもおなじ山の端《は》

この惣蔵に介錯を頼んだ勝頼は、鎧をがらりと脱ぎ捨てて敷皮に座ると、

「毎自作是念《まいじさぜねん》、以何令衆生《いがりょうしゅじょう》、得入無上道《とくにゅうむじょうどう》、速成就仏身《そくじょうじゅぶっしん》」

と唱えてからみごとに十文字腹を切った。享年三十七であった。

残された者たちも思い思いに敵中に駆け入ってこれに殉じ、新羅三郎義光《しんらさぶろうよしみつ》以来二十代つづいてきた甲斐源氏の嫡流武田家は、ここに滅亡したのである。

このことはただちに古府中の織田信忠に報じられ、その日のうちに向嶽寺の雲水たちか

ら松姫にも報じられた。

信忠はすでに武田家の残党狩りをはじめていたから、いずれ松姫が向嶽寺にいると知れば、捕らえて尾張の清須《きよす》城あたりへ送ろうとするかもしれない。武田家が滅びた今、生き残って縄目の恥辱を受けることだけは避けたいから、織田軍が踏みこんできたら北条夫人のように自刃するしかない。

胸を圧しつぶされるような哀しみの中で松姫は思ったが、

（でも、わらわがこの世を去ったなら、どなたが四郎さまや五郎さまの菩提を弔って下さるのか）

と自問すると、それは自分の務めのような気もする。

（ならば、やはり生きなくては）

と考え直した松姫は、ふたたび甲州脱出の機をうかがうことにした。

第四章　天の咎め

一

都留郡谷村《つるごおりやむら》の館《やかた》にあった小山田信茂《おやまだのぶしげ》は、田野《たの》へ放った乱波《らっぱ》、素波《すっぱ》と呼ばれる雇われの山の民たちの報告により、三月十一日当日のうちに武田勝頼《たけだかつより》・信勝《のぶかつ》父子が自刃《じじん》したことを知った。

そこから信茂は、素早く動いた。その日のうちに古府中《こふちゅう》の一条信龍《いちじょうのぶたつ》邸にいる織田信忠《おだのぶただ》に使者を立て、書面をもってつぎのように申し入れたのである。

一、勝頼が都留郡へ逃れられなくなって止《や》むなく田野へむかったのは、自分が武田家を見限り、笹子峠《ささごとうげ》の峠口をふさいでしまったためであること。

一、ついては当家は織田家にお味方いたしたいので、今後のことについて御教示をたまわりたいこと。

かつて松姫《まつひめ》の許嫁《いいなずけ》だった信忠も、迅速に反応した。あけて十二日の未明、息も絶え絶えになって谷村の館へ馬を走らせてきた使者のもたらした返書には、こう記されていた。

「書翰《しょかん》、披見《ひけん》いたし候《そうろう》。来示《らいじ》の趣《おもむき》につき堀尾茂助《ほりおもすけ》の家臣則武三太夫《のりたけさんだゆう》と面談を遂げ候よう、十三日正午に甲斐善光寺《かいぜんこうじ》まで罷《まか》り越すべく候。

三月十一日　　三位《さんみ》中将信忠　花押」

堀尾茂助とは羽柴秀吉《はしばひでよし》の部将のひとりで、歴戦のつわものでもある。

十三日の指定の時刻、信茂は甲斐善光寺の山門前に老母、正室、嫡男でまだ八歳の弥三《やさぶ》郎《ろう》の乗った輿《こし》を控えさせ、ただひとりその山門をくぐって金堂《こんどう》へつづく石畳を踏んだ。

その装束は、沢瀉紋《おもだかもん》を散らした大紋《だいもん》に烏帽子《えぼし》の正装に黄金《こがね》の太刀を佩《は》いた姿。信茂は信玄最後の勝ちいくさとなった遠州三方ヶ原《みかたがはら》の戦い――対徳川家康《とくがわいえやす》戦には最先鋒《さいせんぽう》として突撃した剛の者ながら、目元の涼しい美男なのでこの姿はかなりめだつ。

金堂周辺にたむろしていた織田方の足軽たちが無遠慮な視線を向けてきても、信茂はそれを無視してさらに金堂に近づいた。

すると、階《きざはし》の下の床几《しょうぎ》に腰掛けていた朱の小具足《こぐそく》に鉢金《はちがね》姿、髭面《ひげづら》の大男が、大月代茶筅髷《おおさかやきちゃせんまげ》を揺らしながら立ち上がって呼びかけてきた。

「これは小山田出羽守《でわのかみ》殿じゃな。それがしは堀尾家に仕える則武三太夫でござる。まずはこれへ」

眼光鋭い三太夫は、かたわらに控えていた胴丸《どうまる》姿の若武者に顎《あご》をしゃくる。その合図を受けて若武者は、階の一角に据えられていた緋縅《ひおどし》の甲冑《かっちゅう》を捧げ持ってすすみ出た。

「これは、三位中将さまからお手前への進物《しんもつ》じゃ。受け取られよ」

三太夫のことばと同時に差し出されたその甲冑を見て、信茂は安堵《あんど》した。織田信忠は武田家を見限って織田家に味方したいとの願いを認めてくれた、と信じたからである。

信茂は三太夫に一礼し、その脇から若武者の差し出した甲冑に両手を差しのべようとしてはっとした。信茂が一瞬目を逸《そ》らした隙に、三太夫は腰の太刀に反《そ》りを打たせて抜刀、右半身になって叫んだのである。

「その方、武田家重恩の身として家老衆につらなりながら、このたび主君に背きしは不義の至りに候《そうろう》ぞ。命は頂戴つかまつる。さあ、立ち向かわれよ」

徳川家康は、甲軍の大物武将だった穴山梅雪《あなやまばいせつ》の降《こう》を入れて自分の副将に取り立てていた。

しかし、織田信忠は信長の厳命により、武田家重臣たちの返《かえ》り忠《ちゅう》（裏切り）は一切認めない方針だったのだ。

「おのれ、謀りおったな」

甲冑を足元に捨てた信茂は、跳びのいて太刀を引き抜こうとした。だが、そのときすでにそのからだは境内にたむろしていた足軽たちの作った槍ぶすまに取りこまれていた。

絶望に顔を翳《かげ》らせた信茂は、武士は最期まで潔くなければならない、と思ったのか、太刀の柄《つか》から右手を離すと目を伏せて告げた。

「これまでに候《そうろう》」

その場に押さえつけられた信茂は、辞世を残すことも許されず則武三太夫に首を打たれた。つづけてその老母、正室、弥三郎も斬られ、遺体は甲斐善光寺の北側にひろがる畑の中へ埋められた。

後世、明智光秀《あけちみつひで》、小早川秀秋《こばやかわひであき》らとともに裏切り者の代表格にかぞえられることになる小山田信茂は、享年四十四であった。

小山田信茂の死は、その日のうちに松姫の知るところとなった。これも松姫の目となってくれている向嶽寺《こうがくじ》の雲水《うんすい》たちが、古府中へ托鉢《たくはつ》をしながら聞きこんできたのである。

松姫にとって、容易に信じられることではなかった。仁科盛信《にしなもりのぶ》夫妻から託された督姫《とくひめ》、勝頼の正室北条《ほうじょう》夫人から「この子だけは命永らえさせて下さりませ」と頼まれた貞姫《さだひめ》、そして小山田信茂夫人から預かった香具姫《かぐひめ》の幼児《おさなご》三人が、すべて孤児になってしまったとは。

まだ三歳か四歳のこれらの姫たちを、どのようにして育ててゆけばよいのか。松姫がそう思い悩むうちに、ほんのひとつだけではあるが、心あたたまる話が高遠《たかとお》まで足をのばした雲水の口から伝えられた。

それは、ともに討死《うちじに》を遂げた仁科盛信とその家臣団にまつわる話であった。

この三月二日、高遠合戦に勝ちを制した織田信忠軍五万は、翌日のうちに諏訪《すわ》へ移動していった。これを知るやしばらく山野に分け入って戦火を避けていた地元の村人たちは、こぞって山を下り、高遠城をめざした。

盛信は苛斂誅求《かれんちゅうきゅう》など一切したことがなく、城下を巡視する途中に百姓・町人たちに出会ったりすると、気さくにことばを交わす城主であった。だからこそ人々に親しまれ、

「五郎さま」

と幼名で呼びかけられることがもっぱらだったのだが、山野へ逃れていた者たちが一斉に高遠城をめざしたのは、

「五郎さまをはじめ、お亡くなりになった方々の御遺体はわしらの手で埋葬して差し上げねば」

と思い詰めてのこと。

最初に城に着いたのは、南郊の勝間《かつま》村の者たち。やや遅れてあらわれたのは東郊の板町《いたまち》村の者たちであり、一時両者の間には、どちらが埋葬を受け持つかという問題をめぐって険悪な空気が流れた。

だが、今は争っている場合ではない、討死なさった方々を手厚く葬って差し上げることが大事だ、という結論となり、火葬と埋葬は一番に駆けつけてきた勝間村の面々の手にゆだねられることになった。

合戦に討死した者は首実検のために首を取られるが、遺体は野晒《のざら》しにされて狐狸《こり》や烏《からす》の啄《ついば》みにまかせられる。勝間村の者たちはそうはさせないために遺体の収容を急いだのであり、仁科方の戦死者数を二千五百八十あまりとほぼ特定することができるのも、このような村人たちの活動があったためと考えてよい。

かれらが遺体を長持《ながもち》や四斗樽《しとだる》に納めた上で荷車に載せながら涙を流す姿に、監視役の織田家将兵も胸を打たれた。

その将兵の一部は、埋葬地とされた南郊の名もない高みを検分にゆき、赤松の繁る頂きに出来上がった土饅頭《どまんじゅう》の合葬墓へ案内されて村人たちからこう申し入れられた。

「わしらは仁科薩摩守《さつまのかみ》（盛信）さまのことを、御幼名によって五郎さまとお呼びすることを許されておりましてな。これからはこの高みを五郎山《ごろうざん》と呼ぶことをお許し下され」

この願いは叶《かな》えられ、女武者として孤軍奮闘した諏訪勝右衛門《すわかつえもん》の妻お花《はな》の亡骸《なきがら》も合葬墓のすぐ近くに丁重に葬られたという。

それを聞いて、松姫は手巾《しゅきん》で目元を押さえながら、かたわらの侍女に話しかけた。

「徳は孤《こ》ならず必ず隣《となり》あり、ということばが思い出されますこと」

松姫が口にした成句は『論語《ろんご》』を出典とするもので、仁徳のある者は孤立することがなく、必ず理解者や協力者があらわれる、という意味である。盛信は人格者であったから、死んでからも村人たちから追慕されたのである。

高遠城の女性たちについては諏訪花の健気《けなげ》な最期が話題の中心となり、盛信夫人がどのような形で生涯を閉じたのか、という点については何も伝わってこなかった。

しかし、松姫が二月十五日に高遠城を去る前、

「それで五郎さまは、御前《ごぜん》さま（夫人）のことはいかがなさるおつもりですの」

とたずねたとき、すでに討死を覚悟していた盛信は答えた。

「うむ、そなたも知っての通り、奥は病弱で外出することもままならぬ。医師の診立《みた》てに

よると胸の病が次第に悪化しているそうで、ありていに申すと、もう長くはないようなのだ。それは当人もすでに承知していて、もし織田軍が迫ってきてもわしと運命をともにしたいと申している」

このことばから推して、盛信夫妻は一足早く勝頼夫妻とおなじ運命をたどったものと思われた。盛信夫人からゆずられた小袖《こそで》「桜花《おうか》」は、もはや形見の品と考えねばならなかったのである。

二

高遠の勝間村の者たちが仁科盛信以下の遺体を五郎山に葬った話は、美談といってよい。だが、美談はめったにない話だからこそ美談とみなされるのであり、その後、松姫に報じられた武田一族と重臣たちの運命は耳をふさぎたくなるほど無残なものばかりであった。

信玄の甥の典厩信豊《てんきゅうのぶとよ》は、二月中旬以降は信州佐久郡《さくごおり》の小諸《こもろ》城に入って織田軍の動きを眺めていたが、その怒濤《どとう》の勢いに恐れをなしたのか病と称して引きこもってしまった。

これを知って苛立《いらだ》ったのは、新府《しんぷ》城を捨てる肚《はら》を固めていた武田勝頼。城を焼く前日の三月二日、勝頼は信豊に申し入れた。

――信州一円は貴殿に与える。小諸城は堅固と聞くから、上州《じょうしゅう》小幡《おばた》城の小幡信貞《のぶさだ》、おなじく箕輪《みのわ》城の内藤昌月《ないとうまさあき》、信州上田城の真田昌幸《さなだまさゆき》らを迎え入れ、織田軍が甲州に乱入してきたらわれらの後詰《ごづ》めとなってくれ。

勝頼は信豊に武田家の領国である甲信二州のうち信州をゆずる、だから援軍となって助けてくれ、と手を合わせたのである。

典厩信豊は、自分が国持ち大名になれると知って興奮。小諸城代《じょうだい》として、その本丸に詰めていた下曾根岳雲軒《しもそねがくうんけん》に申し入れた。

「当国の儀、武田大膳大夫《だいぜんだゆう》（勝頼）よりたまわり候《そうろう》。証文、歴然に候」

勝頼から信州一円を与えるとの証文もらったから、取りあえず小諸城の本丸を明けわたせ、と信豊は岳雲軒に迫ったのである。

岳雲軒は答えた。

「下知《げち》があったからには是非もなし、本丸をおわたし申すべし。われらは二、三の曲輪《くるわ》へ引き移るべし」

この返答を信じたことが、信豊の命取りとなった。岳雲軒はすでに武田家を見限っており、機を見て織田軍に通じるつもりだったのだ。

勝頼の死から五日後の三月十六日、典厩勢と下曾根勢は小諸城内で乱戦となり、わずか二十騎のみの典厩勢は築地《ついじ》の陰や塀の下から弓鉄砲を乱射されてまくり立てられた。信豊自身も身の七、八ヵ所に弾丸を浴び、物陰に入って十文字腹を切ってくずおれた。享年三十四。

信長はそれに先立って木曾谷《きそだに》から伊那《いな》へ向かい、三月十四日には下伊那の浪合《なみあい》村に陣取った。この日にはすでに甲州入りしている嫡男信忠から勝頼・信勝父子の首が届けられ、十五日に飯田へ陣を移した信長は、父子の首を台に晒して上下の者たちに見物させた。

つづいて下曽根岳雲軒が典厩信豊の首を持参したのは、十六日のこと。しかし、岳雲軒は運が良かったというべきか、十三日に斬られた小山田信茂とおなじ末路はたどらずに済んだ。

この人物のその後については記録はないが、子孫が徳川家康に仕えたことはわかっている。家康は信長と違って武田家を憎まず、その遺臣団を採用することを心掛けた。だから岳雲軒はいずれかの時点で家康と知り合い、身をまっとうできたものと思われる。

三月十六日には信長のもとへ仁科盛信秘蔵の芦毛《あしげ》の馬、勝頼の大鹿毛《おおかげ》の愛馬、勝頼が最期のときまで佩《は》いていた太刀が到着。勝頼父子、仁科盛信、典厩信豊の首は、京都で獄門に架けるためにこの日のうちに発送された。そんなこんなで信長が多忙であったことも、岳雲軒が罰せられなかった原因かも知れない。

では、ほかの者たちは、というと――。

高遠城を去って古府中に身を潜めていた信玄の弟のひとり武田逍遥軒《しょうようけん》は、三月二十四日、相川《あいかわ》左岸の立石《たていし》で討たれた。享年五十一。

やはり信玄の弟のひとり一条信龍は、甲州の市川《いちかわ》で斬《ざん》に処された。月日は不明。年齢は不詳である。

信玄の六男葛山十郎信貞《かずらやまじゅうろうのぶさだ》は、三月二十四日、甲斐善光寺にて斬。年齢不詳。

信玄次男の御聖道《ごしょうどう》さまこと龍宝《りゅうほう》は、三月二十九日、入明寺《にゅうみょうじ》においてみごとな割腹自殺を遂げた。享年四十二。

「いずれ織田の兵力が古府中を侵そうと、この龍宝は逃げ隠れはいたさぬ。だからそなたは、龍宝に代わって武田の血を後世に伝える役目を担ってくれ」

二月二十八日に松姫にそう語った龍宝は盲《めし》いた身ではあったが、信玄の次男だけあってみごとな最期を遂げたのである。諱《いみな》を信親《のぶちか》といったこの人物が、

「紅梅一本を植えて墓標とせよ」

と入明寺の四代目住職内藤栄順《ないとうえいじゅん》に遺言したことも、みごとな配慮としかいいようがない。龍宝は、栄順が自分のために立派な墓を建て、結果として織田軍から迫害されては気の毒と思ってこういい残したのだ。

重臣や勝頼の側近たちにも、首尾よく逃げおおせた例はほとんどなかった。

駿河《するが》の久能《くのう》城の城代をつとめていた今福虎孝《いまふくとらたか》・善十郎《ぜんじゅうろう》父子は、徳川軍に攻めこまれて自刃。

長篠《ながしの》の戦いに散った猛将山県昌景《やまがたまさかげ》のせがれ昌満《まさみつ》は、都留郡のうちにて斬。

上杉景勝《うえすぎかげかつ》から莫大な砂金を受け取って武田家の家中《かちゅう》不和の火種を作った長坂釣閑斎《ながさかちょうかんさい》、跡部大炊助《あとべおおいのすけ》のふたりのうち、大炊助は田野で勝頼に殉死した。

しかし、釣閑斎は勝頼とはある時点から行動をおなじゅうせず、三月中に古府中の一条信龍邸でせがれの筑後守《ちくごのかみ》とともに殺害された。釣閑斎父子は勝頼の逃避行に途中まで従ってから姿を消し、織田軍に捕らえられて一条邸で斬に処されたものであろう。

織田家の部将滝川一益《たきがわかずます》を田野の勝頼の仮小屋へ案内した秋山摂津守《あきやませっつのかみ》は、小山田信茂とおなじく主家への不義を咎《とが》められて斬られた。

これらの死者たちとはまた別に哀れを留めたのは、家に置き捨てにされた妻子、夫に先立たれた後家、子に死に遅れた老母などが晩秋の木の葉のように散り散りになっていったことであった。織田軍の進出によって身の置きどころを失ったこれらの多くは深い山に身を潜めたが、邪険な者たちに探し出され、引き出されては非道な扱いを受けた。

若く美しい娘は強引に妻にされ、まだ色香の残る後家は無理矢理再婚させられて、婦道を守ることなどは不可能だったのである。

特に気の毒だったのは、すでに女の盛りを過ぎていて、男たちに注目されなくなっていた女性たちであった。

すでに齢《よわい》四十を過ぎていたさる女性は、どうやらかなりの身分の者の母か妻のようであったが、召し使っていた者はすでに逃亡。身につけていた金銀財宝から衣装までのすべてを剝ぎ取られ、肌を隠すこともできないまま七歳の男の子と三歳の女の子をつれて、古府中あたりをさ迷いつづけた。

少しの間は甲斐善光寺の縁の下や上条《かみじょう》の地蔵堂で夜露をしのいでいたものの、母子ともに食事を摂《と》れないこと三日に及んで思い切るところがあった。有明の月のまだ残るころ物陰からふたりの子を先に立ててさ迷い出た女は、

「頼みを掛けし阿弥陀仏、迎え取らせたまえ」

と涙ながらに西の空へ向かって合掌すると、男の子を背に負い女の子は胸に抱いて笛吹《ふえふき》川《がわ》に入水《じゅすい》して果てた。

武田の残党狩りがもっとも厳しくおこなわれたのは、やはり古府中とその周辺であった。

塩山《しおのやま》の向嶽寺にも、

「織田家の兵たちが向かってくる」

との噂が流れ出したのは、三月末からのこと。地元の於曾郷《おぞごう》の住人たちには笛吹川を三里半も上流へ遡《さかのぼ》り、大菩薩峠《だいぼさつとうげ》の麓の村へ身を隠す者が少なくなかった。

国持ち大名が滅びる際、その国の寺社がもっとも恐れるのは、あらたな領主となった者の兵力から憎まれて堂宇に火を放たれることである。向嶽寺は武田家ゆかりの名刹《めいさつ》であり、まして松姫一行をかくまっているだけに、織田軍にこれらのことに気づかれては何をされるか知れたものではなかった。

そこで向嶽寺側は、寺宝である朱達磨《しゅだるま》の図一幅、開山抜隊禅師《ばっすいぜんじ》の木像一基その他を大菩薩峠の麓の村へ隠す一方、松姫にはこう助言してくれた。

「いずれ当山も織田軍の探索を受けるかも知れませぬが、小山田家が滅びて郡内《ぐんない》（都留郡）はあるじ不在の土地となってごじゃる。これを不幸中の幸いと思し召《おぼめ》されて笹子峠へお逃れになるのなら、近々御出立《ごしゅったつ》あそばされてはいかがでごじゃる」

松姫にとって笹子峠を越えることは予定の行動だから、この提案に否やはなかった。ただし問題なのは、小山田家の谷村の館を頼れなくなった今、どこのだれを頼るかである。

「何か、お智恵はありませんか」

と松姫から切迫したまなざしで見つめられた白髪眉の住職は、こくりとうなずくと向嶽寺と武蔵国《むさしのくに》八王子方面の寺との縁故について語りはじめた。

「当山は、南北朝の世の康暦《こうりゃく》二年（一三八〇）にひらかれたころは向嶽庵と称する小さな寺でごじゃった。開山の抜隊禅師は正しくは抜隊得勝《とくしょう》と仰せられたが、第三世の峻翁《しゅんおう》令山《れいざん》は武州秩父《ぶしゅうちちぶ》のお生まれでの。二十五歳にして抜隊禅師の弟子となってからは伊豆《いず》・相模《さがみ》への托鉢行脚《あんぎゃ》の旅のお供をよくした果てに、八王子にほど近い武州多摩郡《たまごおり》の恩方村《おんがた》に興慶寺《こうけいじ》をひらかれたのでごじゃる。五年後に当山にもどって第三世になられたというわけでごじゃりますが、峻翁禅師は康応《こうおう》二年（一三九〇）には当山第三世を辞して、やはり武州八王子に近い山田の里の広園寺《こうおんじ》の開山となられた。八王子方面にはかような仏縁がごじゃりますのでな、笹子峠をお越えになっていずれへ向かうべきかと思案なされることがごじゃりましたら、これらのことを思い出して下され」

恩方村、八王子、山田の里。まだ見ぬ武州の地名が松姫の記憶に刻まれたのは、このときのことであった。

向嶽寺が松姫一行をかくまうため、裏山の内に建てていた仮小屋が三棟完成したのは四月一日のこと。この日は今日の暦なら五月三日にあたる好天の一日だったので、三人の幼い姫君たちは摘み草にゆくときのようにきゃっきゃっとはしゃぎながら仮小屋へ移っていった。

しかし、四月三日の午後遅くに、塩山の北の彼方の空に幾条もの黒煙が立ち上って渦巻きはじめた。あきらかに北の方角で大火が発生したのである。この黒煙は日暮れが近づいて西の空に夕焼がひろがるにつれて赤みを帯び、一時は天を焼くかのようであった。やがて、

「あれは、恵林寺《えりんじ》が焼き打ちされたのだ」

との飛報が入り、向嶽寺は全山が震撼《しんかん》した。

塩山の南西に境内地を持つ向嶽寺から見ると、北へおよそ二十二町（二・四キロメートル）の距離には臨済宗妙心寺派《みょうしんじは》の乾徳山《けんとくさん》恵林寺がある。甲斐牧《まき》ノ庄《しょう》の地頭二階堂出羽守《にかいどうでわのかみ》貞藤《さだふじ》が国師夢窓疎石《むそうそせき》を開山として建立《こんりゅう》したこの寺は、武田信玄の墳墓の地でもあった。

その七堂伽藍《しちどうがらん》のひろやかさと美しさは他に比類がないといわれていたが、この四月三日の午前中、織田信忠軍の一翼を担う河尻与兵衛《かわじりよへえ》の使者がこの寺を不意に訪問。住職にあれこれ難癖《なんくせ》をつけたあげく、ついに焼き打ちに及んだのであった。

三

恵林寺の住職は快川紹喜《かいせんじょうき》といい、この天正十年（一五八二）一月に正親町《おおぎまち》天皇から大通《だいつう》

智勝《ちしょう》という国師号を特に下賜されたばかりの高僧である。

この快川和尚に対し、河尻与兵衛が使者を介して手交した詰問状はつぎの三ヵ条を問題としていた。

一、このたび勝頼父子を自刃《じじん》せしめしところ、断りなくして死骸を取り納め、追善供養をいたしたのはなにゆえか。
二、近江《おうみ》の牢人佐々木《ささき》承禎《じょうてい》のせがれと、室町幕府の元将軍足利義昭《あしかがよしあき》の旧臣二名――成《じょう》福院《ふくいん》と大和淡路守《やまとあわじのかみ》を寺の中に隠し置くのは奸謀《かんぼう》であろう。
三、寺当局が、出家たちから小屋銭を取っているとは欲心深きことであろう。

紫衣《しえ》に錦の袈裟《けさ》をまとって枯れた風貌をしている快川和尚は、簡潔に答えた。

一、勝頼公父子のことは、勝頼公が当寺の檀家《だんか》であり、かつ国主であることから御遺骨を拾い、追善いたしたるまでに候《そうろう》。
二、佐々木承禎のせがれほか二名を寺の中に隠し置くとのこと、第三条とともに愚僧まったく存ぜざることに候。

「されば、三名については寺中を捜し申さん」

と使者が威《おど》しても、

「捜し候《そうら》え」

と応じて快川和尚は平然としていた。この高僧は福智円満の大智識と高い評価を受けている人物だけに、つねに平常心を保つことができるのだ。

しかし河尻与兵衛としてはこんなことでは引き下がれない。やはり織田信忠配下の織田《おだ》九郎次郎《くろうじろう》、長谷川与次《はせがわよじ》、関十郎右衛門《せきじゅうろうえもん》、赤座七郎右衛門尉《あかざしちろうえもんのじょう》を奉行とし、雑兵《ぞうひょう》多数を率いて恵林寺へ乗りこませた。

この奉行四人がまず雑兵たちに命じたのは、快川和尚をはじめ、塔頭《たっちゅう》宝泉寺《ほうせんじ》の雪岑《せっしん》、東光寺《とうこうじ》の藍田《らんでん》、長禅寺《ちょうぜんじ》の長老、長円寺《ちょうえんじ》の長老と紫衣をまとった五人と黒衣の住職九人をふくめて僧侶七十三人、修行中の若者十一人、あわせて八十四人を四脚門《しきゃくもん》造りの山門へ上らせることであった。

全員が階上へ身を寄せると梯子段《はしごだん》が取り外され、雑兵たちは手近の建物を打ちこわして作った薪《まき》を山門の下部にびっしりと積み上げていった。そして、それらに火をつけてまわったからたまらない。まもなく薪の山から炎が上がり、その炎は山門を支える四本の柱から舌を伸ばして階上へと燃えひろがっていった。

階上にも黒煙が立ちこめたが、快川和尚は少しも騒がない。長禅寺の長老である高山《こうざん》和尚と短い禅問答をこころみたかと思うと、歴史に残る悟達《ごたつ》のことばを口にした。

「心頭を滅却すれば、火もおのずから涼し」

快川和尚はその後結跏趺坐《けっかふざ》し、叉手当胸《しゃしゅとうきょう》といって左手で右手を取り、乳の高さに上げる姿勢に入った。

だが、悟達していない者はそうはゆかない。

身の危険を感じて短刀を懐中に隠し持っていた僧たちのうちには、炎に巻かれながら刺し違える者や、その炎の中へ飛びこんで死ぬ者もいた。燃え上がる柱に抱きついて焼死した者もいれば、四、五人で抱き合って死んでいった者たちもいた。

死の恐怖をあらわにしたのは修行中の若者たちで、この者たちが僧侶に取りすがって泣き叫ぶ様は焦熱地獄そのものであった。

ようやく鎮火してから残骸となった山門の階上へ上がった者たちは、八十四人の遺骸が焼灰《やきばい》のように折り重なっているのを見たという。

この山門から悲鳴絶叫が途絶えた時分からは烈風が吹きはじめ、火の粉が四方に飛んで七堂伽藍のすべては残らず焦土と化した。

その炎は夕焼がおわってからも夜空を赤々と照らし出し、向嶽寺の裏山の高みに登って北の空を仰いだ松姫の瞳にもくっきりと映し出された。

このとき松姫の供をしていたのは、お竹《たけ》とお都摩《つま》という名の侍女であった。お竹は永禄八年（一五六五）八月、信玄と信長とが同盟を結んだ際に武田家の使者に立った市川十郎右衛門《いちかわじゅうろうえもん》の娘。お都摩は武田家譜代の家臣秋山虎康《あきやまとらやす》の娘として生まれ、穴山梅雪の弟で油川《あぶらかわ》姓に変わった彦八郎《ひこはちろう》の正室に迎えられていた。松姫の供侍《ともざむらい》たちのまとめ役は石黒《いしぐろ》八兵衛《はちべえ》だが、油川彦八郎とお都摩は夫婦そろってこの逃避行に参加している。

「不吉なことを申し上げるようでございますが、恵林寺が焼き打ちされましたのであれば、つぎはこの向嶽寺が狙われるかも知れませぬ」

色白ふくよかな美貌のお竹がなかば怯《おび》えたようにいうと、黒髪の美しいお都摩もいった。

「織田信長という方は仏の道がなぜかお嫌いで、比叡山延暦寺《ひえいざんえんりゃくじ》や石山本願寺《いしやまほんがんじ》を焼き打ちしたこともおありとか。このお寺さんは恵林寺とおなじく武田家ゆかりの寺院でございますし、御料人《ごりょうにん》さま（松姫）をお助け下さっていることが知れるとただでは済まないかも知れません」

すると漆黒の空の赤みを見つめていた松姫が、背後のふたりを顧みて口をひらいた。

「そなたたちの心配は、わらわももっともと存じます。わらわどもを長くかくまってくれたばかりか、この裏山に仮小屋まで建てて下さった向嶽寺に、これ以上御迷惑をおかけするのは不本意です。夜明けとともにここを発《た》とうと思いますが、そなたはいかがいたします。わらわが笹子峠をめざすからといって、強《し》いてお供をして下さらなくてもよろしいのですよ」

木《こ》の下闇《したやみ》の中で松姫があえてお竹にたずねたのは、新府城を出るときには行動をともにするはずだったその父市川十郎右衛門の姿が、まもなく見えなくなってしまっていたからである。

十郎右衛門については、その後、古府中へもどったところで斬られたとの風聞がないではなかった。しかし、それも確証のある話ではなかったから、

（お竹が父御《ててご》の生死を確かめたいと思っているのなら、無理に同行させるのも気の毒なこと）

と松姫は考えていた。

だが、お竹にはすでに覚悟するところがあるようであった。

「はい」

と答えたお竹はその場にうずくまり、頭を下げてつづけた。

「わたくしは、御料人さまにお目見《めみえ》を許していただける者として長くお仕えしてまいりま

した。御料人さまが他国へゆかれましょうと、さらにお仕えいたすのがわたくしの務めと存じておりますので、どうかこれ以降もお供の端に加えて下さりませ」

自分はお目見以上の身分の者として、松姫さまに一生奉公をするつもりで生きてきた。だから、武田家が滅びてもなおお付きの者でありつづけたい、とお竹は願ったのである。

「それでは、一緒にまいりましょう。このお寺さんは武州八王子方面のお寺さんともつながりがあるそうですから、武州へ移ってからも托鉢にまわってくるみなさんが、そなたの父御のその後のことについて何か聞きつけて教えて下さるかも知れませんし」


初め松姫付きの侍たちは、石黒八兵衛とその介添役の何阿弥《なにあみ》、油川彦八郎をふくめても十人あまりしかいなかった。しかし、三月三日に高遠城から逃れてきた仁科家の遺臣十人が加わったので、夜明けとともに徒立《かちだ》ちで向嶽寺を出立した松姫は一応の行列を仕立てることができた。

最初に提灯《ちょうちん》か龕灯《がんどう》によって行く手の闇を照らした十人あまりが陣笠にぶっさき羽織《ばおり》、たっつけ袴《ばかま》の旅装に鎧櫃《よろいびつ》を背負って歩み出すと、つぎに市女笠《いちめがさ》に面体《めんてい》を隠して被布《ひふ》をまとった松姫と侍女たちが細身の杖を曳《ひ》いてそれを追った。

その後列には乳母《めのと》に抱かれて駕籠《かご》に収まった幼い姫たち三人がつづき、最後尾をゆく仁科家の遺臣たちは、武具、兵糧《ひょうろう》、寝具、衣装などを振分《ふりわけ》にして背負わせた駄馬三頭を曳いていた。

南へのびてゆく山道を道なりにたどった一行は、柏尾《かしお》で甲州街道に到達。一ヵ月前に勝頼夫妻の宿泊した大善寺《だいぜんじ》をそうとは知らずに通り過ぎて日川《ひかわ》の橋をわたり、一里ほど先の鶴瀬《つるせ》から駒飼《こまかい》へと東進しつづけた。

仁科家の遺臣たちが四半刻（三十分）に一度は笠を外して街道に身を横たえ、耳を地面につけて馬蹄《ばてい》の響きが伝わってこないかどうかを確かめたのは、織田軍が追ってくるかも知れないからである。

幸い追手の迫る気配はなく、石黒八兵衛らが駒飼の先、笹子峠の峠口に接近しても、もはや小山田家の者たちがその峠口をふさぐために設けた逆茂木《さかもぎ》は取りはらわれていた。すでに提灯と龕灯の火を消していた一行にとって幸いだったのは、焦らず慎重に歩んできたためか、足先に怪我を負って落伍してしまう侍女はひとりもいなかったことである。

「そうですね。あのお店で甘酒をいただいて、一休みしてから峠越えにかかりましょう」

と松姫が歩みを止めて指差したのは、峠口の手前の甘酒茶屋であった。

駕輿丁《かよちょう》としてついてきてくれた向嶽寺の使用人たちにも甘酒をふるまってから、いよいよ松姫は上り坂の先にある緑の隧道《ずいどう》そのものの峠口へ歩み寄った。

四

駒飼から笹子峠を越えてその東側の黒野田《くろのた》に至る道のりは、二里八町（九キロメートル）といわれていた。

二里八町というと一刻半（三時間）ほどで抜けられるのではないか、と思うむきもあるかも知れないが、そうではない。この峠は西は身延《みのぶ》山地の東麓を北から南へ流れる富士川、東は大月《おおつき》、南は富士山の北麓に至る御坂《みさか》山地の一部なのだ。

西から東へ走る脊梁《せきりょう》山脈は蛾ヶ岳《ひるがたけ》（標高一二七九メートル）―王岳《おうだけ》（一六二三メートル）―釈迦ヶ岳《しゃかがたけ》（一六四一メートル）―黒岳《くろだけ》（一七九三メートル）―御坂山《みさかやま》（一五九六メートル）―三ツ峠山《みとうげやま》（一七八五メートル）とつづく峨々《がが》たる連山であり、その北側の低地を走る笹子峠にしても最高地点は今日流の表記でいえば標高が一〇九六メートルもある。

大月側からこの峠を越えて甲府をめざそうとすると、次第に行く手左右の山々が迫ってきて、旅人は谷のふところ、すなわち山の峡《かい》に迷いこんだような気分に陥る。それが甲斐《かい》という国名の語源だ、とする説もあるほどで、武田信玄の全盛時代には、これらの連山と峠をむすぶ斜面には狼煙台《のろしだい》が築かれていたものであった。

甲信二ヵ国に共通するのは、高地に唐松林《からまつばやし》が多いことである。秋に落葉してしまう唐松は新暦五月ごろのみずみずしい芽吹きが美しいが、松姫一行が笹子峠の木の下闇に身を入れた天正十年（一五八二）四月四日は今の暦ならば五月六日であり、その芽吹きがすでにはじまっていた。

ただし笹子峠の林は原生林なので、林は全体としては楓《かえで》や柏《かしわ》に杉の木、それに絡みつく蔦《つた》などのめだつ深い雑木林であった。ただの踏みつけ道でしかない細く荒れた街道には北側に残雪のまだある地点もあり、時に鳥の羽音や獣たちの気配が伝わってくることもあった。

「団栗《どんぐり》など木の実の生《な》る樹木が多い山には猿や鹿、熊などが集まってきて、その鹿を狙って狼もやってくるもの。熊や狼は昼の間は姿を見せませぬが、山の中は早く日が落ちますのでな。特にお女中方は決しておひとりでは列を離れぬよう御用心下され」

高遠城から来た十士を先頭に立てた石黒八兵衛は、時折列を外れて松姫とその侍女たちの歩みを見守りながら、何度もおなじことをくり返した。

松姫は、笹子峠は羊腸《ようちょう》の小道がいつ果てるともなくつづくところだ、と聞いていた。初めて足を入れてみるとまことにその通りのところで、道は右へ行ったかと思うと左へ折れ、その先の角でまた右へ向かう、ということをくり返す。

しかも四方はある程度まで透かし見ることのできる雑木林だから、女たちは尿意を催したときには道を遠くはずれて林の奥までゆきたくなる。しかし、仔持《こも》ちの熊や狼の巣穴にそうとは知らずに近づき、相手を怒らせては大変なことになる。杣人《そまびと》たちにせよ獣のよく通る道には虎挟みなど強力な罠《わな》をひそかに仕掛けているかも知れないので、とにかく山中のひとり歩きは危険なのである。

石黒八兵衛はそれを見越して女たちに注意を喚起しつづけたわけだが、足弱《あしよわ》の松姫以下によく気を配って細《こま》めに休息を取ってくれたので落伍者は一切出なかった。

ただし松姫は、この日一度だけ不思議なことを体験した。

向嶽寺の僧たちが用意してくれたお握りと香《こう》の物《もの》によって昼食を済ませ、せせらぎの音を頼りに沢を下って谷川に水を汲《く》みに行ったときのこと。湿地の先に煌《きら》めく流れが見えたと思うと、先に立っていたお竹が竹筒を持っている左手を水平に伸ばしてぴたりと立ち止まった。市女笠を脱いで松姫に黒髪を見せていたお竹は、それから静かに松姫を見返り、口の前に右手人差指を立ててから、その人差指で流れの上流を示した。

ほんの三、四間《けん》（五・五〜七・三メートル）先にいて松姫の目に映ったのは、一頭の白い獣であった。向こう岸から笹原をわけるようにしてあらわれたその獣は、前肢《まえあし》を細い流れに浸《つ》けんばかりにして無心に谷川の水を飲みはじめた。

四つ足の獣といえば牛馬や鹿、犬猫の類《たぐい》しか見たことのない松姫にとって、頭部に二本の小さな角のあるこの獣と出会ったのは初めての経験であった。

「御心配なく。あれはカモシカと申しまして、草や木の実を食べて生きているおとなしい鹿の一種でございます」

背後につづいていたお都摩は、カモシカを驚かさないようにと思ってのことか、松姫の耳にそっと囁《ささや》きかけた。

「それにしてもあのカモシカは、変わっておりますこと。普通は白い毛足の上に黒っぽい毛が生えて全身を覆っておりますのに」

「そうなのですか」

松姫も声を低めてうなずき返し、数呼吸の間、三人は身動きしないよう気をつけながら純白のカモシカを見守りつづけた。

と、上空の雲の切れ目から日が射したらしく雑木林に幾条もの燦爛《さんらん》たる光の筋が降り注ぎ、流れから首をもたげたカモシカの輪郭を白金色に輝かせた。

はっとした松姫は、つぎの瞬間カモシカがまっすぐ自分を見たと感じ、思わず合掌していた。

武門においては、親は子が生まれて物心がつくと、守り本尊を定めてくれる。子年《ねどし》生まれの者のそれは千手観音《せんじゅかんのん》。丑年《うしどし》・寅年《とらどし》の人のそれは虚空蔵菩薩《こくうぞうぼさつ》と定められる場合もあるが、武田家の男たちには妙見菩薩《みょうけんぼさつ》を守り本尊とし、合戦場へも厨子《ずし》に納めて同行してもらう者が多かった。

妙見菩薩とは北極星を神格化したもので、国土を守護し、災厄《さいやく》を除くといわれる。その姿は軍装をまとって右手に剣を提げ、青龍または雲に乗った彫像として刻まれるだけに武家好みなのである。

対して女たちはもっと優しい姿の守り本尊を姫たちに与える傾向があり、かつて実母の油川夫人が松姫にくれた守り本尊は、高さ一尺（三〇・三センチメートル）ほどの吉祥天《きっしょうてん》女《にょ》像であった。衆生《しゅじょう》に福徳を与える吉祥天女は宝冠と天衣を着け、左手に如意宝珠《にょいほうじゅ》を載せた美貌の女神として造形される。

ただし油川夫人はまだ幼かった松姫のため仏師に吉祥天女像を造らせるに際し、ひとつだけ注文をつけていた。

この姫が生きとし生けるものにあまねく慈悲の心を注いで生涯を送るように、との願いをこめて、蓮の花を象《かたど》ったその台座に鹿と犬、猫各一頭が吉祥天女を仰ぎ見る姿を刻ませたのである。

松姫は、カモシカは鹿の一種といったお都摩のことばから新府城に置いてこざるを得なかったこの吉祥天女像の台座の鹿を思い出し、同時にカモシカの白金色に輝いた姿に「神」を感じて思わず合掌したのであった。

日本人には上代から白兎《はくと》、白蛇《はくじゃ》、白い鹿などを瑞兆《ずいちょう》とみなす伝統があり、大化《たいか》六年（六五〇）二月に穴門《あなと》（のちの長門《ながと》）の国司が朝廷に白い雉《きじ》を献上すると、同月十五日、孝徳《こうとく》天皇は元号を改めて白雉《はくち》元年としたほど。天竺《てんじく》（インド）の僧が仏典を古代中国に伝えたときにはそれを白馬に載せていた、という伝承からは、仏教を「白馬の教え」と形容する表現や、天皇が紫宸殿《ししんでん》で白馬二十一頭を観《み》る「白馬の節会《あおうまのせちえ》」という宮中年中行事が生まれたりした。

このように白い生きものは神格化される傾向にあったから、松姫はカモシカの優しいまなざしを感じたとき、

（これは五郎さま御夫妻か四郎さま御夫妻のいずれかが、姿を変えてわらわを見守って下さっているのでは）

という思いがそろりと脳裡《のうり》を掠《かす》めたのであった。

しかし、そのとき流れにむかってお竹、松姫、お都摩と縦一列にならんでいた三人のうちのだれかが草鞋《わらじ》で枯れ木を踏みつけ、ぴしりという音を立ててしまった。その瞬間、カモシカは両耳を後方に倒したかと思うと松姫たちに背を向けて駆け出し、雑木林のかなた

へ消えていった。

結局、松姫たちが深い林の中で出会った生きものはこのカモシカだけであり、一行は日が西に傾く前に矢立《やたて》の杉という名の巨大な老杉《ろうさん》を仰ぐことができた。

日本人は白い動物を神の使いとみなすのとおなじように、山には山の神が棲《す》んでいると考える。だからある山を越える者たちはその山の神に対し、なんらかの手向《たむ》けの品を捧げないと不測の事態に陥りかねない、と発想する。

これらのことは武田家の家中《かちゅう》でもよく知られた習俗であったから、道のかたわらに亭々《ていてい》とそびえる矢立の杉に対しては、一行を代表して射芸（弓術）得意のお都摩の夫油川彦八郎が手向けの儀式をおこなうことになった。

まず笠を取り、十間（一八・二メートル）を隔てた草地から矢立の杉に一礼した彦八郎は、袖から左腕を抜いて左乳首をあらわにすると、杉の幹に対して左半身に構えた。そして愛用の弓に矢をつがえ、満月のようにきりきりと引きしぼったつぎの瞬間、松姫には見えない梢の高みを狙ってひょうと放った。

その高みからは、カッと矢の突っ立った音につづいて矢柄《やがら》のぶるぶると震える音が聞こえてくる。

それを確認した一行は石黒八兵衛の音頭によって矢立の杉にむかい、二礼二拍一礼をおこなってからふたたび東に顔を向けた。笹子峠を越えようとする武士は、山の神への挨拶として矢立の杉に矢を射こむ、という風習こそがこの老杉に矢立の杉という名のついたゆえんなのである。

この矢立の杉は峠の最高地点よりも東側に位置し、道はすでに爪先下がりになっていて、一行はつぎの宿場黒野田までの道のりのほぼ三分の二を踏破した勘定であった。ふたたび沢に沿った踏みつけ道を行った松姫は、疲れると上り坂よりも下り坂の方が膝に悪いことを初めて知った。

それでもきちんと休息を取ったのがよかったのか、一行は頭上に夕焼がひろがるころには小さな橋を四つわたって黒野田へ出ることができた。松姫たちは事故にも遭わず追手たちに気づかれることもなく、甲州街道最大の難所を半日で越えることに成功したのだ。

黒野田の東へは街道に沿って笹子川が流れており、その流れは次第にひろくなってゆく。一時は夕焼を映して赤く見えたその川面《かわも》が急速に翳《かげ》って日が暮れたころ、松姫たちはさらに十二町（一三〇八メートル）進み、つぎの宿場の阿弥陀海道《あみだかいどう》に入ってこの地の宿屋に分宿することにした。

五

大月代茶筅髷と口髭《くちひげ》に白い筋の混じる石黒八兵衛は、顎骨《あごぼね》の張った無骨な風貌の持ち主であった。しかし、八兵衛はなかなか用意周到な人物で、充分な量の金銀とともに甲州街道のこの先の地形を描いた大判の絵図をも持参していた。

夕食後、男たちが二階のもっとも奥の部屋にこの絵図をひらいておこなった相談事は、さながら軍評定《いくさひょうじょう》のようであった。

被布を脱いで地味な小袖姿に変わっていた松姫は、上座に請《しょう》じ入れられ、この絵図を見つめながら八兵衛の説明を聞いて驚いた。

土地といえば古府中（甲府）とその周辺、諏訪、高遠、韮崎《にらさき》しか知らずに生きてきた松姫は、笹子峠を越えさえすれば別世界へ出られるもの、と漠然と考えていた。

だが、八兵衛が白扇《はくせん》の先で示した甲州街道の宿駅はこのあとも白野《しらの》―中初狩《なかはつかり》―下初狩《しもはつかり》―上花咲《かみはなさき》―下花咲《しもはなさき》―大月と延々とつづいてゆき、武蔵国や相模国津久井郡《つくいごおり》へ通じる小仏《こぼとけ》の関所を越えるにはこれからさらに十里近く歩かねばならない勘定だという。松姫は、別称を郡内ともいう甲州都留郡のとんでもないひろさを初めて実感したのである。

「しかも、われらがこれ以上この街道上をゆくのはちと危のうござる」

上座の松姫と絵図を挟んで正対する位置に胡座《あぐら》をかいていた八兵衛は、白扇の先で大月と書かれた地名を指してつづけた。

「この大月から富士山道に入って西へ二里ゆけば、小山田家の館のある谷村でござる。しかも、大月の北なる岩殿山《いわどのやま》には小山田家の誇る難攻不落の岩殿城がござって、谷村の館とこの城とは二里ほどしか隔たってはおりませぬ。すでにあるじ出羽守とその家族が討たれたとの飛報は届いておりましょうが、館詰め、あるいは岩殿城詰めの小山田勢がどう動こうとしているかはとんとうかがうことができませぬ。しかし、小山田勢はすでに主家に背いた奴ばらなれば、御料人さまがひそかに領内を越そうとしておいでと知らば、毒食らわば皿までとばかりに襲撃を謀るかも知れませぬ。さような動きはないといたしましても、恵林寺を焼き打ちした織田軍がわれらを追いはじめているかも知れませぬ。されば明朝ここを発ちましたならば人目につきやすい本道上をゆくことは避けまして、とりあえず北につらなる山々の間に分け入り、岩殿山の北の裾野を大きく東へまわりこんで一気に相模国へ抜けようと存ずる。なに、それがしは若い時分から狩猟を好みましてな。この辺の山々には何度も入ったことがござるので御案じ召さるな」

ほかに代案を披露する者はなかったので、明日以降一行は八兵衛の構想に従って動くことにした。

　ただし松姫の逃避行は、ここからが苦しかった。

　あけて四月五日の夜明け前、一行はまだ人通りのない街道上を二里足らず東進して下初狩に到着。その先の真木《まぎ》から北へのびる山道へ分け入ると、十数町先の上真木から北東にゆく支道に入り、前沢山《まえさわやま》（標高六三四メートル）北麓の橋倉峠《はしくらとうげ》を経て西奥山《にしおくやま》をめざした。

　この一帯も高地ではあるが唐松はなく、山肌を覆いつくした樹木には山桜が混じっていて、ようやく満開の時を迎えていた。同時に辛夷《こぶし》も白い花を咲かせ、どこからかウグイスの啼《な》き声も聞こえてきて、向嶽寺滞在中は花見のことなど忘れていた松姫たちは、なお逃避行の途中とはいえ、ようやく花を愛《め》でる心を取りもどした。

　ところが、西奥山から日影《ひかげ》―東奥山《ひがしおくやま》と人ひとりが通れるほどの険しい杣道《そまみち》をさらに東進し、ようやく岩殿城を北へ大迂回《だいうかい》することに成功したころ、一行はすっかり疲れ果てて息を喘《あえ》がせていた。四方を眺めても、目に映るのは緑ばかり。人の気配はまったくないので敵襲の脅威だけは感じなくなっていたものの、上り下りの激しい隘路《あいろ》に足を痛める者が続出し、

「もう歩けませぬ、捨てていって下さりませ」

と泣き出す侍女もあって、一行の動きは急速に鈍ってしまったのである。

ふたたび市女笠をかぶって被布をまとっていた松姫が見たところ、もっとも疲労困憊《こんぱい》しているのは三人の幼い姫たちと乳母《めのと》の乗る駕籠《かご》を担いだ駕籠方たちであった。山路をゆく場合は竹の骨組みだけの山駕籠が使用されるものなのに、六人の駕籠方たちはやや小形の女駕籠とはいえ山駕籠の倍以上の重さのものを担いで、この日だけでも四里以上を踏破してきたのだ。

三挺《ちょう》の駕籠は、東奥山という地名の示す通りの山奥に着いたときにはその背後につづくはずの侍女たちよりも遅れ、最後尾から来る駄馬の鼻面《はなづら》に背を押されんばかりになっていた。その三頭の駄馬にしても口角《こうかく》と四肢の付け根から白い泡に似た汗玉を吹き出し、馬体は水を浴びたように汗に濡《ぬ》れ光っていて、あきらかに歩度が落ちていた。

そこでしばらく一行を休憩させることにした松姫は、道端に腰を落とした高遠の十士に近づいて申し入れた。

「士分の方々にかようなことを申し入れますのはいかがかとは存じますが、御覧のように向嶽寺からずっと駕籠方をして下さった皆さんはすっかりくたびれておいでのようです。この先、駕籠を運ぶのを時々交替してやっては下さりませんか」

松姫が丁重な言葉遣いをしたのは、駕籠方は中間《ちゅうげん》といわれる小者《こもの》たちの仕事であり、それを士分の者たちに頼むのは平常ならばあり得ないことだからである。

しかし、仁科家生き残りの十士は、松姫がこの年の二月半ばまで実兄の盛信を慕って高遠城へ遊びにきていたことを知っている。

「ようございますとも。お駕籠のおひとりは仁科家のお姫《ひい》さまでござりますし」

との答えが打てば響くように返ってきたので、松姫はほっとして谷川に疲れた足を冷やしに行った。

その松姫がお竹、お都摩とともに濡らした手巾で汗ばんだ襟筋《えりすじ》を拭いながら駕籠の置かれたところへもどってくると、三人の幼い姫たちがそれぞれの乳母にまとわりつくようにして、少し離れた木の枝につながれた駄馬三頭を眺めていた。

駄馬は鞍《くら》と荷駄をはずされ、馬体を雑巾でごしごしと擦《こす》られて気持よさそうに目を細めている。つづいて大豆に塩、糠《ぬか》、麩《ふすま》を混ぜ、青草も載せた飼葉桶《かいばおけ》を与えられた馬は、その飼葉桶に鼻面を突っこんだと思うともりもりと顎を動かしはじめた。

やがて松姫たちと入れ違いに谷川へ下りていった何阿弥や油川彦八郎たちは、腰のうしろに馬柄杓《うまびしゃく》を差しこみ、片手に水桶を提げてもどってきた。馬柄杓とは、馬が器《うつわ》の部分に口を入れて水が飲めるように作った大形の柄杓である。

三頭は飼葉を食べおわると水桶の水もすっかり飲んでしまい、松姫は馬という生きものの旺盛な食欲を初めて知った。

そのうちの栗毛の一頭は、何阿弥や彦八郎が飼馬桶、水桶と馬柄杓をしまおうとすると、やおら長い首を上下に振り立てながら右前肢で前搔《まえか》きをしはじめた。前搔きとは、一度上げた前肢で地面に穴を掘るような仕草をくり返すことをいう。

「あれは」

何をしているのでしょう、と松姫が小首を傾《かし》げて彦八郎にその馬を指し示すと、彦八郎は振り返って馬の行動を一瞥《いちべつ》してから笑って答えた。

「あれは、水をもっと下さいといっているのでござる。何せ馬は、水を一度に一斗《と》以上飲んでしまうこともある生きものでございまして」

これもまた、松姫には初めて知る事実であった。

六

日影と東奥山の間にある春日《かすが》神社に一泊した一行は、翌六日には次第に爪先下がりになる杣道を東へ下っていった。その先には、北から流れてきて甲州街道上の猿橋《さるはし》で桂川に流れこむ葛野川《かずのがわ》が南へ向かっている。

なおも街道上へ出ることを嫌った松姫一行は、葛野川西岸を走る山道を田無瀬《たむせ》から下瀬戸《しもせと》へと北上。岩殿城から直線距離にして北東へ三千三百メートルあまりに頂点を持つ百蔵山《ももくらやま》（一〇〇三メートル）の北麓を西から東へまわりこみ、やはり南へ流れてゆく鶴川《つるかわ》という桂川の支流にぶつかった。

その流れに沿って南進すると左右のひらけた地形になり、甲州街道上の鶴川の宿場へ出てしまった。東へ十八町（一九六二メートル）ゆけば上野原《うえのはら》、さらに三十四町（三七〇六メートル）を突っ切れば小仏の関所だが、小山田家の兵力が関所の手前をふさいでいたら元も子もない。

そこで松姫一行は、急がばまわれの格言に従って能岳《のうだけ》（五四三メートル）を頂点とする上野原北側の山地にふたたび溶けこみ、奈須部《なすぶ》から境川《さかいがわ》を東へ渡河《とか》して下岩《しもいわ》に出た。堺川とも書かれる境川の西側は甲斐国都留郡、東側は相模国津久井郡だから、松姫たちは関所を越える危険を冒さずして国境《くにざかい》を越えることについに成功したのであった。

「御料人さまを勝頼公御正室（北条夫人）の御実家の領国まで案内《あない》いたすことが叶いまして、信玄公と勝頼公の御霊《みたま》に対してようやく顔が立ち申した」

下岩の岩《いわ》神社の階《きざはし》に休息した際、八兵衛が柄《がら》にもなくそういって目を拳《こぶし》でこすったのは、武田一族が次々と討たれる中で信玄の末の姫君だけは救えたことを、武田武士のひとりとして一分《いちぶん》を立てることができた、と感じて気がゆるんだのである。

「たしかにここはもう小田原北条家の領国ですから、織田方の兵力はわらわたちの行方《ゆくえ》に気づいたとしても追ってくるわけにはゆかないでしょう」

松姫がほっとしてにこやかに応じると、

「いえ、おことばを返すようなれど——」

と、たっつけ袴に陣羽織姿の油川彦八郎が階の下から口をひらいた。

「八王子には八王子城という北条家の持ち城があるそうですが、この城は山城《やまじろ》なれば地つきの土豪どもまでは押さえこんでおらぬと申します。八王子の横山宿《よこやましゅく》方面は昔から武張《ぶば》った土豪の多い土地柄にて、武蔵七党《むさししちとう》と申し、徒党を組んだ土豪たちが七組もある由《よし》。この武蔵七党がわれらに対してどう出るかがわかりませぬ以上、まだまだ御油断召されてはなりませんぞ」

武蔵七党という土豪集団が存在することも、松姫には初耳の事実であった。

しかし、ここまできたからにはなおも東進をつづけ、向嶽寺の住職の教えてくれた恩方村、八王子、山田の里の仏縁を頼るしかない。

下岩からは、その東側に盛り上がった鷹取山《たかとりやま》（四七二メートル）の北辺を掠めてさらに東へゆき、沢井川《さわいがわ》に沿って南へ下る案下峠《あんげとうげ》（六八八メートル）に出ることができた。

道は相変わらず深い森の中を走る踏みつけ道だったが、樹木は針葉樹より広葉樹の方が多くなり、次第に土地が山国甲州よりも低くなってきたことが実感された。

しかも、案下峠の最高地点から望む四方の景観はまことにみごとなものであった。

この日はよく晴れていたためか、自分たちがやってきた西の甲州を振り返ると、緑色の顔料によって濃淡さまざまに描いたような連山が目路《めじ》のかなたまで打ちつづいていた。

北の空を限るのは、甲州の山々に負けない高さの秩父山地。西南はるかには古府中の高台からも拝むことのできた霊峰富士が青空を背景に屹立《きつりつ》し、さらに進むべき東の方向には新緑のみずみずしい高尾山《たかおさん》（五九九メートル）を視野に収めることもできたのである。

これもまた松姫には新鮮な体験であったが、この景観はさらに八王子方向へ旅をつづければ二度と見られないであろう。そう感じた松姫は、また一行が休息している間に手近の赤松の林に入り、まだ背丈が五寸（一五・二センチメートル）ほどの小松をそっと掘り出して記念に持ってゆくことにした。

案下峠からは、案下街道が南へのびて甲州街道上の藤野《ふじの》へ向かう。この案下街道を一里下って上案下《かみあんげ》に入り、また一休みすることにしてある民家に立ち寄ると、その家のあるじは作業場を兼ねる前庭に入っていった松姫を見るやその場に土下座してしまった。

渡辺兵五郎《わたなべひょうごろう》と名乗ったまだ若い男は、何と武田家の家臣の血筋の者だと感極まって打ちあけた。父の兵部助《ひょうぶのすけ》は、天正三年（一五七五）五月の三河《みかわ》の長篠《ながしの》の戦いに討死。以後、親戚の家を転々としつつ人となった兵五郎は、ようやくこの地に土着して間もないという。

「そんな者の家を武田家の御料人さまがお訪ね下さいますとは」

といっただけで兵五郎は絶句してしまい、ほろほろと涙を流した。

この兵五郎から心尽くしのもてなしを受けた一行は、上案下の先から東へむかう脇往還《わきおうかん》恩方街道に道をとり、武蔵国多摩郡の西の端に位置する上恩方《かみおんがた》へすんなりと入ることができた。

上恩方はきわめて草深いところで、めだつ建物はふたつしかなかった。長屋門の内に母《おも》屋《や》のほか土蔵、納屋、馬小屋などの立ちならぶ土豪尾崎次郎右衛門《おざきじろうえもん》方と、その西隣りにおよそ五百坪の境内地を持つ金照庵《きんしょうあん》。

山門に金峰山《きんぷざん》と書かれた扁額《へんがく》を掲げたこの寺は、何阿弥をゆかせて一夜の宿を乞うと、驚くべきことに向嶽寺の住職に教えられていた興慶寺の末寺と知れた。

「これも神さま仏さまのお導きでございましょう」

「ほんに、ほんに」

とお竹とお都摩は喜び合い、松姫は笹子峠で出会った白く輝くカモシカの姿をゆくりなく思い出していた。

「一夜などとおっしゃらず、しばらく御滞在下され」

と一行を歓迎してくれた住職は、喜州祖元《きしゅうそげん》という枯れた風貌の老僧であった。

その説明によると、興慶寺はここから半里ほど坂を下った狐塚《きつねづか》という里にあるという。塩山の向嶽寺の第三世峻翁令山は南北朝時代の至徳《しとく》元年（一三八四）、興慶寺を開山。その末寺の金照庵は、室町時代となっていた宝徳《ほうとく》二年（一四五〇）興慶寺第五世の一山祖長《いちざんそちょう》が自分の隠居所として建てたのである。

「あの、ひとつだけお願いがございますの」

おせわになります、と謝礼を差し出したあとで松姫が喜州老師に伝えたのは、案下峠で採ってきた小松を植えるお鉢をお貸し願えないか、というあまりにもつましい願いであった。

「植木用の鉢なら縁の下にごろごろ転がってごじゃるにより、お好みのものをお使い下され」

このやりとりによって小松は、長く命永らえることになった。

上恩方の住人たちは、尾崎次郎右衛門以外は姓も持たない人々で、藁葺《わらぶ》き屋根の掘立《ほったて》小屋まがいの家に住んでいた。田畑を耕すだけでは食べられないらしく、炭焼き、狩猟、ほど近い浅川《あさかわ》での漁、蓑笠《みのかさ》や笊《ざる》を編むなど松姫には考えられないほど貧しい暮らしむきであった。

しかし、この人々は至って親切な者ばかりで、厳しい逃避行によってからだを痛め、翌日から起きられなくなってしまった松姫の家来たちがいると聞くと、鮎や山鯨《やまくじら》と称する猪の肉を見舞品として届けてくれた。

松姫としても、このあと、ここまで同行してくれた者たちとどのようにして生きてゆくか、ということはまだ深く考える余裕がなかった。それだけに、

（ここが考えどころと申すもの）

と思っているうちに月日は早く流れ、菖蒲《しょうぶ》の節句がおわったかと思うと入梅《にゅうばい》の季節がきた。

松姫は朝夕二回、喜州老師とともに大仏壇に向かって勝頼夫妻、いつも五郎さまと呼びかけていた仁科盛信とその正室、盲目だというのにみごとに死んでいった龍宝らの後生《ごしょう》を祈りつづけた。それ以外の時間は三人の幼い姫たちにお伽《とぎ》ばなしを話して聞かせたり、平仮名の習字を教えたりすることにより、一族滅亡というあるべからざる史劇に立ち会ってしまった憂いを何とか忘れようとした。

ところが六月四日が来ると、朝からしとしとと雨が降っていたにもかかわらず隣りの尾崎

家の人の出入りが激しくなった。八王子方面から馬蹄の音を響かせて長屋門へ走りこむ騎馬の者があるかと思えば、その尾崎家の馬小屋から馬を曳き出してどこかへ走ってゆく白鉢巻に白だすき姿の者もいる。

もしや武蔵七党の内に武田家を面白からず思う者がいて、その者が金照庵にいる松姫一行の正体に気づいて動きはじめたのであれば、厄介なことになりかねない。

「御料人さまのお近くにおられよ。それがしは隣りのあるじに事情を聞いてまいる」

麻小袖にたっつけ袴、左腰に長大な太刀を佩《は》いた石黒八兵衛は、何阿弥だけをつれて金照庵の山門をめざした。

ただし、八兵衛はすぐに松姫の休息所とされていた庫裡《くり》の一室の縁側へ駆けこんできて、叫ぶように告げた。

「御料人さま、にわかに尾崎家に人の出入りが激しくなりましたのは、武田の御一族に仇《あだ》なした奴ばらが滅んだと知って大騒ぎになっておるからでござる。今月一日の夜、わずかの供揃《ともぞろ》えのみを従えて京においった織田信長とその小せがれは、配下の惟任日向守《これとうひゅうがのかみ》とやらの率いる大軍に襲われて、揃って斬死いたしたと申します」

「惟任」とは、信長の注文によって朝廷から明智光秀に与えられた姓のこと。日向守とは、その光秀の受領名《ずりょうめい》にほかならない。

この天正十年（一五八二）の三月十一日に甲州武田家を滅ぼした織田信長・信忠父子は、それから三月《みつき》とたたないうちにみずからも滅亡する運命にあったのである。享年は信長が四十九、信忠は二十六。

「まことにこれは、天の咎《とが》めと申すものでござりましょう」

八兵衛は声を弾ませていたが、松姫は人の世のあまりの有為転変《ういてんぺん》にと胸を突かれ、目を閉じて合掌することしかできずにいた。

第五章　髪を下ろす日

一

織田信長《おだのぶなが》と仏教勢力との戦いといえば、以下の五つを挙げることができる。

一、伊勢長島一向一揆《いっこういっき》討伐　元亀元年（一五七〇）九月から天正二年（一五七四）九月まで。
二、比叡山焼き打ち　元亀二年（一五七一）九月十二日。
三、越前一向一揆討伐　天正三年（一五七五）八月。
四、雑賀《さいか》一向一揆討伐　同五年（一五七七）二月から三月。
五、石山合戦（対石山本願寺戦）　元亀元年九月から天正八年（一五八〇）七月まで。

このうち紀州《きしゅう》雑賀の一向一揆との戦いと石山合戦は講和におわったが、信長はつねに斬《ざん》人斬馬《じんざんば》の勢いで大殲滅戦《だいせんめつせん》をくりひろげた。

伊勢長島一向一揆に対しては、いったん和睦《わぼく》を承諾したにもかかわらず、砦《とりで》を出た者七、八百人を斬殺。また中江《なかえ》城と屋長島《やながしま》城に籠もっていた男女二万は、柵で退路をふさいだ上、火を放って一気に焼き殺してしまった。

その後しばらくの間、織田の兵たちは人の焼け死ぬ臭いが鼻を突き、焼魚を食べられなかったという。

根本中堂《こんぽんちゅうどう》、山王《さんのう》二十一社などが灰燼《かいじん》に帰した比叡山焼き打ちも、おなじく酸鼻な光景を現出した。信長に関する基本史料『信長公記《しんちょうこうき》』には、つぎのようにある。

「僧俗・児童・智者・上人《しょうにん》、一々に頸《くび》をきり、信長の御目に懸くる。是《こ》れは山頭《さんとう》に於《お》いて、其《そ》の隠れなき高僧・貴僧・有智の僧と申し、其の外、美女・小童《こわらわ》、其の員《かず》をも知らず召し捕へ召し列《つ》らぬる。（略）是れは御扶《おたす》けなされ候《そうら》へと、声々に申し上げ候と雖《いえど》も、中々御許容なく、一々に頸を打ち落《おと》され、目も当てられぬ有様なり」

仏教勢力から見れば信長は仏敵中の仏敵であったから、その不意の死は、

「仏罰が下った」

という表現で語られるようになりつつある。

これは松姫《まつひめ》一行にとっても、わからぬではなかった。武田信玄の墳墓の地である恵林寺《えりんじ》を焼き打ちしたばかりか、住職の快川紹喜《かいせんじょうき》ら八十四人を焼き殺した織田の父子が同時に相果てたことは、武田家家中《かちゅう》の者たちにとっても仏罰が下ったとしか考えられなかった。

しかも、月も変わらぬうちに金照庵《きんしょうあん》の松姫には、おなじく「仏罰が下った結果」とされる事件がふたつ尾崎次郎右衛門《おざきじろうえもん》の口から報じられた。

そのひとつは、武田勝頼《たけだかつより》を見限って徳川家康《とくがわいえやす》の副将格になっていた武田家親族の穴山梅雪《あなやまばいせつ》が、本能寺《ほんのうじ》の変《へん》直後の大混乱の中で蜂起《ほうき》した一揆に襲われ、洛外《らくがい》の宇治田原《うじたわら》で殺された、というものであった。

この五月十五日、梅雪は家康とともに安土城へおもむいて信長に謁見。ついで家康と堺《さかい》の町を見物するうちに本能寺の変が発生したので家康一行と別れ、近江路《おうみじ》を経て甲州をめざそうとした。

甲州へ急ごうとした理由は不明ながら、梅雪は途中で通りかかった宇治田原で果てたため、松姫一行のうちなおも梅雪を裏切り者とみなしていた者たちは、その非業《ひごう》の死を仏罰ということばで考えたのだ。

そのふたつ目は、恵林寺の快川紹喜に難癖《なんくせ》をつけて焼き打ちに及んだ織田信忠《おだのぶただ》の部将河尻与兵衛《かわじりよへえ》も横死《おうし》を遂げた、とやはり尾崎次郎右衛門がどこからか聞きこんできたことであった。

河尻与兵衛は勝頼の滅亡後、信長から穴山梅雪の領地を除いた甲州一国と信州諏訪郡《すわごおり》の支配を命じられた。

しかし、本能寺の変の発生を知ると、甲州にも一揆が続々と蜂起し、その中には武田家遺臣たちの指導する集団もあった。当然、織田家ゆかりの将は狙われ、与兵衛もこのような一揆の的となって横死したのである。享年五十六。

とはいえ松姫個人は、これらの死の諸相をすべて仏罰ということばで片づけてしまうことについては次第に疑問を感じるようになった。

織田信忠は、ふたりの兄——四郎勝頼と五郎盛信《もりのぶ》を討った仇《かたき》ではあるが、松姫が七歳にして婚を約し、その後も織田・武田両家の友好関係がつづいていれば松姫の夫となった人である。もしも松姫が岐阜城の信忠のもとへ嫁いでから両家が戦いはじめた場合、松姫は夫と兄ふたりの争いを間近に見せられるというきわめて苦しくも哀しい立場に置かれたことは間違いなかった。

また、穴山梅雪が勝頼を見限って家康に通じる直前に古府中《こふちゅう》から救出したその正室は、信玄の正室三条《さんじょう》夫人の産んだ次女だから松姫にとっては腹違いの姉のひとりである。穴山家に嫁ぐ前に躑躅ヶ崎館《つつじがさきかん》にいたころは、幼い松姫に手習いや縫物を教えてくれた優しい女性でもあったから、松姫は梅雪の訃報《ふほう》に接したときにも、

(姉上さま、お気の毒に)

という思いが胸にこみ上げてくるばかりで、武田の家を裏切ったから罰《ばち》が当たったのだ、などとは思わなかった。

この梅雪夫人にしても、もしも家康と梅雪が織田信忠軍に呼応して甲州へ攻めこんできたならば、武田一族と夫の戦いを見せつけられて懊悩《おうのう》したに違いなかった。

もともと松姫は内省的で人を責めることなどゆめゆめ考えたことはなく、むしろ人の心を思いやる性格だったからこそ、こういうこともあり得た、と発想してしまうのかも知れなかった。

しかし、これら心の問題とはまた別に、金照庵に移って一ヵ月近くなると厄介なことになってきた。

――上恩方《かみおんがた》の金照庵に、近ごろ気品ただならぬ美女が家来たちを従えて逗留《とうりゅう》している。

こういった噂が立つにつれて、

「では一度、出掛けていって花のかんばせを拝ませてもらうべえ」

と図々しいことを考え、わざわざ八王子の横山宿《よこやましゅく》あたりからやってくる土豪たちがめ

だちはじめたのである。

このような者たちに対しては、石黒八兵衛《いしぐろはちべえ》と何阿弥《なにあみ》が応対し、横柄で野卑な態度の者は叱りつけ、腰低く面会を希望する者には丁重に謝絶のことばを述べて帰ってもらった。

だが、謎の美女がどうしても姿を見せないとなると、ますます顔を見たくなる者はいつの時代にもいる。特に武蔵七党《むさししちとう》に属する土豪のうちの富裕な家筋に育った若者たちには、砂金入りの革袋を持参し、

「これを仕度金として姫君に差しあげたく存ずるので、嫁にきて下さるようお頼みしては下さらぬか」

と大真面目に申し入れる者もあった。

こういう場合、

「愚か者め、身分の違いをよく考えよ。御料人《ごりょうにん》さまは天下の英雄武田信玄《たけだしんげん》公の御息女なるぞ」

といってよいのであれば、相手も恐縮して引き下がるに違いない。しかし、松姫の血筋をこちらからあきらかにして、なおも落武者《おちむしゃ》狩りに熱中しているかも知れない者たちに聞こえてしまったら、墓穴を掘る結果になりかねない。

それも考えて石黒八兵衛が求婚者には穏便にお引き取り願っている間に、あやつが駄目

でもおれならば、と近在からやってくる求婚者がめだちはじめた。

対して金照庵の住職喜州祖元《きしゅうそげん》は、すでに松姫の氏素性《うじすじょう》を教えられていたためか、

「いやはや御料人さまは、かぐや姫のような人気でごじゃる」

と、前歯の欠けた口をあけてからからと笑ってみせた。作者未詳の『竹取物語《たけとりものがたり》』では、竹から生まれて竹取の翁《おきな》に養われたかぐや姫は五人の貴公子から求婚され、天皇からも召されるが、いずれに対しても応じなかった、とされている。

ただし、また暑い季節が巡ってきたころには喜州老師も笑ってばかりはいられなくなった。

すでに駕籠方《かごかた》や馬の口取りとして上恩方までついてきた小者《こもの》たちは、たっぷりと謝礼と路銀を与えられて思い思いの方角へ旅立っていた。高遠《たかとお》城から脱出してきた十士も、織田軍が信長・信忠父子の凶報に接した途端、引潮のように甲信二州から姿を消したと知るや故郷の高遠へ還《かえ》っていった。

こうして松姫付きの供侍《ともざむらい》や小者がめっきりと減ったところにもってきて、残った石黒八兵衛や油川彦八郎《あぶらかわひこはちろう》は人を使ったことはあっても使われた経験はないだけに、特に地下人《じげにん》に対してはきついことばを遣うことがなくもなかった。

それを不快に感じた者がいたのか、松姫に相手にされなかったこと自体を無念に思った

のかはわからなかったが、夜が更けると金照庵の境内へ忍びこみ、野犬や蛇の死骸をめだちやすいところへ置いておく、という不埒《ふらち》な行為に走る者があらわれたのだ。

悟達《ごたつ》した老僧であれば、このような嫌がらせなどには動じなかったかも知れない。だが、喜州老師は老いがすすむにつれて心の臓を病み、興慶寺《こうけいじ》住職としての勤行《ごんぎょう》がむずかしくなったために隠居所の金照庵に移ったのである。石黒八兵衛がそうとも知らず野犬と蛇の死骸のことを告げたとき、喜州老師は心の臓の発作を起こして唇が紫色に変わり、左胸を押さえて七転八倒《しちてんばっとう》したものであった。

松姫は八兵衛からそれを伝えられると、さびしそうに答えた。

「一夜などとおっしゃらず、しばらく御滞在下され、と老師さまが申し出て下さったことに、どうやらわらわは甘えすぎていたようですね。老師さまのおからだに、これ以上障《さわ》りがあってはいけませぬ。そろそろこの地をお暇《いとま》することにいたしましょう」

二

そうはいっても、ではどこへゆけばよいのか。

このとき松姫の念頭にあったのは、上恩方から浅川《あさかわ》に沿った山道を東へ一里半（六キロ

メートル）下り、下恩方《しもおんがた》の心源院《しんげんいん》を頼ってはどうかということであった。なにかの折に喜州老師が心源院の住職卜山《ぼくざん》和尚に触れて、

「あの和尚は大したものでごじゃる。捨児《すてご》として生まれながらに苦労したにもかかわらず、三十年以上も修行を重ねてついには天子さまから仏国普照禅師《ぶっこくふしょうぜんじ》の勅名と紫衣《しえ》をたまわったのでごじゃるからの。今では小田原の北条家も卜山和尚の薫陶《くんとう》を受けているほどじゃから、御料人さまにおかせられては、いずれ得度なさりたいとの思《おぼ》し召《め》しがおありならば拙僧のような老いぼれよりも卜山和尚を師となさる方がようごじゃる」

といったことが忘れられなかったからである。

（卜山和尚さまは、もとは捨児であったとか。わらわも親兄弟のほとんどを失った今となっては、捨児に似たようなもの）

と思うと、金照庵を去らねばならないのなら卜山和尚さまにおすがりしてみたい、という思いは日増しに募った。

松姫が念のため石黒八兵衛と何阿弥を下恩方へやって心源院とはどのようなたたずまいの寺かを調べさせたのは、もしも自分が髪を下ろして仏弟子となったあとも、幼い三人の姫君やずっとついてきてくれた女たち、そして石黒八兵衛や油川彦八郎・お都摩《つま》夫妻らが寺の近くに住めるかどうかを知りたかったためであった。

暑い盛りに上恩方―下恩方間の一里半の道のりを往復して大汗をかいてもどってきた八兵衛は、

「たしかに見届けてまいりましたぞ」

と廊下にうずくまり、休息所の内から膝をまわした松姫に告げた。

「心源院の宗派は曹洞宗にて、山号は深沢山《しんたくざん》と申します。この草深い土地柄に似合わぬ大層な寺院でござって、山門は五間《けん》（九・一メートル）掛ける三間半（六・四メートル）、この中には聖観音《しょうかんのん》や十六羅漢《じゅうろくらかん》の像などが納められております。深沢山という山号は北東がひらけて東南から西にかけてが丘陵となる地形の、その丘陵に向かう方角に境内地がひろがることに由来するものかと見ましたが、本堂や開山堂、庫裡《くり》などは白壁造り、屋根の切妻《きりづま》は唐破風《からはふ》か千鳥破風《ちどりはふ》でござって、まことに華麗なお堂ばかり。御本尊の釈迦牟尼仏《しゃかむにぶつ》を安置いたす本堂は、十二間（二一・八メートル）に七間（一二・七メートル）というまことにひろやかな造りなのに驚かされました。山門の近くには弁財天《べんざいてん》やお稲荷《いなり》さまを祀《まつ》った祠《ほこら》、丘陵寄りには秋葉《あきば》神社もあって里人たちは信心深いようなれば、御料人さまがあちらへお移りになられましても、それがしどもは山門近くに住まうことができると見ました」

「これはよいことを聞きました」

若竹色の麻小袖《あさこそで》を涼し気にまとっていた松姫がにこやかに応じると、

「実は本日、卜山和尚殿は心源院の庫裡においでのございましたので、勝手ながら身柄をお預かりいただきたい御一行が上恩方におりまして、と御料人さまのことを伝えてみました」

八兵衛は打ちあけ、こうつづけた。

「すると和尚殿はすでに御料人さまのことをご存じでござって、上恩方においでのその御一行とは、甲州より逃れてまいられた武田家の姫君とお付きの者たちであろう、とずばりと仰せになりました」

松姫という名前までは伝わらずとも、武田家ゆかりの女性とそのお供たちが金照庵に滞在していることは、下恩方でもよく知られた事実となっていたのであった。

さようでござる、とうなずいた八兵衛が自分もその供のひとりだといって名を名乗ると、卜山和尚はためらうことなく答えた。

「窮鳥懐《きゅうちょうふところ》に入れば猟師もこれを殺さず、という言いまわしがござる。人が困窮して助けを求めてきたならば、どんな訳があろうと助けて進ぜるのが人情だ、ということのたとえでござる。これは御仏《みほとけ》の道にも通じる教えでござるから、われらはこの言いまわしを尊ばねばならない。この寺でよろしければいつでも姫君と御一行とをお引き受けいたすから、さようお伝え下さるがよい」

なんと卜山和尚は、ふたつ返事で松姫を受け入れると宣言してくれたのである。

それでも、心の臓を病む喜州老師を見離すようにして上恩方を去るのは気が引ける。松姫は喜州老師の脈が乱れなくなった秋まで待って、ようやく下恩方へ移っていった。

紫衣に錦の袈裟《けさ》を掛けた姿で松姫を山門まで出迎えた卜山和尚は、正しくは随翁舜悦《ずいおうしゅんえつ》という名の僧侶であった。だが、檀家《だんか》にはこのように字画の多い名前は読み書きできない者が珍しくない。そこで二文字合わせても五画しかない卜山をまたの名とし、こちらを常用しているのだという。

庫裡の一室に案内されて挨拶を交わした直後にそう告げられたとき、松姫は卜山和尚が現世どころか自分の法名にもこだわっていないことに気づき、すっかり感心してしまった。

武田の将士に巨漢や異相の者が珍しくなく、かつての松姫はそれらの者たちに挨拶されても驚いたりはしなかった。だが卜山和尚の体軀《たいく》には、その松姫も目を瞠《みは》る特徴が三つあった。第一に身の丈《たけ》が七尺（二・一二メートル）に達すること、第二に巨眼の持ち主で瞳に輝きがあること、第三に長大な白髯《はくぜん》の先が胸にまで及んでいることである。

心源院の境内には栗の木や柿の木が多く、秋が深まるにつれて豊かに稔《みの》った。そのころまでに松姫は、今年で七十七歳というのに腰の曲がってはいない卜山和尚の問わず語りにより、この名僧の歩んできた道をおおよそ知るまでになっていた。

永正《えいしょう》四年（一五〇七）二月、卜山和尚は八王子の奈良原《ならはら》の里の貧農の家に生まれた。その家の娘の父《てて》なし児《ご》として、である。

母が頑として父の名を明かさなかったため、祖父母は乳呑《ちの》み児《ご》を抱いた母を家から追い出してしまった。母は泣きながら下恩方の滝の沢の山中をさ迷ったあげく、松の木の下に乳呑み児を捨ててそのまま行方《ゆくえ》知れずになってしまった。

捨児となった卜山が死なずに済んだのは、地元の者が拾って養育してくれたためであった。養父母は貧しいながらも卜山を可愛がってくれたが、近在の洟《はな》垂れ小僧たちと喧嘩《けんか》するうちに、

「なにを、この父なし児が」

「おめえなんか、捨児じゃねえか」

とたびたび罵られたことから、卜山はおのれの出生《しゅっしょう》の秘密に気づいた。

そこから苦悩のあまり仏の道に救いを求め、十三歳にして八王子の山田の里の広園寺《こうおんじ》に入り、足掛け三年、雲水《うんすい》として修行を積んでから諸国行脚《あんぎゃ》の旅に出た。まず甲州へおもむいて塩山《しおのやま》の向嶽寺《こうがくじ》の道場に入ったあと、京都五山を巡歴。五山を超える寺格とされている臨済宗南禅寺派《なんぜんじは》の本山南禅寺にも籠もり、仏法を究めることを心掛けた。

しかし、人たるものはそう簡単に悟りをひらくことはできない。二十五歳の年から八年間、京と九州の間を遍歴したかれは、天文八年（一五三九）、曹洞宗の大本山である越前の永平寺《えいへいじ》に籠もり、その開祖道元《どうげん》の著作『正法眼蔵《しょうぼうげんぞう》』を読んだときに初めて蒙《もう》を啓《ひら》かれた思いがした。

和文で書かれた同書の題名は仏法（正法）の真髄を説いた書物という意味であり、道元の教えの特徴は座禅によって悟りをひらくことができるとした点にある。それまでの臨済宗から曹洞宗に改宗したかれは、遠江《とおとうみ》のある寺を訪ねた際、たまたまその寺へ来ていた心源院の第二世傑山道逸《けつざんどういつ》と知り合った。

自分の捨てられていた下恩方の、しかもおなじ曹洞宗の僧侶と旅先で巡り合うのも仏縁というものであろう。そう感じたかれは傑山道逸の侍僧《じそう》（従者である僧侶）にしてもらい、実に十八年ぶりに下恩方へ還ってきた。

師が引退したあと心源院の第三世、第四世、第五世にも侍僧として仕えたかれは、三十一年前の天文二十年（一五五一）に第六世に就任。随翁舜悦という法名を名乗ったものの、卜山和尚と称してなおも厳しい修行に打ちこんだ。

卜山は心源院の住職となったことに満足するのではなく、近くの山の中に庵《いおり》を結び、その後六年間もこちらに籠もって悟道をめざした。

その名が北条家の者たちに知られたきっかけは、永禄二年（一五五九）、小田原北条家の第三代当主氏康《うじやす》の三男氏照《うじてる》が八王子の北にある同家の支城滝山《たきやま》城に入ったことであった。

豪放な気性の持ち主である氏照は、清貧に甘んじて修行一途《いちず》の日々を送る卜山の姿に感服。みずから卜山に弟子入りする一方、八王子の慈根《じご》寺の里にあって今は廃寺となっている宗関《そうかん》寺の再興を図り、卜山を中興の開山に指名した。

卜山がみごとにこれを成し遂げたことから、氏照は父氏康にかれを紹介し、氏康は正親《おおぎ》町《まち》天皇に卜山という名僧がいることを上奏した。そこから卜山は仏国普照禅師という勅名と紫衣とを下賜されることになったのだが、卜山は紫衣とは天皇に高僧と認められた者にしか着用を許されない品であることを知っているため、自分のような者には畏れ多いとして、なかなか紫衣を着用しなかった。

ふたたび北条氏康からそうと伝えられた天皇は、その謙虚さに打たれ、卜山に「宗関神護禅寺」と書かれた宸筆《しんぴつ》の扁額《へんがく》を下賜した。

この名誉の沙汰《さた》を受けて四年、天正元年（一五七三）に卜山は宗関寺の法灯を弟子にゆずり、自分は心源院の住職としての仕事に専念するようになって今日に至ったのである。

心源院が草深い下恩方にありながら堂々たる造りであるのは、なおも北条家の支援を受けているためであった。

三

滅んでしまった武田家の血を引くわずかな生き残りのひとりとなってしまった松姫が、兄勝頼の正室北条夫人の実家の持ち城滝山城の近くまで逃れてきた、というのも奇縁である。

その点を強調して、石黒八兵衛は松姫に何度もいった。

「甲州を去ってより早くも半年に垂《なんな》んといたし、いささか阿堵物《あとぶつ》（金銀）の持ち合わせも少なくなってまいりました。しかし、卜山和尚殿は北条相模守《さがみのかみ》殿（氏政《うじまさ》）やその弟君の陸奥守《むつのかみ》殿（氏照）からも師と仰がれておいでとうけたまわります。勝頼公の御正室は北条家の先代左京大夫《さきょうたいふ》殿（氏康）の姫君、相模守殿、陸奥守殿にとっては妹君でございましたから、ここはひとつ小田原城か滝山城に人を送って御料人さまが勝頼公の御正室にとっては義理の姉上にましますことを思い出していただき、御助力を願い出てはいかがでございましょう」

たしかに松姫には山門近くに土地を借りてお付きの者たちの住居を建てる必要もあったから、持ち合わせが乏しくなってきたとは由々しきことであった。

しかし、松姫にはその点が今ひとつはっきりとはわからなかった。

松姫は二十二歳にして新府《しんぷ》城から逃避するまで、一貫して父信玄や兄勝頼からお付きの者に手わたされるお手元金によって暮らしてきた。ただし、自身はそのお手元金の額面も知らなければ、諸方への支払いに関与したこともない。そのような育ちの良さが災いして、松姫には八兵衛の感じている焦りがきちんとは受け止められないのだった。

その一方で松姫は、北条夫人の実家である北条家を頼るべきかどうか、という問題についてはこれまでも自問自答をつづけてきた。特に新府城で松姫に四歳の香具姫《かぐひめ》を託した小《お》山田信茂《やまだのぶしげ》夫人のことばは、今も耳の底に残っていた。

「ご存じのように北条家と武田のお家は近ごろ仲違《なかたが》いいたしておりますが、お屋形さま（勝頼）の御継室《ごけいしつ》さまは北条家の御出身、貞姫《さだひめ》さまはその北条夫人の血をついでおいでなのでございますから、もしも御料人さま方が北条家をお頼りになったときには、あちらさまは昔の誼《よしみ》であれこれ便宜を図って下さるのではないでしょうか」

このことばはあきらかに、松姫が都留郡《つるごおり》を東へ越えて相模国へ入ることができた場合は、北条夫人の産んだ貞姫の養育を北条家にゆだねるに違いない、という発想からきていた。松姫自身も、

（わらわの手では、とても三人の幼い姫たちは育てられまい）

と思い、少なくとも貞姫だけは北条家に託した方がよいかも知れない、と幾度となく考えた。

だが松姫は、新府城を去ると打ちあけたときに北条夫人が、

「ひとつだけお願いごとをさせて下さりませ」

といって貞姫をつれて行ってくれるよう頼み、こういったことも忘れてはいなかった。

「どこぞの権門勢家《けんもんせいけ》に嫁がせて下され、などとは申しませぬ。尼《あま》となして下さっても一向に構いませんので、どうかこの子だけは命永らえさせて下さりませ」

取りすがるようにいった北条夫人の思いを深く考えてみると、夫人は松姫が貞姫を実家の北条家に預けてくれることを願っていたとは思えなかった。自分のように夫とともに世を去ったりすることなく、貞姫にだけは長生きしてほしい、という気持だけがひしひしと伝わってきた。

しかも、貞姫は勝頼の血を引いた唯一の子でもあるのだから、貞姫を北条家の姫としてしまっては勝頼に叱られてしまうかも知れない。そんなことも考え合わせて、松姫は石黒八兵衛に告げた。

「そこもとがあれこれ案じて下さることはうれしく存じますけれど、当分の間は北条家をお頼みするのではなく、この地でお互いがなんとか生きてゆく工夫をしてみてはいかがで

しょう。わらわは卜山和尚さまにお願いして髪を下ろしたく存じますが、修行の合間には炊事洗濯などの家事もいたしますから」

そこまでいわれては、家臣としてはことばを返すことはできない。

「ではそれがしどもも、百姓仕事を覚えることにいたしましょう」

と手元不如意《ふにょい》なことは蒸し返さずに引き下がり、山門近くの空地に掘立《ほったて》小屋を何軒か建てて定住の道を模索しはじめた。


侍が入道するか仏門に入るときは、まずざっくりと髷《まげ》を髻《もとどり》から切り落とす。武家の女の場合は髪を背に長く伸ばして当世風おすべらかしにしていることがほとんどなので、やはりこの髪を肩のあたりで切ってから、鋏《はさみ》で残った頭髪を摘んでゆく。

松姫の場合はすでにそぎ尼といい、丈《たけ》なす黒髪を肩より少し下がったあたりで切り揃える形にしていた。これは生きる悲しみや無常感に堪えられなくなった高貴な女性が、いずれは仏門に入るという覚悟を示した髪形でもあった。

その松姫が白装束をまとい、紫衣と錦の袈裟を着用した卜山和尚に先導されて本堂の釈迦牟尼仏の前に進み出たのは、付近の山々が一斉に紅葉した一日のことであった。

曲彔《きょくろく》に腰掛けた卜山がひとしきり読経《どきょう》する間、その背後に正座した松姫は目をつむって、合掌の姿勢を崩さずにいた。

やがて読経がおわると卜山の弟子ふたりが朱塗りの盆を捧げ持ってあらわれ、その盆の上に折り畳まれていた白い布を取って松姫の首にそっと巻きつけた。その作業がおわるとひとりが盆から鋏を手にして松姫の背にまわりこみ、そぎ尼にしていた黒髪を摘んでは、その頭髪の房を盆に置いていった。

つづいて側頭部、後頭部、前頭部の髪が摘まれると、湯気の立つ湯桶《ゆおけ》を持った三人目の弟子があらわれ、その湯に浸してからよく絞った手拭いで松姫の頭をつつむようにした。男が髭《ひげ》を当たるときとおなじで、こうすると毛髪がやわらかくなるので剃髪《ていはつ》しやすくなる。

「痛かったらおっしゃって下され」

「はい」

というやりとりがあって松姫の頭部から手拭いが取り払われると、いよいよ剃髪であった。その間に懐中から水晶の数珠《じゅず》を取り出した松姫は、その数珠をつまぐりながら念仏を唱えつづけた。

やがてつつがなく剃髪がおわると、松姫の首に巻かれていた白い布も外され、

「ほほう、綺麗な尼御前《あまごぜ》になられましたな」

と卜山和尚はにこやかにいって、弟子たちに庫裡から鉄鏡《てっきょう》を二枚持ってくるよう命じ

た。卜山は松姫の女心を考えて、剃髪した直後のその頭部の形を自身の目でたしかめるよううながしたのである。

合わせ鏡にした鉄鏡に映し出された松姫の頭部は、まろやかな可愛らしい形をしていた。もともと松姫は切れ長な瞳、通った鼻梁《びりょう》とおちょぼ口の持ち主であったが、黒髪が消えた代わりにふっくらとした大きめな耳があらわになった分だけ、あらたな気品が加わったようにも感じられた。

「どうもありがとうございました」

と手わたされた鉄鏡一枚を卜山の弟子に返したとき、松姫は思わず涙ぐんでいた。

武田一門が自分たちを残して滅んでしまったことを、あらためて実感したためではない。高遠城、新府城、古府中、塩山、上恩方と流転《るてん》の旅をつづける間に少しずつ形を整えるに至った出家の志《こころざし》をここに遂げることができたのは、喜びでなければならなかった。

頭ではそうはわかっていても、高遠城で別れた仁科盛信《にしなもりのぶ》夫妻、新府城で別れた武田勝頼夫妻や小山田信茂夫人がすべてもはやこの世の人ではないことを思い、その菩提《ぼだい》を弔うのは自分しかいないと考えると、

（どこまでその任に堪えられるかしら）

とにわかに不安を覚えたのである。

「それでは御本尊に御料人さまが仏弟子につらなったことを報じる前に、比丘尼《びくに》としてのお名をつけて差し上げねばならぬ」

松姫の剃髪がおわるまで低く経を誦《ず》じつづけていた卜山和尚は、曲彔から立ち上がって釈迦牟尼仏に背を向けると、懐中から取り出した紙片をひらき、松姫の目の前に掲げてみせた。そこには墨痕《ぼっこん》あざやかに、つぎの三文字が書きつけられていた。

「信松尼《しんしょうに》」

武田信虎《たけだのぶとら》、その嫡男晴信《はるのぶ》、入道して信玄《しんげん》、その弟で真の副将とよばれた典厩信繁《てんきゅうのぶしげ》、仁科盛信ら武田一族の諱《いみな》の特徴は、「信」の一文字を偏諱《へんき》（諱の一文字）とする点にある。すなわち信松尼という尼僧名の「信」は武田家出身の者であることを示し、「松」の字はいうまでもなく武田松姫の「松」に由来する。

「しん、しょう、に」

と低い声でいってみたとき、初めて信松尼は仏弟子として再生の時を迎えたことを自覚し、静かな喜びが泉のように胸の中に湧いてくる思いに浸っていた。

四

松姫が信松尼と名を変え、仏弟子として厳しい修行の毎日を送りはじめたころ、武田家の旧領甲斐《かい》・信濃《しなの》二カ国を領国の一部としたのは徳川家康《とくがわいえやす》であった。

昨天正九年（一五八一）まで、家康は遠江《とおとうみ》・三河《みかわ》二カ国を領有して浜松城を居城としながら、西駿河《するが》へじわじわと兵力を浸透させていた。家康はそれ以前に駿河の戦国大名だった今川氏真《いまがわうじざね》の暗愚につけこみ、東駿河を武田領とする代わりに西駿河を実効支配することに成功しつつあったのである。

そこにはじまったのが織田信長・信忠父子による武田攻めであり、織田軍に呼応して東駿河へ進出した徳川軍は、穴山梅雪の道案内によって武田勝頼が姿を消した古府中（甲府）に着陣。信長からその軍功を賞せられ、駿河一国を加増された。のちに江戸時代になると徳川家のもともとの領国は駿《すん》・遠《えん》・三《さん》（駿河・遠江・三河）の三国だとする考え方が一般的になるが、駿河が徳川領となったのは勝頼の滅びた天正十年（一五八二）三月以降のことなのだ。

並行して穴山領を除く甲州一国と信州諏訪郡を与えられたのは、すでにこの物語に登場した河尻与兵衛。

しかし、河尻与兵衛はあまりに粗暴な人物で、人を酷使するため人望などはまったくなかった。ために信長はかれに甲州その他を与えるに際し、家康を招いてこう頼んだほどであった。

「河尻与兵衛をその方の領国の近くに封じたのは、あやつが不始末を仕出かしたら叱ってほしいからだ」

信長の不安が現実のものとなったのは、皮肉にも信長の姿が本能寺の炎の内へ消えてからのことであった。

信長・信忠父子の不慮の死を伝えられたとき、武田家旧領に封じられたばかりのその家臣たちは弔問のため城を捨てて京をめざした。堺を見物中にこの凶報に接し、六月七日に辛くも三河の岡崎城までもどってきた家康は、古府中にいた河尻与兵衛に申し送った。

「急いで上洛《じょうらく》なさるのであれば、信州路には一揆が蜂起《ほうき》しているとの噂これあるにより、わが領内を通って上京されよ」

この善意の書状を託されたのは、徳川家家中《かちゅう》の本多百助《ほんだひゃくすけ》と名倉喜八郎《なぐらきはちろう》という者であった。

だが、このころは信長の支配体制が瓦解したため、あちこちで一揆、野武士の類《たぐい》が暴れはじめていた。家康とともに動いていた穴山梅雪も、これらの者たちに殺されてしまった。

そんな危険な状況だったからか、河尻与兵衛はこの書面に接すると、邪推してこう考えた。

――徳川殿は、わしを領内におびき寄せて闇討ちいたす気だな。

ならば先手を打ってくれようではないか、と考えた与兵衛は、本多百助に万事を相談するふりをして屋敷に招待。深酒を強《し》いて悪酔いさせてから、蚊屋《かや》を吊《つ》った寝所《しんじょ》にやすませた。

そして深夜、槍《やり》の鞘《さや》を払ってその寝所へ忍び足で近づいた与兵衛は、供の小姓《こしょう》に蚊屋の吊り具を斬って落とさせたかと思うと、百助を刺殺してしまった。

この事件が六月中に古府中で話題になったのは、百助の供侍たちが話をひろめたためばかりではなかった。

河尻与兵衛は信玄の墓所のある恵林寺を焼き打ちし、住職の快川紹喜以下の八十四人を焼き殺した張本人だから、武田家遺臣団のうちでの評判は最悪であった。

対して武田家遺臣団の心を捉えた勝者は、徳川家康にほかならなかった。信長は勝頼の死を知ってから返《かえ》り忠《ちゅう》を申し出たその遺臣たちについては、

「たとい反逆せし者ならずとも、武田の被官《ひかん》（下級武士）や家人《けにん》（奉公人）は召し抱ゆべからず」

と諸将に命じ、その遺臣たちのうちに餓死する者があっても一切同情しなかった。

というのに家康は、勝頼の最期の地となった田野《たの》の草原になおも遺体が散乱して鳥獣の

啄《ついば》みにまかせられていると聞くや、

「名将・勇士の亡骸《なきがら》を捨て置くべきにあらず」

と宣言。田野から四里の広厳院《こうごんいん》に遺骨を埋葬したばかりか、信長には黙って武田家遺臣団を八百九十五人も召し抱えた。

そのうちわけは駒井昌直《こまいまさなお》、今福昌常《いまふくまさつね》、河窪信俊《かわくぼのぶとし》ら侍大将《さむらいだいしょう》十六人、諸武頭《しょぶがしら》・諸役人・近習《きんじゅう》七十一人、山県昌景《やまがたまさかげ》衆五十七人、土屋昌続《つちやまさつぐ》・昌恒《まさつね》兄弟を寄親《よりおや》としていた土屋衆七十二人などだが、この中から河尻与兵衛の本多百助殺しを深く憤る者があらわれた。三井弥《みつい や》一郎《いちろう》という、山県昌景衆のひとりである。

「河尻が恩義ある徳川殿のお使いを刺し殺せし大罪、許すべからず」

と語った三井弥一郎は、六月十八日、息のかかった者たちに一揆を起こさせておいて河尻邸に忍びこみ、みごとに与兵衛を斬り捨ててみせた。

このような一連の出来事があって、武田家遺臣団の多くが家康に従属することを望んだため、甲信二州は駿・遠・三の三カ国につづいて徳川家の領国と化したのである。

それにしても家康は、なぜかくも武田家の者たちを熱心に召し抱えたのか。それは家康が領土の経営や軍法の面で、信玄の手法を長く参考にしてきたからである。

元亀四年（一五七三）四月に信玄の訃報に接したとき、家康は述懐した。

「われ、年若き程より彼がごとくならんとおもい励んで益を得し事多し」

強敵だからといって憎み嫌うのではなく、その美点を参考にしよう、と発想するのが家康なのだ。

それは武田家の軍装を徳川家のある部将とその配下の者たちに模倣させる、という行為にもつながっていった。

このころ徳川四天王のひとり井伊直政《いいなおまさ》が家康から、

「今後は軍装を赤備《あかぞな》えとせよ」

と命じられた話はよく知られている。

赤備えとは兜《かぶと》、具足《ぐそく》、旗指物《はたさしもの》から馬具までを赤一色に統一した姿のこと。井伊家に預けられた山県衆や土屋衆は信玄の時代から赤備えで戦場を疾駆したので、その軍装をよく覚えていた家康は、自軍のうちに赤備えの軍勢を育てようと思い立ったのである。

その家康が武田家遺臣団から聞き出した軍法のうち、採用しなかったのはただひとつしかなかったといわれている。

それは弓に矢を番《つが》えるときは鏃《やじり》の根を矢柄《やがら》にゆるく結びつけておく、という方法についてである。このような矢に射られた敵兵は、急いで矢を引き抜こうとすると鏃が矢柄から抜けて体内に留《とど》まってしまい、やがて化膿するなどして大変なことになる。

それを酷《むご》いことと感じた家康は、

「今後、わが軍の用いる矢は鏃が矢柄から抜けぬようにいたせ」

と顔をしかめて命じたのであった。

五

以上の諸点に注目すると、家康はなかなか度量のひろい武将であったかのように見える。では女性についてはどうだったか、というとがらりと印象が変わり、

「裾貧乏《すそびんぼう》」

ということばが家康にはついてまわった。

これは、性欲の強い好色な男を意味する。

家康が裾貧乏とみなされたそもそものはじまりは、三歳ないし四歳年上の正室だった築《つき》山殿《やまどの》に永禄二年（一五五九）三月六日には嫡男の信康《のぶやす》を、そのちょうど一年後の永禄三年三月十八日には亀姫《かめひめ》を産ませたことによる。築山殿は信康を出産し、ふたたび月の障りを見るようになってすぐ亀姫を懐妊したわけで、卑俗にいえばこのとき十九歳の家康は、年

上の女に年子《としご》を産ませるほどの好色漢とみなされたのだ。

しかも家康は、築山殿付きの奥女中おまんにも手をつけた。おまんの腹部がふくらんできたのは家康夫妻が岡崎城から浜松城へ移ってからのことであったが、築山殿はおまんの体形の変化から夫の行為を察知。おまんを全裸にして縄を掛けると、浜松城の林の奥に捨てさせた。

これは天正元年（一五七三）冬のことだから、築山殿はおまんを胎児ともども凍死させるつもりだったに違いない。

しかし、おまんは死ななかった。泣いているところを宿直《とのい》の本多作左衛門《ほんださくざえもん》に発見され、その家に運ばれて翌年二月に男の子を出産した。幼名於義丸《おぎまる》、のちの結城秀康《ゆうきひでやす》である。

嫉妬に狂った築山殿は、家康に書き送った。

「わが身こそまことの妻にて、つらくあたらせ給ふとも、一念悪鬼となり、やがて思ひしらせまいらすべし」

だが家康は、そんなことなど気にしない。築山殿を岡崎城に住まわせておいて、浜松で裾貧乏な暮らしをつづけたかれは、天正三年（一五七五）十一月には奥女中の西郡局《にしごおりのつぼね》に次女督姫《とくひめ》を産ませている。

その家康は長く織田信長と同盟を結んでいたため、信康は九歳になっていた永禄十年

（一五六七）五月、おない年の信長の長女徳姫《とくひめ》を正室として迎えた。織田・徳川同盟にとって、共通の敵が甲州武田家であったことはいうまでもない。

しかし天正七年（一五七九）を迎えたころ、築山殿の「一念悪鬼となり、やがて思ひしらせまいらすべし」との暗い覚悟は異様な行動となって示された。夫婦仲の良かった信康に美女をあてがって徳姫との仲を裂く一方、自分も武田勝頼の息のかかった唐人《とうじん》医師減敬《げんけい》という者を孤閨《こけい》に引き入れたのだ。

築山殿は夫と信長の交わりを冷えたものにすると同時に勝頼を手引きし、その庇護《ひご》のもと、信康を三河一国のあるじに据えようと考えていた。そのため築山殿は勝頼にあててこう書き送りさえした。

——信康は武田方に寝返らせますから、わらわのことは御家中のどなたかの妻にして下さりませ。

築山殿の計算違いは、信康・徳姫夫妻もおなじ岡崎城を居城としていたことであった。勝頼と築山殿との文書のやりとりはやがて徳姫の知るところとなり、信長のもとへは密使が走った。

徳姫の訴えは十二カ条に及んでいたが、その何条かには信康の悪しき行状も書き留められていた。

信康は、自身の淫行を妻に告げた小侍従《こじじゅう》という奥女中を、口を引き裂いて手討ちにしたことがあった。踊りが下手だといって踊り手を弓で射殺したり、鷹狩りで獲物がなかったのは汝《なんじ》のせいだと難癖をつけて、通りすがりの僧を馬で曳《ひ》きずり殺したりしたこともある。天正七年（一五七九）六月、信長はたまたま安土城へやってきた家康の家老酒井忠次《さかいただつぐ》に対し、これら十二カ条の真偽のほどを糺《ただ》してみた。

すると愚直をもって知られる三河者の真骨頂を発揮して、酒井忠次は答えた。

「それがしも、いちいちうけたまわったことばかりでござって、ただの風聞ではござりませぬ」

信長の命令によって築山殿が斬られたのは、同年八月二十九日のこと。信康二十一歳が切腹を強いられたのは、九月十五日のことであった。

正室と嫡男とを前後して失うとは悲劇そのものだが、その後も家康の裾貧乏には変わりがなかった。天正七年四月のうちに側室西郷局《さいごうのつぼね》に三男の秀忠《ひでただ》を産ませていた家康は、天正八年には四男の忠吉《ただよし》をも産ませ、妻子を一気に喪失した衝撃はほとんど感じられない。

勝頼が滅び、河尻与兵衛も斬られてその兵力三千余が煙のように消えてしまったこの天正十年六月以降、四十一歳と男盛りの家康は、つぎのように動いた。

甲信二州の平定軍を先発させておいて、七月三日に浜松城を出立《しゅったつ》。九日、古府中に着陣。

八月十日には新府城のあった韮崎《にらさき》に陣を移し、二十日に古府中にもどってその後は一貫して同地に在陣。

信松尼が下恩方の心源院で仏道修行をはじめたころ、家康は武田家の故地に滞在しつづけていたのである。

その目的は甲信二州をうかがいはじめた小田原北条家を監視しながら、自立しようと画策しつつある諏訪頼忠《すわよりただ》、小笠原貞慶《おがさわらさだよし》、村上景国《むらかみかげくに》など信州の武将たちを抑えこむことにあった。

だが、甲州在陣が長引くにつれて、家康はまたも裾貧乏ぶりを発揮しはじめていた。史家が、

「甲州の女狩り」

と呼ぶ行動——ひらたくいえば女漁《あさ》りをおこなって恥じなかったのだ。

最初にその夜伽《よとぎ》の相手をつとめたのは、お牟須《むす》という者であった。お牟須は武田家の家臣だった三井十郎左衛門《みついじゅうろうざえもん》の後家であり、すでに夫を失った身であることから家康の世話を受ける道を選んだのである。

つづいて家康の耳に入ったのは、勝頼から信州の深志《ふかし》城を預かっていた馬場《ばば》美濃守氏勝《みののかみうじかつ》

の娘が某所にひそんでいる、という話であった。氏勝の父で、やはり美濃守と称していた信春《のぶはる》は信玄の全盛期に、

「武田の四名臣」

の筆頭に謳《うた》われた名将として知られた。

――そのような名将の血を引く女子《おなご》であれば、あっぱれ名将となる子を産んでくれるかも知れぬ。

そう考えた家康は、鳥居彦右衛門《とりいひこえもん》に命じて馬場氏勝の娘を捜させることにした。

鳥居彦右衛門は、諱を元忠《もとただ》。酒井忠次に似て三河武士の典型だった彦右衛門は、三河を領有した松平清康《まつだいらきよやす》、広忠《ひろただ》、元康《もとやす》のちの徳川家康の三代に仕えたその家臣鳥居伊賀守忠吉《いがのかみただよし》のせがれである。

清康・広忠の松平家二代はそろって家臣に殺されてしまい、松平元康と称した時代の家康は駿河・遠江を押さえて三河をも制圧した今川義元《いまがわよしもと》に屈伏。松平家から今川家へ差し出された証人（人質）として、駿府城で屈辱的な少年時代を送った。

このとき鳥居忠吉は家康から、

「爺《じい》よ」

と慕われる者としていつも側近くにあり、家康が仮りの帰国を許された際にはこれに同

行して、岡崎の鳥居家の蔵へと案内した。

その四方八方に所狭しと積み上げられていたのは、兵力数千を養うに足る量の米の俵と一束十貫文《じっかんもん》の銭の山であった。家康が目をまるくすると、忠吉はいった。

「おそれながら爺がひそかにこれらを貯えましたのは、あなたさまがいつなんどき今川家の軛《くびき》を離れ、三河に覇を唱えんと思し召《おぼめ》されましょうとお困りあそばされぬように、と思案いたしましてのこと。この件、たとえ爺が病みつきましょうとゆめゆめお忘れなきように」

鳥居忠吉のせがれ彦右衛門も十歳にして小姓として家康につかえ、

「あの親にして、この子あり」

と評判をとった少年であった。

駿河時代の家康は百舌鳥《もず》を一羽飼っていて、毎日部屋から縁側へ出ると拳《こぶし》に据えて餌《えさ》を啄ませるまでになっていた。そこで彦右衛門にもその作法を教えることにしたのだが、どうしても百舌鳥はその拳には止まろうとしない。

「据えよう、悪し」

と怒った家康が彦右衛門の腰車を足でだんと蹴ると、そのからだは縁側から前庭へ転げ落ちた。

——いずれ万乗《ばんじょう》の君《きみ》となられるお方であろうと、なにゆえここまでなさるのか。

これを目撃した家来衆が鼻白《はなじろ》んだのに対し、ひとり彦右衛門だけはこういって喜んだ。

「小姓にてはべるそれがしを御心のままに躾《しつ》けようとのお志、御大将《おんたいしょう》の器《うつわ》にましますればのこととなり。行末《ゆくすえ》頼もしきことに候《そうろう》」

家康がこの彦右衛門に馬場氏勝の娘の探索を命じたのは、あやつに命じれば確実に見つけてくれる、と信じていたためであった。

ところが、その直後の八月十日に家康は韮崎に移動。古府中へもどってきたのは、十日後のことであった。

だが、なぜか彦右衛門はあるじの前にあらわれず、

「くだんの女の行方はまだわかりませぬ」

と人を介して伝えてきた。

ならばと別の者に馬場氏勝の娘捜しを命じると、その別の者は家康に告げた。

「実はその娘御は鳥居彦右衛門の屋敷に住みつきまして、今では本妻のようにふるまっておいでてござる」

なんと彦右衛門はすでに馬場氏勝の娘を見つけ出しており、しかもあるじに差し出すのではなく自分の女にしてしまっていたのである。彦右衛門もあるじに似て裾貧乏だったわ

けだが、このことを報じられても家康は、

「あやつは若いころから抜け目のない男だったからな」

と笑って応じ、鳥居家には甲信二州を得た恩賞として甲州都留郡を与えた。

そこで彦右衛門が都留郡を巡見してみると、今年四月三日に恵林寺が焼き打ちされて間もなく、塩山の方角から甲州街道を経て笹子峠《ささごとうげ》へむかった正体不明の一行があった、という話があちこちで耳に入った。

この時代の庶民には高貴な人々の姿を直視するのは失礼だという感覚が一般的なので、その一行の人数や持ち物などを明確に証言できる者はひとりもいなかった。

しかし、断片的につぎのように語る土地の者たちがいた。

――御一行の先頭には、鎧櫃《よろいびつ》を背負ったお侍さまたちが十人か二十人大股に歩いてゆかれました。

――お侍さまたちの後からは、市女笠《いちめがさ》に面体《めんてい》をお隠しになったお女中方がとぼとぼと歩いてゆかれたものでございました。

――その御一行にはお駕籠《かご》も三挺《ちょう》ほどまじっておりまして、最後尾からは荷物を振分《ふりわけ》にして背負わされた駄馬が三、四頭つづいていたことを覚えております。

これらの談話を総合すると、武田家が滅び去った直後に兵火を逃れ、十人ないし二十人の武者たちに守られて笹子峠のかなたへ落ちていった女たちがいたことになる。武者たちと駕籠と駄馬とをつれていたのであれば、その女たちとは武田家ゆかりの者に違いない。

そう考えた彦右衛門は、まだ古府中にいた家康にこのことを伝えた。これは露骨にいえば、馬場美濃守の娘はそれがしがいただきましたが、武田家ゆかりの女はほかにもいるようですよ、と家康の裾貧乏ぶりを煽《あお》ったのだ。

これを耳寄りな話と感じた家康は、今は徳川家に出仕した武田家遺臣団に対してたずねてみた。

「武田信玄・勝頼父子の血筋を引いた女子どもにはどのような者がいたか」

信玄には正室三条夫人のほかに油川夫人、諏訪御料人、禰津《ねづ》夫人の三人の側室がいたが、いずれもすでに死亡していた。五人生まれた姫君に母のわからない者、俗名の伝わらない者がふくまれるのは、高貴な生まれの者を名差しするのは礼を失するという感覚のため、名が伝わらなかったのである。

〈長女・梅姫《うめひめ》〉母は三条夫人。小田原の北条氏政に嫁ぐが離縁され、帰国して出家し、黄《おう》梅院《ばいいん》と称する。永禄十二年（一五六九）没。

〈次女〉母は三条夫人、俗名不詳。穴山梅雪の正室となって勝千代《かっちよ》を産んだが、この年の六月に梅雪が横死したため、出家して見性院《けんしょういん》と称する。

〈三女・真理姫《まりひめ》〉母不明。木曽義昌《きそよしまさ》に嫁いだが、この年の初めに夫が織田家に通じたため、怒って御嶽山《おんたけさん》に隠棲。

〈四女・菊姫《きくひめ》〉母は油川夫人。越後の上杉景勝《うえすぎかげかつ》に嫁ぎ、甲斐御前《かいごぜん》と尊称されつつ生存。

〈五女・松姫〉母は油川夫人。生死不明。

勝頼にも北条夫人との間に幼児貞姫《おさなごさだひめ》がおり、その貞姫は下恩方で松姫あらため信松尼一行に育てられている。

家康はそこまでは知らなかったが、やや気になるのは、これら五人のほかにも信玄の落《お》とし胤《だね》の姫君がいる、との噂が根強いことであった。

たしかに信玄に、世に知られていない姫君がいたとしても不思議ではなかった。戦国大名には正室、側室という家族として認知された女性のほかに妾《めかけ》を置く場合が珍しくない。妾腹《しょうふく》の子は系図に記されないこともままあるので、逝《ゆ》ける英雄の遺児である姫君の人数を確定するのは、なかなか難しいことなのである。

ただし、とりあえず判明している信玄の娘の数を五人と考え、笹子峠のかなたへ落ちていった一行の中にいたのはその姫君のひとりと想定すると、その可能性のあるのは松姫しかいない。

その武田松姫の名を、家康はかつて信長から聞いたことがあった。もう十五年も前の永禄十年（一五六七）十一月、その嫡男奇妙丸《きみょうまる》こと信忠と松姫が婚を約した際に、信長からそのことを報じられたのである。

──あの年、たしか信忠殿は十一歳。松姫はもっと幼かったはずだから、当時八歳とすると今年で二十三歳か。

家康が松姫の年齢までかぞえてみたのは、松姫は当時から聡明で可愛らしい姫君と評判だったに違いない、そうでなければ何かと口やかましかったあの信長公が嫡男の正室に指名するわけがない、と思われたためであった。

そこで家康は仮りの宿舎に鳥居彦右衛門を呼び、でっぷりと肥えた顔を向けていった。

「馬場美濃守の娘は、その方にくれてやる。その代わりに、武田松姫を捜し出せ。笹子峠を越えて東へ落ちていった一行とは、松姫とその供の者たちだったようだ」

「承知つかまつった」

と答えた彦右衛門は、このとき四十四歳。髷《まげ》を大ぶりな大月代茶筅《おおさかやきちゃせん》に結い上げて漆黒の口髭《くちひげ》と顎鬚《あごひげ》を蓄え、白地に黒鳥居を描いた紋つきの羽織をまとっていた。

「ではただちに探索いたしますが、その姫君が見つかったならいかがあそばされます」

じろりと彦右衛門のいかつい面構《つらがま》えを見つめた家康は、あっさりと答えた。

「決まっておろう。側室にいたして、何としても男児を産んでもらうのだ。さすれば勝頼の代でいったん滅びた武田家を、その男児によって再興いたすことができる」

「ははあ」

彦右衛門は、ぽんと自分の膝を叩いて上体を乗り出した。

「めでたく和子《わこ》さま御誕生となりました暁《あかつき》には、徳川家と甲州武田家の双方の流れを汲《く》むあらたな武田家が徳川家の御一門として創設される、ということでござりますな。いやはや、これはめでたい」

これは図星であった。家康は武田家の遺臣を八百九十五人も召し抱えたことから、いずれはこの者たちから将と仰がれる家筋を作りたいものだ、と考えはじめていた。

こうして鳥居彦右衛門は都留郡の内に松姫の姿を求めはじめたが、並行して裾貧乏な家康としては、松姫がちゃんと美女に育っているかどうかが気になってきた。

幸いにも浜松城には、松姫の腹違いの姉のひとり見性院が梅雪の遺児勝千代とともに暮らしていた。家康は自分の副将格になってくれた梅雪の死を惜しむあまり、母子を引き取ったばかりか穴山家の旧家臣団をも自軍に繰り入れていたのである。

この見性院に問い合わせをすれば、松姫の容貌についてはすぐにわかる。そう考えた家康は、見性院宛に書状を送った。

——勝千代殿とともに、おすこやかにお過ごしか。そこもとの末の妹御松姫君の行方につき、身をもって笹子峠から東へ逃れたとの風聞があるので、お捜ししてお助けいたしたいと思っている。ついては、松姫君の眉目《みめ》かたちのことなどをお教え願いたい。

晩秋になってから届いた返書に、見性院は左のように書いていた。

——松姫は今年二十二歳。丈《たけ》高からず低からず、黒髪美しく肌は色白、たまご形の面差《おもざし》にて心優しく、わが妹ながらまことに﨟《ろう》たけたる女子にて候《そうろう》。

六

ぶっさき羽織《ばおり》にたっつけ袴《ばかま》、面体を編笠《あみがさ》に隠して左の腰に長大な太刀を佩《は》いた究竟《くっきょう》の侍たち十余名が、大身槍《おおみやり》を持たせた小者たちとともに下恩方の心源院を訪ねてきたのは、紅葉した木の葉もすっかり散り敷いた日の昼下がりのことであった。

この日たまたま卜山和尚は法事に招かれて外出中、信松尼もその供のひとりとして出かけていて、心源院には不在であった。

しかし、山門前を走る踏みつけ道の向かい側には掘立小屋が何棟か建ちならび、その外に干された洗濯物が冬の弱日《よろび》を受けている。

「頼もう」

とその一棟に近づいた先頭の男が板戸を叩いてまもなく、

「はい」

と中から応じて建てつけの悪いその板戸を引いたのは、作務衣《さむえ》姿の何阿弥《なにあみ》であった。何阿弥は旅装の侍たちがずらりとならんでいるのに驚き、金壺眼《かなつぼまなこ》をまたたかせながら姓名と用件とをたずねた。

先頭の男は編笠を外し、男臭い容貌を見せて答えた。

「われらは北条家の者ではないので、他言は無用と心得よ。それがしは山盛正次郎《やまもりしょうじろう》と申し、徳川家に出仕いたす鳥居彦右衛門家の者だ。あるじの命により、甲州からこのあたりへ落ちてきた武田家ゆかりの女子《おなご》を捜しておるのだが、心当たりはないか」

「ちょいとお待ち下され」

と坊主頭を下げた何阿弥は、板戸を閉《た》てきってから奥の部屋にやすんでいた石黒八兵衛に事情を伝えた。

むくりと起き直った八兵衛は、すでに甲州が家康の領国となり、郡内《ぐんない》ともいわれる都留郡はその家臣の鳥居彦右衛門に預けられたことを耳にしていた。家康が田野で勝頼一行の遺骨を拾って供養してくれたこと、武田家遺臣団を多数召し抱えてくれたことも知っていたから、山盛正次郎に会うのをことわる理由はなかった。

立ち上がった八兵衛が、入口の三和土《たたき》に向かおうとしたときであった。その部屋の閉ざされていた蔀戸《しとみど》を外からほとほとと叩いた者がいる。

八兵衛が蔀戸をあけると、隣の掘立小屋を背にしてたたずんでいたのは、長く松姫に仕えてきた市川十郎右衛門《いちかわじゅうろうえもん》の娘お竹《たけ》であった。

「いかがいたした」

八兵衛が怪訝《けげん》な顔をすると、黒髪を当世風おすべらかしにして美しい顔だちを向けているお竹は、背伸びするようにして口迅《くちど》にいった。

「立ち聞きしてしまったのでございますが、今お越しになったのは武田家ゆかりの女子をお捜しの鳥居家の方々だそうでござります。わらわごときがかようなことを申すのは何でござりますが、徳川さまと鳥居家の御当主とは古府中で女狩りをなさった、と先だってやってきた行商の者が申しておりました。信松尼さまが心源院で御修行あそばされていることは、おっしゃらない方がよろしいかと存じます」

お竹は女の直感で、家康が鳥居家の者たちに信松尼の行方を捜させている真の理由を見破ったのである。

「わかった」

うなずいた八兵衛が応対に出ると、山盛正次郎は何阿弥に告げたのとおなじことを伝え、

「武田家ゆかりの女子を捜しておる」という表現をまた使ったが、松姫という名称は口にしなかった。

あるいはこの者たちは、松姫さまというお名までは知っていないのではないか。いや、少なくとも松姫さまがすでに髪をお下ろしになり、信松尼と称しておいでのことは知らないに違いない。

めまぐるしく頭を働かせた八兵衛は、囲炉裏部屋に正次郎と主《おも》だった者たちを請《しょう》じ入れてこういった。

「この辺には郡内へ熊や鹿を狩りにゆく猟師も住んでおりますので、鳥居家の御当主が徳川さまから郡内を預けられたことはそれがしども聞き及んでおり申した。武田家より郡内に封じられておりました小山田家のあるじは最後の最後に勝頼公を裏切った果てに身を滅ぼしましたので、われらも郡内の御領主が変わったことをうれしく存じておりました」

一同に何阿弥が皮を剝《む》いた柿の実をふるまってから、ようやく八兵衛は自分の出自に触れた。

「申し遅れましたが、この掘立小屋に住み着いたわれらはすべて甲州からの落武者《おちむしゃ》でござる。いわばわれらは武田家ゆかりの者なれば、ともに落ちてまいった女子どもは、お手前方が仰せの『武田家ゆかりの女子』となりましょうか」

「ゆかり」は漢字では「縁」か「所縁」と書き、血のつながりのある場合を指すこともあれば単なる関係者という意味合いで使われることもある。

八兵衛は後者のような意味合いをそれとなく強調し、信松尼については隠し通すことにしたのである。その信松尼が卜山和尚とともにすぐには帰ってこないことを祈りながら。

すると、さくりと柿の実を口にした正次郎は、八兵衛にたずねた。

「ふむ、それではここにおいでの『武田家ゆかりの女子』は、名を何とおっしゃる」

八兵衛は、すぐに答えた。

「譜代の家筋の者にては、新府城の奥御殿に仕えておりました市川十郎右衛門の娘と秋山《あきやま》虎康《とらやす》の娘がおります。ほかの女子は、地下方《じげかた》から奉公に上がった者ばかりでござる」

「その市川家と秋山家の娘は、名を何という」

「お竹とお都摩《つま》と申します」

というやりとりのあと、正次郎は注文をつけた。

「そのふたりに会うことはできぬか」

第六章　お身代わり

一

松姫《まつひめ》が髪を下ろして信松尼《しんしょうに》と名を改めたところで、石黒八兵衛《いしぐろはちべえ》のあるじであることに変わりはない。

だから鳥居彦右衛門《とりいひこえもん》の家来山盛正次郎《やまもりしょうじろう》にお竹《たけ》、お都摩《つま》の両人に会いたいと申し入れられたなら、信松尼にこの希望を伝えて判断を仰ぐ、というのが筋である。

しかし、信松尼は卜山《ぼくざん》和尚の供をして出掛け、心源院《しんげんいん》には不在であった。八兵衛としても、松姫が信松尼となってこの地に健在であること自体を正次郎に知られたくない。

ということは、八兵衛個人の判断で正次郎の申し入れを拒むか受け入れるかを決めなければならない、ということでもある。

めまぐるしく頭を働かせた八兵衛は、正次郎の背後に控えた旅姿の侍たちがからだから殺気を放射していないことを確かめ、

「お都摩は幼いころに麻疹《はしか》が済んでいなかったようで、今ごろになってからだに赤い斑点があらわれておりますので、お会いせぬほうがよろしゅうございましょう」

と大嘘をついた。

「ただし、お竹は隣の小屋におりまして先刻もそれがしとことばを交わしたところでござるから、いつでも呼べます」

八兵衛が大嘘をついたのは、お都摩はすでに油川彦八郎《あぶらかわひこはちろう》の妻なのだから、家康の女狩りの対象にされてはあまりに不憫《ふびん》、と考えたためであった。その点お竹は独り身だし、この草深い下恩方《しもおんがた》で心源院の雑仕女《ぞうしめ》（雑役婦）のような生涯を送るよりは、山盛正次郎の申し入れに応じた方が何か別の道がひらけるかも知れない。

「では、お呼び願いたい」

と応じた正次郎にうなずき、八兵衛は何阿弥《なにあみ》にお竹を呼びにゆかせた。

油川彦八郎・お都摩夫妻は境内地の西側の丘陵に建てられた信松尼の庵《いおり》に住みこんでいたが、弁財天《べんざいてん》や稲荷《いなり》を祀《まつ》った祠《ほこら》のある山門近くに掘立《ほったて》小屋をいくつか建てたほかのお付き

の者たちは、男女別々に住んでいた。

「お待たせいたしました」

作務衣《さむえ》姿の何阿弥に案内されて小屋の三和土《たたき》に身を入れたお竹は、八兵衛に促されて囲炉裏の末席からやや離れたところに正座すると、客座の山盛正次郎に対して深々と上体を折った。

当世風おすべらかしにしたそのつややかな黒髪と晩秋にふさわしい梔子《くちなし》色の小袖をまとったたおやかな姿を見つめた正次郎は、自身の名と身分を伝えてから矢継ぎ早にたずねた。

「そなたは、武田家ゆかりの女子《おなご》とうけたまわる。お名はなんと申す」

「はい。市川十郎右衛門《いちかわじゅうろうえもん》の娘にて、竹と申します」

「年は」

「八でございます」

とお竹がいったのは、十八歳の十を略すというこの時代の表現法である。

「父御《ててご》はどのような者か」

「はい。武田家二代にわたってお仕えいたし、御先代(信玄《しんげん》)が織田家と同盟なされました際には、織田家との取次役などをいたしていたようでござります。一時は穴山梅雪《あなやまばいせつ》さま付きとなっていたこともあったとか聞いたことがございましたが、もはや確かめる術《すべ》はなくなっております」

「それは、どういう意味か」

「はい。母は早く身罷《みまか》り、父もこの三月に新府《しんぷ》城が焼かれましてより行方《ゆくえ》がわからなくなりまして、古府中《こふちゅう》（甲府）へもどったところを斬られたとの風聞がございました。さようなこともあり、父がよく働いておりましたころ、わたくしはまだ物心がついていなかったこともございまして、父が穴山梅雪さま付きであったかどうかはよくわからないのでございます。まことにお恥ずかしゅうございます」

「ふむ、ではこれを見られい」

　とうなずいた正次郎は、前帯に差していた扇を音立ててひらき、目の前に掲げてみせた。ゆらりと黒髪を揺らして面《おもて》を上げたお竹は、よく意味が理解できないままその扇の青地日の丸を見つめて切れ長の目をまたたかせた。

　お竹は色白ふくよかな美貌の持ち主であり、小鼻のめだたない通った鼻筋と紅《べに》をちょんと差している小さくてふっくらした唇が可愛らしい。

「ようやく面差《おもざし》を拝見つかまつったぞ」

　ぱちりと扇を閉じた正次郎が満足気にいったとき、お竹のふたたび伏せ気味にした顔には紅葉《もみじ》が散っていた。

お竹は正次郎の問いにはひとつひとつきちんと答えたが、ずっと面は伏せていて顔を見られないようにしていた。それに気づいた正次郎は、お竹の美醜を確かめようとして持参の扇を使い、巧みに気を引いたのである。この所作にうまく乗せられてしまったお竹は、すぐにそれと気づいて顔を赤らめたのであった。

「いずれまたお邪魔いたして、あれこれ御一考いただくこともあろうかと存ずる。そのときは、よしなに頼み入る」

と山盛正次郎一行は、含みのあることばを残して郡内《ぐんない》（都留郡《つるごおり》）へ去っていった。

日がとっぷりと暮れてから心源院に帰ってきた信松尼は、境内地の奥の庵に入ってお都摩の仕度してくれたつましい夕食を摂《と》ってから、訪ねてきた石黒八兵衛に留守中の出来事を知らされた。

その信松尼にとって、徳川家康配下の者たちが下恩方まで自分を捜しにくるとはまったく意外であった。松姫が信松尼と称して心源院で修行中、とまで探知されなかったのは不幸中の幸いであったが、「いずれまたお邪魔いたして、あれこれ御一考いただくこともあろうかと存ずる」という言い方から見て、先方は松姫捜しを諦めたわけではなさそうである。

武田一族の後生《ごしょう》を祈るため仏門に入った自分を、世間はなぜそっとしておいてくれないのか。

そう考えると恨めしいような気もしたが、五日後に事態は急な展開を見せた。

この日、馬で心源院門前の掘立小屋に八兵衛を訪ねてきた鳥居彦右衛門家の使い番は、八兵衛に黒漆《こくしつ》塗りの状《じょう》箱《ばこ》を手わたして去っていった。納められていた書面には、あらかたつぎのように記されていた。

――下恩方在住の旧武田家の家臣市川十郎右衛門殿の御息女につき、山盛正次郎より報じられ、あるじにお伝えいたしたところ、ぜひとも奥へ出仕させせよ、とのことにて候《そうら》えば、この段申し入れ候もの也《なり》。お仕度代、お迎えの件その他については、追ってお諮《はか》りいたすべく候。以上。

末尾には鳥居彦右衛門元忠《もとただ》と署名があり、花押《かおう》が書かれていたから、「あるじ」とは家康のことである。

信松尼はその日の夕の勤行《ごんぎょう》をおえて庵にもどったところで八兵衛の来訪を受け、この書面を見せられて驚きと戸惑いを禁じ得なかった。

自分の留守中にやってきた山盛正次郎なる者が、お竹にあれこれたずねたことは聞いていた。しかし、その正次郎の報告によって家康がお竹を奥女中として召すことを即断するとは、まことに夢にも思わぬところであった。

薪割《まきわ》りをしていた油川彦八郎、台所仕事をしていたお都摩を囲炉裏端に呼んでこの書面を読んでもらい、

「どのようにしたらよろしいと思いますか」

と頭部を白い頭巾《ずきん》に隠した信松尼がたずねても、ふたりは何も答えられない。

囲炉裏にくべられた粗朶《そだ》がぱちぱちと爆《は》ぜる音の響くだけの時間が流れ、

「信松尼さま」

と八兵衛が思い切ったように口をひらいた。

「はなはだ御無礼なことを申し上げますが、どうか御容赦のほどをお願いいたす」

上座に正座した墨染《すみぞめ》の衣に袈裟《けさ》姿の信松尼が、ほっそりとした頤《おとがい》を引くのを待って八兵衛はつづけた。

「理屈を申そうならば、この書面は鳥居家のあるじからそれがしに投じられたものでござって、信松尼さまがいかがなさるべきかとお苦しみあそばされるべきことではござりますまい。徳川殿の思《おぼ》し召《め》しはただひとつ、お竹殿を奥女中として迎えたい、ということでござりますから、お竹殿をここへ呼んで、このような話があるのだがどういたす、とありていにたずねるのが早道なのではござりませぬか。お竹殿がこの話をお受けいたす気にはな

れぬとのことであれば、それがしから辞退の返書を出すことにいたせばよろしゅうございましょう」

「――――」

信松尼が答えるに答えられなかったのは、八兵衛からことわりを入れればそれで済む、という話とはとても思えないからであった。

しかも、八兵衛から聞いたところによると山盛正次郎ら鳥居家の面々が捜し求めているのは自分であり、家康がお竹に白羽の矢を立てたのは、正次郎らからお竹がいかに美貌の持ち主かを伝えられてにわかに気をそそられた、ということのように思われる。

八兵衛のほかに意見を述べる者はなく、それぞれが粗朶の爆ぜつづける囲炉裏に顔を向け、背後の板壁に長い影を投げ掛けて時間だけが過ぎていった。

すると、油川彦八郎が痺《しび》れを切らしたようにいった。

「どうも良い智恵が出ないようでござりますな。それでは八兵衛殿のおことばに従い、お竹殿を呼ぶことにしてはいかがでしょう」

二

何阿弥に足元を提灯《ちょうちん》で照らされながら庵へやってきたお竹は、表情を変えることなく石黒八兵衛の語る経緯《いきさつ》を聞いていた。

八兵衛がすべてを語りおえ、お竹の判断を仰ぐ段になると、白く細い手を重ねて末席に正座していたお竹は、背筋を伸ばして健気《けなげ》に答えた。

「委細うけたまわりましてございます。みなさま御承知のように、わたくしは少女のころから新館《にいたち》御料人《ごりょうにん》さま（信松尼）の御屋敷に御奉公に上がった者のひとりでございまして、新府城からこの地へ逃れる間も、天の御加護か足弱《あしよわ》にもかかわりませず何とかお供をいたすことができました。それゆえに、御料人さまがお髪《ぐし》を下ろしてお名をお改めになりましてからも、昔通りに御奉公させていただいて今日を迎えた次第でござります。いずれはわたくしも髪を下ろし、仏弟子となって御料人さまに一生奉公をさせていただくつもりでおりましたが、今うけたまわりますと徳川さまがわたくしを奥女中として御所望《ごしょもう》とか。これはすでに八兵衛さまに申し上げましたことの繰り返しになりますが、徳川さまと鳥居家の御当主とは古府中で女狩りをなさった、と先だってやってきた行商の者が申しておりましたし、信松尼さまが実は新館御料人さまにましますことをあちらに知られたりいたしますと、いささか面倒なことになるやも知れませぬ」

信松尼以下、全員が小さくうなずきながらお竹のはきはきとした口調に聞き入っていると、お竹はそっと両手をついて上体を折り、決意のほどを打ち明けた。

「一方、今日まで長くつづいてまいりました戦国の世には、ある家筋の妻子が証人という名の人質として主筋《しゅすじ》の家におもむき、決して裏切らないことの証《あかし》となる、という習わしが出来上がりました。わたくしは武田家の流れではございませんから証人となれる身分ではありませぬが、あちらが信松尼さまこそ新館御料人さまだと気づく前に、わたくしが徳川さまのもとに奉公に上がれば、鳥居家の者たちはこの地には二度とあらわれなくなるのではございませんか。少なくともわたくしはさように思いますので、御料人さまのお身代《みが》わりとして徳川さまのもとへおもむきとうございます。これは、長年御奉公させていただきましたのに何のおん礼もできなかった女の最後の御奉公と思し召されまして、どうかこのことをお許し下さりませ」

お竹のこの願いは、信松尼のと胸を突くに足るものであった。お竹は信松尼の身代わりとなって家康のもとへおもむくことにより、信松尼を側室としようという家康の野望を挫《くじ》こう、と考えていたのである。

お竹が玉《たま》の輿《こし》を狙ってこんなことを言い出したのではないことは、すぐに知れた。信松尼にむかって深々と拝跪《はいき》したその肩は震えており、お竹が慟哭《どうこく》したくなるのを必死に堪《こら》えながら思いを語ったことはあきらかであった。

それに気づいた信松尼は、目頭《めがしら》が熱くなるのをどうしようもなかった。

石黒八兵衛が郡内の谷村《やむら》の館《やかた》にいる鳥居彦右衛門にお竹の意思を伝えたことから、お竹は鳥居家の者たちの迎えを受けてまだ古府中にいる家康のもとへおもむくことになった。

信松尼はお竹が自分の身代わりとなってくれることを申し訳なく思い、またの夜、お竹を庵に招いて告げた。

「このたびのこと、わらわに何の力もないためそなたに御迷惑をおかけすることになってしまって、何とも申しようがございません。本来なら諸道具や衣装の類《たぐい》も仕度して差し上げねばなりませんのに、もはやその仕度さえいたしかねる次第にて、その点だけはどうか察して下さいね」

「勿体《もったい》のうございます」

と一揖《いちゆう》したお竹に対し、信松尼がかたわらの葛籠《つづら》から取り出してその膝の前へすべらせたのは、ふくらみのある畳紙《たとう》であった。そして、四つに畳まれていたその包みをひらきながら、信松尼はいった。

「徳川さまの居城は遠州の浜松城だそうですから、そなたは古府中で徳川さまに御挨拶することになりましても、いずれは浜松へ御一緒することになるでしょう。もしかすると、そなたとはもう会えない定めなのかも知れません。ですからここまでお供して下さったことに対するわらわの気持として、この小袖を受け取ってくりゃれ」

信松尼が畳紙の結《むす》び紐《ひも》を解いて取り出したのは、身頃《みごろ》をすべて淡い桜色の糸だけで織った優美な衣装であった。

信松尼は墨染の衣をまとった自分の肩から腹部にかけてその衣装をあてがい、目を瞠《みは》っているお竹に懐しそうにいった。

「これは、『桜花《おうか》』と名づけられた小袖でございましてね。わらわが織田軍の攻めこんでくる直前、高遠城《たかとおじょう》に遊びにいっておりましたときに、兄上五郎さまの奥方さまからいただいた品ですの。奥方さまは一度もお召しにならなかったようですし、わらわも高遠城における女たちの連歌の会と五郎さまとお会いしたときの二回しか袖を通しておりませんから、染みなどはないと思います。よろしければ、これをもらって下さって」

「とんでもないことでございます」

お竹は、かぶりを振って答えた。

「仁科《にしな》さまの御正室のお持ちであったお品と申せば、その仁科家も滅びた今日、御料人さまにとってはお大切な形見ではございませんか」

「でもね、もはや尼となりました身にはまとう折《おり》とてない小袖ですから、そなたにもらっていただいた方が」

「いいえ、さような御料人さまの思い出のお品を頂戴しては罰《ばち》が当たってしまいます」

お竹に「桜花」を受け取らせることは難しいと見て、信松尼はおなじ葛籠から錦の袋の口を房つきの紐で結んだ品を取り出した。

「では、こちらを差し上げますから、もう断ったりなさらないでね。入っているのは、紋つきの懐剣《かいけん》です」

懐剣には女の守り刀という意味合いもあるので、お竹は信松尼からその錦の袋を素直に受け取り、

「拝見してもよろしゅうございますか」

と、にこやかにたずねた。

「どうぞ」

と信松尼が答え、お竹が口紐を解いてゆくと、中からあらわれたのは黒漆塗りの懐剣であった。鞘《さや》の中央に、蒔絵《まきえ》の手法で黄金の武田菱《たけだびし》が描かれている。

「銘《めい》はわかりませんが、武田家伝来の品ですから悪いものではないと思います。魔除《まよ》けと思って持っていってたもれ」

今の今まで「桜花」の受け取りを頑《かたく》なに拒んでいたお竹は、打って変わってうれしそうに頭を下げた。

「ありがとうございます。長く仕えさせていただきましたわたくしにとり、武田菱の御紋は生涯忘れられるものではございません。これからはこの懐剣を心の拠《よ》りどころとして、生きてゆきたく存じます」

お竹が鳥居家の迎えの者たちの持参した輿《こし》に載せられ、下恩方を去っていったのはその翌朝のことであった。

三

その後まもなく鳥居家から石黒八兵衛に報じられたところによると、やはり家康はお竹を単なる奥女中として奉公させたのではなかった。側室お竹の方として寵愛《ちょうあい》しはじめた、とのことであった。

信松尼とその供として下恩方に土着した武田家の遺臣たちにとって、これはこれで悪い話ではなかった。

何よりもお竹が家康から邪険に扱われているのではなく、寵愛を受けているとはめでたい話である。しかも家康が美貌のお竹の方に夢中になっている間、鳥居家の者も松姫捜しはもうおわったものと思ってくれるかも知れなかった。

しかし、いよいよ年の瀬が迫って信松尼の庵のまわりが薄《すすき》の白い穂波に覆い尽くされたころ、また鳥居家の山盛正次郎が心源院の門前の掘立小屋に八兵衛を訪ねてきて、意外なことを告げた。

家康は鳥居家の者に命じて武田松姫の行方を尋ねさせるうちにお竹の方にゆき着いたこと、そのお竹の方が武田菱の紋のある懐剣を大切にしていることなどから、すっかりこの者こそ武田の一族、と信じこんだ。

だが、採用した武田家の遺臣たちにあれこれ聞いてみると、お竹の方の父である市川十郎右衛門は信玄・勝頼《かつより》の二代に仕えた者であっても武田家の血筋ではないという。

おや、と思った家康がお竹の方に、

「そなたは武田一族の者ではないのか」

とたずねると、美々しい小袖を重ね着して豪奢《ごうしゃ》な打掛《うちかけ》をまとうようになっていたお竹の方は、淡々と答えた。

「いえ、わらわはさようなことはひとことも申してはおりませぬ」

「だがの、鳥居家の者どもはそなたのことを『武田家ゆかりの女子《おなご》』と申しておったのだぞ」

「わらわは武田家の奥向きに長く御奉公しておりましたので、そういわれますと確かに武田家とゆかりがないわけではございませぬ」

「では、そなたが武田菱の紋を打った懐剣を所持いたしておるのはどういう訳か」

この問いかけも、お竹の方を追いつめることはできなかった。

「将士が太刀や脇差《わきざし》を贈答のお品とすることは、よくございましょう。武田家の奥向きに長くおりますと、御正室やお方さま（側室）から紋つきの衣装や懐剣などを頂戴することもあるのでございます」

とお竹の方は答え、信松尼から下賜されたものだとは決していわなかったのである。

家康は、お竹の方をそれ以上は詮索しなかった。お竹の方が武田家の血筋の者ではないことが表沙汰になれば、女狩りの結果そのお竹の方を側室とした自分が一杯食わされた愚か者と思われてしまう。

十二月二十一日に古府中を発《た》って浜松をめざした家康の行列には、前後を市女笠《いちめがさ》に被布《ひふ》姿の奥女中たちに守られた女駕籠《おんなかご》が二挺《ちょう》混じっていた。

その女駕籠に身を入れていたのは、むろんお牟須《むす》の方とお竹の方である。

心源院の門前の掘立小屋住まいの石黒八兵衛、信松尼の庵の下男部屋に住みこんでいる油川彦八郎のふたりは、その時分から深夜に不審な気配を感じて目を醒《さ》ますことが珍しくなくなった。期せずしてふたりはともに、夜な夜な心源院とそのまわりを徘徊《はいかい》する者がいることに気づいたのだ。

諸大名家に雇われて敵地へ潜入する者たちは、乱波《らっぱ》、素波《すっぱ》、忍者などと呼ばれる。小田原北条家にはこれらとはまた別に、風魔《ふうま》と呼ばれる一党が雇われているともいう。

「どうも面妖《めんよう》だ。だれかがふたたびわれらのことを探りはじめているようだ」

「いや、われらのことではなく、信松尼さまが松姫さまにおわすことを確かめようとしているのであろう」

ふたりがそう語り合ったのは、信松尼もまたお竹に負けない美貌の持ち主であり、

「あの尼さんは、どこのどなたじゃ」

とすでに里人たちの話題になっていたためであった。しかも、心源院は尼寺ではないのに信松尼を受け入れているのだから、その正体は、いつまでも隠し通せるものではなかった。

まもなく下恩方には夜になってから雪が降り、一面の銀世界がひろがった。その翌朝、八兵衛は小屋の周辺に二組の人の足跡があるのを発見。その足跡をたどってゆくと、心源院の山門から白壁造りの本堂、開山堂、庫裡《くり》の前を通って信松尼の庵のまわりにまでつづいていることが確認できた。

彦八郎、何阿弥も呼んで積雪に輪郭がまだはっきりと刻まれているその足跡をつぶさに調べると、二組のその足跡はいずれも左足の方が右足よりひとまわり大きかった。屈《かが》んでその足跡を見つめていた八兵衛が、

「これは乱波や素波の足跡ではないな。やってきたのは侍がふたりだ」

と白い息を吐きながらいって立ち上がると、彦八郎はこくりとうなずいた。しかし、何阿弥はきょとんとした顔をして八兵衛にたずねた。

「な、なにゆえそこまでおわかりになるのでございますか」

「それはな、こういうことだ」

綿入れの道服《どうふく》にたっつけ袴《ばかま》姿の八兵衛は、腰の大刀を示してほほえみながら告げた。

「弓矢の家に生まれた男は、他出する際にはかならず両刀を帯びる。するとだれしも、その左腰の重さに負けまいとしてわれ知らず左足を踏んばる癖がつく。そのため足の裏は、左足の方が右足より心持ち大きくなるのだ。だから足袋《たび》屋に足袋を注文するときなども、

士たる者は左右別々に寸法を取らせねばならぬ」

「ははあ」

と何阿弥が感心している間に、彦八郎は八兵衛にいった。

「すると、この足跡は、お竹殿を迎えにきた鳥居家の家中《かちゅう》の者がひそかにまたやってきて残したと、――」

「多分さようであろう。どうやらかの者どもは、信松尼さまが松姫さまであることに気づいたようだ。ならばまもなく、今度は正面からわれらを訪ねてくるはずだ」

と答えた八兵衛に、彦八郎は庵の中にいる信松尼を怯《おび》えさせないよう、声を落として囁《ささや》くように告げた。

「ならば、お竹殿まで身を捨てて信松尼さまをお助けまいらせたのだ。今度はわれらが、覚悟して事に当たりましょう」


この天正十年(一五八二)の十二月は三十日が大晦日《おおみそか》なので、心源院の庫裡の土間では二十九日に餅搗《もちつ》きがおこなわれた。

檀徒《だんと》が荷車に餅米入りの米俵から臼《うす》、杵《きね》、豆類などを載せて運んでくると、信松尼になおも奉公している男女も門前の小屋から手伝いにやってきて、祭のような華やぎが漂い出した。

台所の連子窓《れんじまど》の手前に四つならんだ竈《かまど》には大釜が据えられて米が炊かれ、中庭の井戸端へ褌《ふんどし》に法被《はっぴ》、ねじり鉢巻、白足袋姿で臼と杵とを運んでいった若い衆は、冷たい水にも平然としてそれらを洗いはじめる。

やがてその臼が中庭ではなく庫裡の土間に敷かれた筵《むしろ》の上へ据えられ雨戸が閉《た》て切られたのは、外で餅搗きをすると塵《ちり》や埃《ほこり》が餅に混ざってしまうからであった。同時に煮られていた小豆《あずき》は餡《あん》にされ、搗き上がった餅にまぶされて餡ころ餅が出来上がる。

この日も白い頭巾に法衣《ほうえ》をまとい、手首に水晶の数珠《じゅず》を巻いていた信松尼も、お都摩とともに庫裡に姿をあらわしてこの光景を見守った。武田家ではお供え餅や松飾りは出入りの商人たちから届けられる習慣だったので、信松尼が餅搗きを間近に眺めるのは地元のこれが生まれて初めてのことであった。

竈に薪《まき》をくべたり餡ころ餅を椀《わん》にわけたりしているのは若女房たちで、働きやすいよう衣装の裾をたくし上げて蹴出《けだ》しを見せているそのひとりは、

「さあ、おいしくできましたから召し上がってみて下せえ」

とにこやかにいって、上《あ》がり框《かまち》近くにならんで座っていた信松尼とお都摩に盆に載せた餡ころ餅入りの椀を差し出した。

「まあ、これは」

驚きながらも信松尼は椀を受け取り、

「せっかくですから、いただきましょう」

といって箸を手にしたお都摩につづいて、でき立ての餡ころ餅を口にした。

「どうだい、お味は。田舎の餅もなかなかだんべえ」

白湯《さゆ》を差し出しながらたずねた若女房に、

「ほんに、ほんに」

と信松尼とお都摩は異口同音に答え、顔を見合わせてほほえみ合った。信松尼がこのようににこやかな表情を見せたのは、この年初めてのことかも知れなかった。

餡ころ餅を昼食代わりにした若い衆と若女房たちは、腹ができるとふたたび作業に取りかかった。次々と臼に入れられた餅米は湯気を立てながら練られ、搗かれて大きなお供え、小さな丸餅、豆餅、大根餅などになって台代わりとされた戸板の上にずらりとならべられてゆく。

並行して庫裡の内には湯気が籠もり、若い衆の中にはいつか法被を脱いで汗に光る上体の筋骨をあらわにした者が多かった。餅搗きという年の納めの行事をつつがなくおえることに熱中しているこれらの里人たちは、信松尼をじろじろ見詰めたりはせず、近ごろ檀那《だんな》寺《でら》に身を寄せて卜山和尚の教えを受けている尼さんとして、ごく自然に接しようとしているのであった。

信松尼とお都摩の背後に控えていた八兵衛と彦八郎にも、この人々のさりげない気配りは充分に伝わっていた。

「どうもかような場面となると、侍などは何の役にも立ちませんな」

と八兵衛が苦笑いし、

「さよう、さよう」

と彦八郎が大月代茶筅髷《おおさかやきちゃせんまげ》を揺らしてうなずいたときであった。

雨戸を閉て切られる台所口が外から激しく叩かれ、何阿弥の切迫した声が響いた。

「申し上げます。鳥居家の御家中、山盛正次郎さまがまたお越しになりまして、石黒さまにお会いしたいとおっしゃっておいでてございます」

何阿弥は、みなさまが餅搗きを見物しておいでの間に煤払《すすはら》いをしておきましょう、といって小屋に居残っていた。その何阿弥が庫裡の台所口まで走ってきたのなら、山盛正次郎一行も、

（本日、人が集まっているのは庫裡の中だ）

とすでに察してしまったに違いない。

「どうか、おふた方はどこか別の部屋にお隠れ下され」

八兵衛が身の右側に置いてあった大刀を差しながら信松尼とお都摩に伝えると、

「それがしも御一緒いたす」

と応じて彦八郎も立ち上がった。

何阿弥が「鳥居家の御家中」ということばを口にしたことから、餅を搗いていた者たちにも、「鳥居家の御家中」とは追手のこと、追われているのは自分たちの搗いたばかりの餡ころ餅をおいしそうに食べてくれた尼さんとその御家来衆、とぴんときたようであった。

杵の動きが止まってしまい、不安そうなまなざしが集中してくる中で土間に下り立った八兵衛は、一同に礼を申し述べた。

「いや、まことにおいしいものを頂戴いたし、ありがたく存ずる。どうも餡ころ餅をふるまうまでもない客がきたようなので、ちと失礼いたす」

八兵衛は、あえて戯言《ざれごと》をいってみたのである。しかし、くすりと笑った者はひとりもいなかった。

四

石黒八兵衛のことばに従って信松尼とお都摩が姿を隠すと、

「さあ、御一同は作業をつづけてくれ」

と八兵衛はいい、何阿弥、油川彦八郎とともに開山堂と本堂の前庭を過《よぎ》って山門へ向かった。

三人が作務衣姿の何阿弥を先頭に立てて山門に近づくと、ぶっさき羽織《ばおり》にたっつけ袴、面体《めんてい》を編笠《あみがさ》に隠してその山門の下にたたずんでいた山盛正次郎は、その編笠を取って三人に軽く頭を下げた。今日の正次郎は、おなじ風体《ふうてい》の供侍を三人しかつれていなかった。

男たち用の掘立小屋の囲炉裏端に正次郎ら髷を大月代茶筅に結い上げた四人を請《しょう》じ入れたときのこと、何を思ったか彦八郎が何阿弥にいった。

「済まんが、一度もどって丸餅を少しわけてもらってきてくれ」

八兵衛は正次郎一行を「餡ころ餅をふるまうまでもない客」と表現したが、彦八郎には別に考えがあり、正次郎たちに香《こう》の物《もの》の代わりに丸餅を出すつもりになったらしかった。

「いつぞやはお竹の方さまについてあれこれ御配慮たまわり、まことにかたじけのうござった」

「いえ、われらこそ落武者《おちむしゃ》なれば道具類をお持たせすることもままならず、お恥ずかしゅうござる」

爆ぜる粗朶を間にして向かい合った正次郎と八兵衛が挨拶のことばを交わすうちに、何阿弥が盆に丸餅を載せてやってきた。

「味噌と串があったな。刷毛《はけ》もほしい」

首座に胡座《あぐら》をかいていた彦八郎が盆を受け取りながらいうと、

「へい」

と応じて何阿弥は注文の品々を彦八郎の脇に差し出した。

これを受けて彦八郎が器用に作りはじめたのは、丸餅の田楽《でんがく》であった。一本の串に丸餅を三つずつ貫き、その串を粗朶の炎近くの灰に突き立ててゆく。搗いたばかりの丸餅がすぐにふくれ上がると、彦八郎は灰から串を引き抜いて皿に載せ、丸餅の表裏に刷毛で味噌を塗りつけていった。

芳《こう》ばしい匂いが漂い出し、まさかこんな接待を受けようと思わなかった正次郎たちは、ついこの丸餅の田楽に目を引き寄せられた。

「われらはすでに餅腹《もちばら》なれば、さあどうぞ召し上がって下され」

彦八郎から八兵衛へまわされた田楽の皿が正次郎の目の前の框《かまち》に置かれると、正午近い時刻のこととて空腹だったのであろう、鳥居家の四人はその田楽を旨《うま》そうに頬張りはじめた。

「ところで本日は、何用あってまいられた」

いつもは物静かな彦八郎が折を見て問いかけたのは、人は美味なものを馳走されると張りつめた心がやわらぐ、と知ってのことであった。

「いや、それをお伝えいたす前に、こちらからもひとつおたずねいたしたいことがござる」

田楽を食べおえ、何阿弥の差し出した白湯を飲んだ正次郎は、八兵衛に角張った顔を向けて切り出した。

「すでにご存じかも知れぬが、われらの主筋徳川家におかせられては甲州武田家の滅亡を惜しむあまり、すでに遺臣のうちより八百九十五人をお召し抱えあそばされた。されば、お手前らがお竹の方さまをお見送りいたしたあともこの下恩方に土着しておられることを、われらがあるじ鳥居彦右衛門より上さま（家康）にお伝えいたせば、上さまはお手前らをお雇い下さるかも知れませぬ。このこと、上さまにお伝えいたしてもよろしいか」

「いや、それは」

ぴくりと太い眉を動かした八兵衛は、右斜め前の首座にあって大黒柱を背にしている彦八郎に目で助けを求めた。

「ありがたい仰せとは存ずるが、それは辞退つかまつる」

八兵衛とおなじく綿入れの道服を羽織っている彦八郎は、二重まぶたのくっきりとした両眼を見ひらくと代わって答えた。

今は油川姓に変わっている彦八郎は穴山彦六郎信君《あなやまひころくろうのぶきみ》、のちの梅雪《ばいせつ》の末弟であり、母は信玄の姉の南松院《なんしょういん》である。梅雪は勝頼を将に将たる器《うつわ》にあらずと見限って家康に通じ、その盟友となったが、彦八郎は松姫あらため信松尼をどこまでも守り、自分の目の黒いうちは武田家の血を絶やさせぬ、と誓って下恩方まで同行してきた意志の人であった。

八兵衛から改めて彦八郎の出自を告げられた正次郎は、

「ほう」

と応じてその彦八郎に向き直った。

「それではひとつ相たずねる。田楽を馳走していただいて無礼な申しようとなっては心苦しく存ずるが、武田一族穴山家の御出身のそこもとが下恩方におわすのは、お竹の方さまより武田本家に近いどなたかがこの地にましますため、そのお方をお守りいたそうとしてのことではござらぬか」

図星とは、このように鋭い指摘のことをいう。

しかし、彦八郎はとぼけてたずね返した。

「『そのお方』とは、先日これなる石黒八兵衛がお手前に告げた秋山虎康《あきやまとらやす》の息女のことか」

「いいや、そうではござらぬ。そこもとやそのお都摩とやらがともにお仕えしているさらに上《うえ》つ方《かた》でござる」

こちらはすべて見通しているのだ、といわんばかりの正次郎に、彦八郎はさらにたずねた。

「お手前方は、その上つ方のお名をすでに調べて存じておるのではないか」

「うむ、武田松姫さま。亡き信玄公の五女とうけたまわる」

田楽を馳走したのが効いたのか、正次郎は腹蔵なく答えた。これで夜な夜な心源院とそのまわりを徘徊し、雪の上に足音を残した者の正体はおのずと知れた。

「さよう。よう調べられた」

ちょっと厭味《いやみ》をいった彦八郎は、正直に告げた。

「お姫《ひい》さまは、古府中の躑躅《つつじ》ヶ崎館《がさきかん》でお育ちになられた当時は、特に建てられた新館にお住まいだったので新館御料人さまと申し上げた。一時は今はなき織田信長《おだのぶなが》公のお眼鏡《めがね》にかない、御嫡男信忠《のぶただ》公と婚を約したこともござった、と申せばその御麗質《ごれいしつ》のほどは知れよう。しかし御料人さまはこの心源院にてすでにお髪《ぐし》を下ろされ、信松尼さまとお名を改めて武田一族の後生を祈る暮らしに入っておいでだ。されば、どうかそっとしておいては下さらぬか」

彦八郎は深々と上体を折ると、八兵衛も急いでそれにならった。

「ふむ、どのように申せばよいのやら」

顎髭《あごひげ》を撫でた正次郎は、やや間を置いてから切り出した。

「上さまにおかせられては、この地よりお竹の方さまを迎えることができて、それについてはいたく御満足の御様子だ。しかしな、お竹の方さまはたしかに武田家ゆかりの女子《おなご》ではあるが、武田家の血を引いている者ではないと申すではないか」

正次郎がじろりと正面の八兵衛を見たのは、前回の会見の席上、お竹とお都摩を「武田家ゆかりの女子」と表現したのは八兵衛だったからである。

八兵衛と彦八郎が黙っていると、正次郎がふたたび口をひらいた。

「われらが何ゆえかように武田家の血を引く女子を捜し求めているかを、ありていに申そう。上さまが一代の英雄だった信玄公を今もお慕いしておられることは、武田家の遺臣たちをすでに一千名近く御採用あそばされた事実によって知れよう。だがな、一千近い兵をあらたに召し抱えたということは、いずれその一千が深く心服する将をも育てねばならぬ、ということでもある。では、そのような将をお育てするにはどうするか。もしも信玄公の血を引く姫君にて、いまだどちらへも嫁いではおらぬ方がおいでならば、その方を徳川家の奥殿に上さまの御側室としてお迎えいたし、男の和子《わこ》さまを産んでいただく。その和子さまにいずれ武田の姓をお名乗りいただけば、ここに甲州武田家と徳川家の双方の血を引く武田家が徳川家のあらたな御一門として創設されることになり、まことに祝着至極《しゅうちゃくしごく》。上さまはかように思し召されてわれらを再度この地へつかわした次第なれば、どうかよく考えて御返事をたまわりたい」

このような論理をなるほどと感じるか否かは、立場によって異なるであろう。武田家遺臣団にとって、武田家が再興できるのは何よりの喜びでなければならない。

しかし、家康のこの誘いを受け入れるのであれば、まだ仏弟子となってまもない信松尼に仏道修行を断念してもらい、還俗《げんぞく》して浜松城へ向かってもらう必要があった。

しかも信松尼がまだ二十二歳という若さなのに対し、家康は四十一歳。親子ほどの年の差があるというのに、信松尼をあらたな側室にしようとは図々しさも沙汰の限り、ともいえるのである。

どう答えるべきか、と考えて囲炉裏の火を見つめるうちに、端整な彦八郎の眉間には縦《たて》皺《じわ》が刻まれていた。

五

室町時代になって完成した日本将棋という室内遊戯は、指し手に先を読む能力が求められる。

たとえばある局面で形勢はまだ五分五分だが、先手が十一手先まで読みを入れると、先手と後手がともにそこまで最善手を指していったと仮定しても、先手の王手飛車取りが成立し、先手が一気に優位に立つとわかる、という場合がある。こういうときは後手が王手飛車を回避する指しまわしをしなければならないが、十一手先まで読めなければそれでおしまいである。

おなじ将棋には、

「勝手読み」

ということばもある。こちらがこう行くと、敵はこう来る。そこでこちらがこう行くと敵はこう来るから、ここでこちらがこの一手を放てば勝利疑いなし。そう考えて何手か指しすすめても相手がこちらの思い通りには指してくれず、いつの間にか局面は絶対不利になっている、という場合などの、読み抜けの多い読み方が勝手読みといわれるのだ。

油川彦八郎はどこまでも山盛正次郎に言い負けないよう、慎重にことばを選んでやりとりを再開することにした。

「徳川家が武田家の旧臣一千名近くを召し抱えて下さったことは多《た》といたすが、さればといってわれらも徳川家の御厄介になるとは限りませぬ。われらは御料人さまにお仕えいたす身でござるから、御料人さまの御修行中のこの寺の近くに住まいいたすのが当然、と思し召されよ。さらに申さば、すでにお伝えいたしたように御料人さまは俗名を捨てて信松尼さまとお名をお変えあそばされた以上、浜松城をめざすことなどはあり得ませぬよ」

「そこもとのおっしゃりたいことは、わからぬではない。しかし、いったん髪を下ろして仏門に入った女子《おなご》が、還俗して嫁いだ例は皆無とはいえますまい」

と反論をこころみた正次郎に、彦八郎は即答した。つぎに彦八郎の用いた「女髪長《おんなかみなが》」ということばは正月などの忌み詞《いことば》のひとつで尼を意味し、男の僧を髪長と表現するのに対応している。

「女髪長が還俗いたすのは、その出身の家の男系が絶えてしまったときなどに致し方なく採られる手段にて、かような場合は還俗した当人が婿君《むこぎみ》を迎えて家を存続させるのでござる。徳川三河守《みかわのかみ》さま（家康）の場合は新参のお牟須《むす》の方さまとお竹の方さま以外にも側室方が浜松城に多数おいでとうけたまわりましたし、世子竹千代君《せいしたけちよぎみ》（秀忠《ひでただ》）もまします以上、かような場合とはちと事情を異にするのではござらぬか」

正次郎がぐっとことばに詰まったのは、彦八郎の放ったことばがよく勘所を突いたことを意味した。

しかし、彦八郎はさらに先をよく読み、十一手先の王手飛車のような大技を食わないよう神経を集中させていた。

ここで彦八郎が、

（あり得ること）

と考えていたなかでもっとも恐ろしい反応は、正次郎一行を木で鼻を括《くく》るように突っ放した扱いをし過ぎて家康・鳥居彦右衛門主従を激怒させ、その兵力に心源院に踏みこまれて信松尼を拉致されてしまうことであった。

もしもそんなことになったら、信松尼は自殺を決意しかねない。武田一門の出である自分としてもそれでは武士の面目が立たない。

そう考え、肚《はら》を決めて彦八郎が口にしたところは、一種の鬼手《きしゅ》であった。

「今も申したように、御料人さまはすでに髪を下ろしてお名も変えておいでてござるから、どうか今後も仏道修行をつづけられるよう御配慮をたまわりたい」

また頭を下げた彦八郎は、そこで不意に話題を転じて正次郎にたずねた。

「ところで徳川家や鳥居家の御家中では、御料人さまを信玄公の何番目の姫君と思っておいでか」

「うむ。五女にして季女《きじょ》（末娘）におわす、と聞いておるが」

と応じた正次郎に、目鼻立ちは整っているがやや小鼻の張っている彦八郎は、にっこりして答えた。

「いや、五女ではあられるが季女ではない」

「と、申すと――？」

目をまたたかせた正次郎に、彦八郎はすらりと告げた。

「六女にして季女でもある方が別にいる、ということでござる」

「何と」

腰を浮かしかけた正次郎に対し、彦八郎は自分のことばが鬼手としてよく効いたのをたしかめながらさらにつづけた。

「そのお方は髪を下ろしてはいないのでな、三河守さまがどうしても武田家の血を引く女子を浜松に請じたいと仰せなら、御料人さまのお許しを得て六女の君を差し向けることも考えられる」

「そ、その六女の君は、どこにおわす。お名は何とおっしゃる」

矢継ぎ早に問いかける正次郎に苦笑で応じ、彦八郎は囲炉裏の火に粗朶を足しながら答えた。

「六女の君は名をお都摩と申し、幼くして秋山虎康家に養女となって今はそれがしの妻でござる」

「おっ、先ごろ麻疹《はしか》を病んだという女子だな」

と反応したものの正次郎が彦八郎のことばを疑わなかったのは、甲州の郡内（都留郡）をあらたな領土としてまもない鳥居家の間では、徳川家の家中とおなじく、

「信玄の姫君は五人でなく六人いるそうだ」

という噂が根強かったためであった。

この時代に信玄の子女の数を正確に書いた史料などは存在しないから、お都摩を秋山家の出身ではなく武田家の六女に生まれて秋山家へ養女に出された、とする彦八郎一世一代の大嘘を嘘と見破れる者はいないのである。

しかも、正次郎には彦八郎のいうところを信じたくなる理由があった。かれは先ごろ、お竹の方を家康に献上する役目を果たしたことによって面目をほどこした。と思ったらそのお竹の方が武田家の血縁の者ではないとわかって鳥居彦右衛門から叱られたので、よし今度こそ、と内心色めき立っていたのである。

しかし、落ちつけ、落ちつけ、と自分に言い聞かせながら彦八郎のことばを反芻《はんすう》すると、どうも引っ掛かる点がひとつあった。

正次郎は、その点について問いただしてみることにした。

「さきほどそこもとは、六女の君のお都摩殿とはそこもとの妻女のことだといったな。上さまがその六女の君を召すことになったとしたら、そこもとはどういたす気だ」

これは、もっとも急所を突いた質問であった。

そうではあったが、心源院とそのまわりに積もった雪の上に左右不揃いな足跡が発見されたころから、彦八郎とお都摩はよく話し合い、つぎに家康が信松尼に対して食指を動かすような行動に出たときは、お都摩がお竹の方につづく第二のお身代わりとなって浜松におもむく、と覚悟を決めていた。

ただし、お竹の方と違ってお都摩はたしかに武田家の血統の者、と正次郎に思わせなければならない。そこで彦八郎とお都摩はこの点についても相談し合い、武田信玄に息女は六人いた、その六女で秋山家の養女となり、穴山梅雪の弟で油川姓に変わった彦八郎に嫁いだのがお都摩であった、という虚構を仕組むことにしたのである。

もちろん夫である彦八郎が妻を差し出すといえば、こやつ気は確かか、と心根《しんこん》を疑われる危険が幾分かないではなかった。

しかし、この戦国の世には現代人からすれば考えられない人生観が存在した。

主家が滅亡を余儀なくされるとき、家臣たちは主君にゆるゆると切腹してもらう時間を稼ぐために出動し、討死《うちじに》を遂げる。夫がすでに討死したと知った妻は、自刃《じじん》してその跡を慕うか仏門に入るかのいずれかをもってする、という感覚などはその典型といってよい。

高遠合戦に際して、仁科方の部将諏訪勝右衛門《すわかつえもん》とその妻お花は、時と場所こそ違えそろって討死する道を選んだ。田野《たの》の雑木林に仮小屋を建てて潜むうち、織田家の追手に発見されてしまった武田勝頼と北条夫人は、そろって自刃して果てた。

ここには、敗者として屈辱の後半生を生きるよりも潔く死ぬことこそが弓矢の家に生まれた者の選ぶべき道だ、とする発想がある。

一方、上級武士に属する階級に生まれた女たちには、

「貞女は二夫に見《まみ》えず」

という古い教えにあえて逆らうことになる場合がままあった。

この時代から江戸時代にかけての武家社会には、

「拝領妻《はいりょうづま》」

という習慣があったためだが、これは正室のほかに複数の側室を持つ者がその側室のひとりを家臣に下げわたすこと。今日の感覚からすればまことに非人道的な行為と感じられ

るものの、さらに非人道的な習慣もあった。

ある程度以上の権力を持った者が敵と争った場合、互いの肉親を今後は争わない証《あか》し、すなわち証人（人質）として交換し合うことである。この場合はその権力者の妹や娘が証人に選ばれることが多く、まだ岐阜城主であった時代の織田信長が、いずれ進出すべき近江国《おうみのくに》の小谷《おだに》城主浅井長政《あざいながまさ》に妹のお市《いち》の方を嫁がせたことなどはその例である。

ある女性が主家を代表し、証人として別の家におもむくことは、男が合戦場に命を散らすのにひとしい忠義な行動とみなされていた。

彦八郎とお都摩はそのようなこともあって、すでにある結論にたどりついていたのであった。

——鳥居家の者たちが御料人さまに目をつけた以上、御料人さまをお守りするにはもうひとりお身代わりを立てねばなるまい。しかも今度のお身代わりは、武田家と血がつながっているということにしなければならぬ。

——わらわも、さように思います。けれど、つぎにお身代わりに立つ者は武田家の習俗に詳しくないといけません。試しに何か聞かれましても、すらりと答えられるようでないと出自を疑われてしまいます。

——そうはいっても、武田一族についてよく心得ているのは御料人さまのつぎにはわしとそなただ。

――わらわも、さように存じます。それではわらわがお身代わりに立ちまして、何としても御料人さまをお守りすることにいたしましょう。お前さまにはよくしていただきましたのに子を産むこともできず、まことに申し訳ありませんでした。けれどこれも女の御奉公と思し召されまして、どうかわらわに去り状（離縁状）を書いて下さりませ。

そのようなやりとりから、彦八郎とお都摩はすでに合意に達していた。信松尼に修行三昧《ざんまい》の日々をつづけていただくには、お都摩が信玄の六女と名乗って出て家康を喜ばせるしかない、と。

身を切られるようなそのつらい覚悟が、この日の彦八郎と山盛正次郎とのやりとりに反映されたのであった。

六

その日の夕刻、心源院本堂での勤行《ごんぎょう》をおえた信松尼は、草庵にもどるとすでに油川彦八郎とお都摩が夕餉《ゆうげ》の仕度をしていることに気づいてたずねた。

「鳥居家の御家中の方々は、もう引き揚げたのですか。何の御用でしたか」

「はい。それに関しましては、ちとお許しいただきたいことができまして」

「では、冷えてきましたから囲炉裏端でうかがいましょうね」

「恐れ入りますが、お都摩も同席させてよろしゅうございましょうか」

「ええ、どうぞ」

というやりとりのあと、手拭いを姉《あね》さんかぶりにしているお都摩が台所から鍋を運んできて、囲炉裏の自在鉤《じざいかぎ》につるした。

いったん別室に退《さが》り、信松尼は法衣と袈裟を肩裾片身替《かたすそかたみが》わりの小袖の部屋着に着更《きが》えてあらわれた。その下にも何枚かの小袖を重ね着しているのは、男の小袖には綿を入れるが女物には入れない、という習慣があるため、寒さを凌《しの》ぐにはこうするしかないのだ。

「まあ、いい匂いですこと」

といってにこやかに首座についた信松尼は、

「実は、――」

と彦八郎が話を切り出した途端、表情を凍り付かせていた。

思えばお竹は、信松尼につぎのように告げて下恩方を去っていったのであった。

「わたくしは武田家の流れではございませんから証人となれる身分ではありませぬが、あちらが信松尼さまこそ新館御料人さまだと気づく前に、わたくしが徳川さまのもとに奉公に上がれば、鳥居家の者たちはこの地には二度とあらわれなくなるのではございませんか。……これは、長年御奉公させていただきましたのに何のおん礼もできなかった女の最後の御奉公と思し召されまして、どうかこのことをお許し下さりませ」

しかし、お竹の期待もむなしく鳥居家側は信松尼こそ武田松姫と気づき、ふたたび山盛正次郎を使者として差し向けてきた。彦八郎がかねてからお都摩と相談していたように、松姫はすでに仏弟子となっているためわたせないが、その妹で信玄の六女のお都摩なら、と応じた結果、正次郎が大いに関心を示したため、彦八郎は信松尼が了解してくれさえすればお都摩に第二のお身代わりに立ってもらうと最終的に覚悟を決めていたのである。

彦八郎が淡々と信松尼に害を加えさせないためにはこの手段しかないと考えた次第を語るうち、末座に控えたお都摩も手拭いを外して時々こくりとうなずき、これが彦八郎の勝手な思いつきではないことを言外に伝えてきた。

「それにしても、――」

信松尼の切れ長な瞳からは、光るものが頬へ伝いはじめていた。信松尼はそれにも気づかぬかのように、震える声でつづけた。

「夫婦は二世と申すのは、夫と妻の縁はこの世だけでなく来世までもつながる、ということでしょう。あなた方は、わらわを守って下さるためにその二世の縁をも捨てようというのですか」

「御料人さま、どうか聞いて下され」

隙間風《すきまかぜ》が灯火を揺らすなか、彦八郎は思い切って膝を進めて口をひらいた。

「それがしの兄者、穴山梅雪入道が勝頼公を見限って徳川三河守に味方いたしたのは、今年二月のことでござった。以後それがしとこれなる妻《さい》とは、あれは裏切り者の弟夫婦よ、と後ろ指を指されるうちに武田家滅亡の日を迎えたのでござった。御一行に同行して笹子峠を越えましたのも、甲軍の兵たちに白眼視されておりましては勝頼公の供をいたすことなど許されぬであろう、と考えましてのこと。これらのことどもは初めて口にするところでございますが、今またわれらが鳥居家の者たちの追及を受けたからと申して御料人さまのお身柄を差し出したりいたしましたなら、それがしはきっとこういわれましょう。血は争えぬものよな、梅雪が勝頼公を裏切ったと思ったら、その末弟は御料人さまを見捨てたてまつった、と。さようなことなどだれにもいわせぬよう、それがしと妻とは身を捨てても御料人さまをお守り申し上げる、そのためには二世の縁を切ることも辞さぬ、と誓い合ったのでございます」

「ああ、そういうこともあったのですか」

手巾《しゅきん》を目の縁《ふち》に当てた信松尼は、あとをつづけられない風情であった。

するとお都摩が、末座からたおやかな面を上げていった。

「思い出すのも悲しゅうございますが、この地まで逃避いたしますうちに落伍《らくご》された上臈衆《じょうろうしゅう》は五人や十人ではございませんでした。と申しますのにここまでお供することのできたわらわどもが、御料人さまの仏道修行をお止めいたすがごとき挙に及びましては、それこそ仏罰が下りましょう。身を捨ててこそ浮かぶ瀬もあれ、と申すことばもあるようでございます。どうかここはわらわどもをお信じ下さいまして、おん前を去ることをお許し下さりませ」

こうまでいわれると、人と諍《いさか》いなどしたことのない信松尼は何もいえなくなってしまった。

その信松尼を悲しませたのは、いずれ鳥居家の者たちによって浜松城へ向かうことになったお都摩に持たせるべき品が、もうほとんど残っていないことであった。そこで信松尼は、

「これをわが身と思って下さいね」

といって、髪を下ろす日まで愛用していた化粧道具を贈ることにした。燕《つばめ》と夏草文様を描いた象牙《ぞうげ》の櫛《くし》。

『伊勢物語《いせものがたり》』の一場面を描いた印籠《いんろう》。

螺鈿《らでん》で蜻蛉《とんぼ》文様を描いた矢立《やたて》。

野菊文様の白粉《おしろい》刷毛・紅板《べにいた》（紅入れ）・紅筆《べにふで》。

お都摩の覚悟のほどに胸を打たれた信松尼は、思い出の品々をお都摩に与えることによってせめてもの感謝の意を示したのである。

そのお都摩が輿に乗せられて郡内へ向かったのは、あけて天正十一年（一五八三）初めのことであった。

それにしても、信松尼を守るために油川彦八郎・お都摩夫妻が考え出した計略は吉と出たのか、凶と出たのか。

徳川家の女たちについて書かれた史料『以貴小伝《いきしょうでん》』には家康の側室のひとりとして、「女房秋山氏＝於都摩の局《つぼね》」が立項され、つぎのように解説されている。

「於都摩の局は下山殿《しもやまどの》といふ。秋山越前守《えちぜんのかみ》虎康が女《むすめ》なり（注略）。第五の御子武田万千代《まんちよ》君《ぎみ》の所生にておはす。武田と名のり給ひしも、このおはら《御腹》故《ゆえ》と聞《きこ》ゆ」

お都摩の局は、天正十一年九月十三日に家康の五男万千代を出産した。家康がこの万千代に武田姓を名乗らせたのは、お都摩の局が武田家の出身だったからだ、というのである。

さらに『幕府祚胤伝《ばくふそいんでん》』は、死亡してのち妙真院殿《みょうしんいんでん》という法名を贈られた家康の側室のことを、

「武田信玄末女下山御方」

と書き、お都摩の局が下山殿、下山のお方などとも呼ばれたのは、穴山梅雪の旧領に下山という土地があったためだ、と付言している。

さらに万千代は母の姓によって武田七郎信吉《しちろうのぶよし》と改名した、という記述は、『柳営婦女伝系《りゅうえいふじょでんけい》』や『玉輿記《ぎょくよき》』にも見える。

これは、何を意味するのであろうか。裾貧乏な家康は油川彦八郎・お都摩夫妻の渾身《こんしん》の大嘘に一杯食わされ、五男万千代には武田家の血が流れている、と一貫して信じこんでいたのである。

第七章　陣馬街道

一

お都摩《つま》の局《つぼね》が家康《いえやす》の五男万千代《まんちよ》を産んだ天正十一年（一五八三）とは、織田信長《おだのぶなが》の部将のひとりだった羽柴秀吉《はしばひでよし》がその後継者としての地位を確立した年でもあった。

前年十二月中に岐阜城主である信長の三男神戸信孝《かんべのぶたか》を降伏させた秀吉は、この年の四月には信長の家老だった柴田勝家《しばたかついえ》を近江《おうみ》の賤ヶ嶽《しずがたけ》に撃破。勝家を自刃《じじん》に追いこむと大坂に築城し、八月に伊勢の滝川一益《たきがわかずます》を降伏させるや領国を諸将に分配してみせた。

以後、秀吉が天下を掌握するまでの動きを略年表風に記述すると、つぎのようになる。

天正十二年（一五八四）四月、徳川家康と信長の次男織田信雄《のぶかつ》の連合軍、秀吉軍と尾張の小牧《こまき》・長久手《ながくて》に戦い、勝利する。十一月、秀吉、信雄と和睦《わぼく》。十二月、秀吉、家康とも和睦し、その次男於義丸《おぎまる》を養子にもらい受ける（のちの結城秀康《ゆうきひでやす》）。

天正十三年（一五八五）三月、正二位《しょうにい》、内大臣。六月、四国へ出兵。七月、従一位《じゅいちい》、関白。土佐《とさ》の長宗我部元親《ちょうそかべもとちか》降伏し、四国平定完了。九月、朝廷から豊臣《とよとみ》姓の使用を許される。

天正十四年（一五八六）五月、家康に妹の朝日姫《あさひひめ》を嫁がせる。九月、母の大政所《おおまんどころ》を家康のもとへ証人（人質）として送る。十月、家康、大坂城に出向いて秀吉と会見。十二月、太政大臣《だじょうだいじん》。

天正十五年（一五八七）三月、九州へ出兵。五月、薩摩《さつま》の島津義久《しまづよしひさ》降伏し、九州平定完了。

天正十六年（一五八八）七月、全国に刀狩令《かたながりれい》を発布。八月、伊豆《いず》・相模《さがみ》二カ国を領有する小田原城主北条氏政《ほうじょううじまさ》・氏直《うじなお》父子に上洛を通達。

天正十七年（一五八九）十一月、氏政・氏直父子が上洛しないため小田原攻めを決定。

この六年間に信松尼《しんしょうに》の暮らしに起こった最大の変化は、お都摩を見送ってまもなく北条氏照《うじてる》と知り合ったことであった。

小田原北条家の四代目当主氏政の弟として生まれた氏照は、かつて小田原城下を行脚《あんぎゃ》した卜山《ぼくざん》和尚から禅の心を教えられ、すっかり曹洞禅にのめりこんだ。

その氏照は陸奥守《むつのかみ》という受領名《ずりょうめい》を持っており、天正十五年末までは八王子の北に位置する北条家の支城のひとつ滝山《たきやま》城の城主をしていた。

しかし、鉄砲が普及するにつれて、これまでの築城法はすでに時代遅れになりつつあることがはっきりしてきた。

土をかき上げて造った堤の上に板塀を建てまわしただけの城壁では火に弱く、銃弾も貫通してしまうから、城壁は腰下も腰上も頑丈な石垣造りとし、塀を建てまわす場合は瓦屋根しっくい塗りの土塀として鉄砲狭間《てっぽうざま》（銃眼）を設けなければならない。またその石垣や土塀は、流れ玉をもさえぎるよう丈《たけ》高い造りでなければならない。

というのに丘の上に縄張りされている滝山城はこのような条件を満たしていない昔ながらの造りであり、永禄十二年（一五六九）十月、武田信玄が八王子を経て小田原城下へ侵入した際には三の丸まで甲軍に突入されて落城寸前となったこともあった。

そこで氏照はいずれ秀吉と雌雄を決することも覚悟し、滝山城よりも守りやすく攻めにくい城を造ろうと考えて八王子周辺の地形を巡見するうち、かつて禅の心を学んだ卜山和尚が下恩方《しもおんがた》の心源院《しんげんいん》の住職をしていることを思い出して同院を訪問。その卜山和尚の紹介によって、すっかり尼僧らしい所作の身についた信松尼と初めてことばを交わしたのである。

時に天正十六年（一五八八）春、信松尼は二十八歳になっていたが、そういえば甲州を脱出して半年を経たころ、石黒八兵衛《いしぐろはちべえ》はまだ髪を下ろしていなかった信松尼に何度もいったものであった。

「いささか阿堵物《あとぶつ》（金銀）の持ち合わせも少なくなってまいりました。しかし、卜山和尚殿は北条相模守殿（氏政）やその弟君の陸奥守殿（氏照）からも師と仰がれておいでとうけたまわります。勝頼《かつより》公の御正室は北条家の先代左京大夫《さきょうたいふ》殿（氏康）の姫君、相模守殿、陸奥守殿にとっては妹君でござりましたから、ここはひとつ小田原城か滝山城に人を送って御料人《ごりょうにん》さまが勝頼公の御正室にとっては義理の姉上にましますことを思い出していただき、御助力を願い出てはいかがでござりましょう」

それにしても、最寄りの城である滝山城とやらを守っている陸奥守氏照とはどういうお人柄なのか。そう思って信松尼がたずねると、八兵衛は答えた。

「はい。陸奥守殿は左京大夫殿の三男にて、長兄が相模守殿、下に弟君が御三方おいでと聞きますが、武略と智略の双方に通じている点においては陸奥守殿が抜群にて、北条家が豆相《とうそう》二州の大名といいながら実質的に関八州《かんはっしゅう》にも進出いたしておりますのは陸奥守殿の力が与《あずか》って大きかった、と聞き及びます」

八兵衛はまた、氏照の印章には「如意成就《にょいじょうじゅ》」と彫られているそうです、とも教えてくれた。

信長が居城を尾張の清須《きよす》城から美濃《みの》の稲葉山《いなばやま》城改め岐阜城へ移した直後から「天下布武《てんかふぶ》」の印章を用いはじめた、という話は信松尼も知っていた。だから関八州を切り取ったばかりか「如意成就」の印章を用いる氏照も恐い人かと思ったら、そんなことはまったくなかった。

「巡見のついでに狩りもしようと思いましてな」

供侍《ともざむらい》たちを心源院の山門近くに控えさせて庫裡《くり》にやってきた氏照は、野袴《のばかま》の上に鹿皮の行縢《むかばき》を着用し、左の腰には虎毛尻鞘《とらげしりざや》の太刀を佩用《はいよう》して、左手には脱いだばかりの綾藺笠《あやいがさ》を持っていた。

白い頭巾《ずきん》に頭部を覆った信松尼が長身の卜山和尚と氏照の歓談している一室に請《しょう》じ入れられたとき、和尚は曲彔《きょくろく》に、氏照は床几《しょうぎ》に腰掛けていた。信松尼が氏照に初対面の挨拶をしてからもうひとつの曲彔に腰掛けると、すでに氏照は和尚から信松尼一行の逃避行のあらましを聞いていたらしく、

「苦労なさいましたな」

といたわりのことばを口にしてからつづけた。

「こちらの御住職はそれがしの師でもござるので、久方ぶりにお会いできたことを祝って、今後は心源院にあれこれ寄進をさせていただきましょう。しかもそこもとは、信玄公の末の姫君であるならば勝頼公に嫁ぎしわが妹の義理の姉君ではござらぬか。それがしの目の黒いうちは城より御必要な品々を運ばせましょうほどに、御遠慮なくおっしゃって下され」

この年四十八歳、目元涼しく鼻筋が通り、口髭《くちひげ》をたくわえている氏照はうれしいことをいってくれた。

心源院で髪を下ろして以来、信松尼がもっとも頭を悩ましていたのは、自分についてきてくれて、なおも去ろうとはしない者たちをどのようにすれば飢えさせずに済むか、という問題にほかならなかった。それというのも、心源院の門外に住みついた武田遺臣たちは、お竹《たけ》の方とお都摩の局を家康のもとへ送り出したあと、減少するどころか増加する傾向にあったのだ。

それは甲信二州の動乱が治まるにつれて自分の家族が信松尼とともに下恩方にいると知り、再会を願ってやってくる者が少なくなかったからである。

たとえば仁科五郎盛信《にしなごろうもりのぶ》の忘れ形見督姫《とくひめ》の供は、その後帰郷する者があったにもかかわらず侍十一人、乳母《めのと》ひとり、侍女ふたりの十四人にふえていた。勝頼の忘れ形見貞姫《さだひめ》、小山田信茂《おやまだのぶしげ》と死に別れた香具姫《かぐひめ》についても事情は同様であったが、信松尼は貞姫の生母が北条夫人であることはあえて氏照には打ちあけなかった。

信松尼はこれまで仏道修行に打ちこむ一方でこれら三人の幼い姫たちを育てるうちに、この三人が次第に自分を慕ってくれるようになったことを敏感に感じ取っていた。

新府《しんぷ》城を出た時点で督姫は三歳、貞姫と香具姫は四歳であり、いずれもまだ物心がついていなかった。それから六年、天正十六年（一五八八）を迎える前に三人そろって両親を失ったという事実に気づいたこれらの姫たちは、寄ってゆくといつも優しく抱き締めてくれる信松尼を母そのものとみなすようになっていた。

そんな三人のなかから、北条家とのゆかりによって貞姫だけを選び出し、氏照に預けるのでは貞姫も淋しく感じるだろうが、こちらも切ない。そう感じた信松尼は、氏照の申し入れには感謝しながらも、

（姫たちは、きっとこの手で育て上げて御覧に入れましょう）

と心に誓ったのであった。

二

この三人の姫たちのなかで、信松尼がもっとも神経を使っていたのは督姫の扱いであった。仁科盛信夫妻からは、幼名によって、

「小栗《おぐり》」

と呼ばれていたこの姫は本当にからだが小さくて弱く、よく発熱しては寝ついてしまって信松尼を心配させることが珍しくなかったのだ。

一方、天正十六年に十歳となった貞姫と香具姫は大変すこやかに育っていた。そこへもってきてあらたに造営された八王子城から定期的に米や小田原産の俵物《たわらもの》が届けられるようになったため、信松尼は一行をどうすれば飢えさせずに済むか、という問題だけは考えなくても済むことになった。

しかし、乱世はまだおわってはいない。まもなく下恩方の里にも、その余波が吹きつけてきた。

事の発端は、関白豊臣秀吉がなおも自分に挨拶しようとしない小田原北条家に業《ごう》を煮やし、天正十七年（一五八九）十一月二十四日、北条家の五代目当主氏直に対してつぎのよ

うな朱印状を発給したことにあった。

——北条家は近年公儀を蔑《ないがしろ》にいたして上洛《じょうらく》もせず、関東において我意にまかせ、狼藉《ろうぜき》いたすは是非に及ばず。

——北条左京大夫（氏直）は天道の正理に背き、帝都に対して奸謀《かんぼう》を企《たくら》む。天罰をこうむらぬわけがない。勅命に逆らう輩《やから》には誅罰《ちゅうばつ》を加えねばならぬから、来年かならず軍を発し、左京大夫の首を刎《は》ねる。……

これは、今日いうところの宣戦布告状にほかならない。宛名が左京大夫氏直とされているのは、氏直が天正八年（一五八〇）の時点で父氏政から家督をゆずられ、北条家五代目当主となっていたからである。

あけて天正十八年（一五九〇）二月一日から三月一日にかけて、秀吉を総大将として伊豆・相模をめざした兵力は、第一軍から第九軍までの編制となった。その部将名と兵数は、左のようなものであった。

〈第一軍〉徳川家康（三河・遠江・駿河・甲斐・信濃）、三万。

〈第二軍〉織田信雄（尾張）、蒲生氏郷《がもううじさと》（伊勢松坂《まつさか》）ほか二万二千二百。

〈第三軍〉森忠政《もりただまさ》（美濃兼山《かねやま》）、池田輝政《いけだてるまさ》（おなじく岐阜）ほか九千四百六十。

〈第四軍〉豊臣秀次《とよとみひでつぐ》（近江）、一万七千。

〈第五軍〉長谷川秀一《はせがわひでかず》（越前東郷《とうごう》）、木村重茲《きむらしげこれ》（おなじく府中《ふちゅう》）ほか七千九百。
〈第六軍〉堀秀政《ほりひでまさ》（おなじく北《きた》ノ庄《しょう》）、村上義明《むらかみよしあきら》（加賀小松《かがこまつ》）ほか九千四百。
〈第七軍〉細川忠興《ほそかわただおき》（丹後宮津《たんごみやづ》）、石川数正《いしかわかずまさ》（和泉《いずみ》）ほか一万四百七十。
〈第八軍〉蜂須賀家政《はちすかいえまさ》（阿波徳島《あわとくしま》）、福島正則《ふくしままさのり》（伊予国府《いよこくふ》）ほか八千二百。
〈第九軍〉秀吉直率《じきそつ》の二万八千七十。

以上の兵力の小計は、十四万二千七百人。これに箱根以西の守備を命じられた毛利《もうり》一族その他の兵力一万二千二百七十、諸家の水軍あわせて一万四千百三十がおり、これらとはまた別に北国口《ほっこくぐち》軍という名の別働軍も編制された。北国とは越後、越中、加賀方面を指すことばだが、北国口軍としてまとめられたのはつぎの軍勢であった。

上杉景勝《うえすぎかげかつ》（越後春日山《かすがやま》）、一万。
前田利家《まえだとしいえ》（加賀尾山《おやま》）
前田利長《としなが》（越中守山《もりやま》）｝一万八千。
真田昌幸《さなだまさゆき》（信濃上田《うえだ》）、三千。
松平康国《まつだいらやすくに》（おなじく小諸《こもろ》）、四千。

こちらの小計は三万五千人となり、総兵力は優に二十万を突破した。
対して北条軍のそれは約七万だから、豊臣軍が負けることはまず考えられなかった。

そうはいっても、北条軍がこの大軍と籠城戦によって対抗することにした小田原城は、大坂城や秀吉が京に造営した聚楽第《じゅらくてい》に勝るとも劣らぬ名城であった。

地上二十二間《けん》（四〇メートル）の高みに本丸を縄張りし、その周辺に配したいくつもの曲輪《くるわ》の面積を合計すると、東西は十町（一〇九〇メートル）、東北は五町に達する。

しかも、この城の最大の特徴は、城下町全体を城の惣構《そうがま》え（大外郭）の内に取りこみ、城内町としている点にあった。それを囲んだ築地《ついじ》は高さ一丈《じょう》（三メートル）、幅八間（一五メートル）もあるばかりか、その外側には幅十二間（二二メートル）に達する堀が掘り抜かれていた、惣構えの規模は、東西五十町（五四五〇メートル）、南北七十町（七六三〇メートル）。周辺の堀や井楼《せいろう》も加えれば、面積にして五里四方にも及ぶのである。

それだけではない。小田原城の西は箱根の連山、北東は田畑、南は相模湾に面しているため、かつて小田原を完璧に包囲した者は存在しなかった。

その小田原城の籠城の様子が切れ切れとはいえ信松尼の耳にも伝わってきたのは、北条氏照から献呈される食料の受け取り役となった石黒八兵衛が八王子城の守兵たちと懇意になり、その守兵たちから時々小田原の情勢を教えてもらっていたことによる。

それによると秀吉は初め本陣を三島寄りの湯本の早雲寺《そううんじ》に置き、毛利輝元《もうりてるもと》、長宗我部元親、宇喜多秀家《うきたひでいえ》、淡路志智《あわじしち》の加藤嘉明《かとうよしあき》らに命じて七千五百もの水軍を動員。家康の股肱《ここう》の

臣榊原康政《さかきばらやすまさ》をして、

「波の上もにわかに陸地になったかのようじゃ」

と感嘆させたほど、相模湾を大小の船で一杯にしてしまった。

この時代に「海上封鎖」という日本語は生まれていないが、やや時計の針を後戻りさせると、天正六年（一五七八）十一月、石山本願寺と結託した毛利輝元に対し、織田信長が甲鉄船《こうてつせん》六隻によって毛利家の軍船《いくさぶね》六百隻を撃破して摂海《せっかい》（大阪湾）を海上封鎖することに成功した例がある。秀吉はこれに学び、まずは相模湾を封鎖して北条軍の食糧の補給路を断ってから城攻めに取りかかろうとしたのである。

ついで秀吉は、小田原の北東から西南にかけて諸将を配備した。北東から順に徳川家康－織田信雄－蒲生氏郷－豊臣秀勝《とよとみひでかつ》－豊臣秀次－宇喜多秀家－織田信包《おだのぶかね》－細川忠興－池田輝政－堀秀政－長谷川秀一——木村重茲。

その間に北国口軍は信州佐久郡《さくごおり》の追分《おいわけ》で合流。中仙道《なかせんどう》によって碓氷峠《うすいとうげ》を東に越え、上州に多い北条方の諸城の攻略をめざした。

碓氷峠からもっとも近い松井田《まついだ》城には、三月中に降伏開城を勧告。その後は松井田城の近くにありながら守兵の少ない小城《こじろ》からつぶしてゆく方針を取り、つぎのような順序で城を陥落させていった。

四月中旬、西牧《さいもく》城。十七日、国峰《くにみね》城とその支城の宮崎砦《みやざきとりで》。十九日、厩橋《まやばし》城。松井田城に攻め寄せたのはやはり十九日のことであったが、城主大道寺政繁《だいどうじまさしげ》は、二十日にせがれを証人（人質）として北国口軍に差し出し、降伏を申し入れた。すると、それが呼び水になったかのように、箕輪《みのわ》城、和田《わだ》城、板鼻《いたはな》城、三《さん》ノ倉《くら》城、藤岡《ふじおか》城、大戸《おおど》城、後閑《ごかん》城、那波《なわ》城、膳《ぜん》城、女淵《おなぶち》城、山上《やまがみ》城、小泉《こいずみ》城、大胡《おおご》城、伊勢崎《いせさき》城、白井《しろい》城なども降伏に踏み切ったため、上州は四月のうちにことごとく北国口軍の制圧するところとなった。

これを受けて秀吉は、小田原包囲軍のうちから浅野長吉《あさのながよし》、木村重茲と徳川家の部将三人──本多平八郎《ほんだへいはちろう》、平岩親吉《ひらいわちかよし》、鳥居彦右衛門《とりいひこえもん》とその兵力一万三千によって北国口軍につづく第二の別働軍を編制。四月二十七日に江戸城を接収させると、つづいて五月十八日までの間に上総《かずさ》・下総《しもうさ》の諸城を開城させることに成功した。

ところが、次第に早雲寺から小田原城惣構えの内を眼下に見下ろせる石垣山《いしがきやま》（標高二六二メートル）の山頂に本陣を移した秀吉から見ると、これら一連の動きはまったく手ぬるいものでしかなかった。この別働軍は北国口軍が武州《ぶしゅう》へ移動して難戦をつづけているのをあえて助けようとはせず、脆弱《ぜいじゃく》な城しかない上総・下総をめざしたのだ。

「速やかに北国口軍に会し、鉢形《はちがた》城を攻囲すべし」

と秀吉がかれらにうながしたのは、武州男衾郡《おぶすまごおり》にあって北条氏政の弟氏邦《うじくに》と兵力三千三百あまりの守る鉢形城が難攻不落の城として知られていたためであった。

五月中から北国口軍が周辺の小城を落として接近した鉢形城の姿については、つぎの記述が勝れている。

「寄居町《よりいまち》の正南にあたり、荒川の断崖深潭《しんたん》、自然に壁池を成す。城形東西五町、乃至《ないし》三町、南北八町、数郭に分《わか》ち、西之入渓《ニシノイリタニ》南より来《きた》り、城中を流る。（略）荒川は城蹟の後背、断岸十七八丈許《ばかり》なる下を廻つて、屈曲して流る、砂利川にして幅二百間《けん》余、（略）又《また》牛の淵、亀の甲淵、萱苅《かやかり》淵、立が瀬、巻瀬等あり、殊に巻淵は断崕の下にて、水流逆巻き、深さ数尋《ひろ》あり、（略）東曲輪の外は、深沢川流《ながれ》て、是《これ》も十余丈の断岸なり。天正十八年籠城の時は、荒川より深沢川へ水を堰《せき》入《い》れ、城内の池にも注ぎて備へたる由《よし》」（吉田東伍《よしだとうご》『増補 大日本地名辞書』）

城南の追手口《おうてぐち》からは上杉景勝勢、城東の搦手口《からめてぐち》からは前田利家・利長父子、城北からは信州上田の真田昌幸・幸村《ゆきむら》（信繁《のぶしげ》）親子が接近。六月初旬には上総・下総にあった別働軍も来援したため、攻め手の兵力はほぼ五万に達した。

城内にあった北条氏邦は、兵糧《ひょうろう》が乏しくなる一方と知って十四日に開城。みずからは近くの正龍寺《しょうりゅうじ》に入り、剃髪《ていはつ》して罪を謝した。

これによって上杉景勝と前田利家はいったん小田原へもどり、十七日に秀吉に戦況を報じた。

しかし、石垣山の本陣にいた秀吉は、その夜、諸将の集まった席でふたりにより奮発するようながした。秀吉はこういったのである。

「北国口軍がすでに北条家からいくつかの城を奪ったのは、武功といえぬこともない。とは申せ、いまひとつ北条方の将たちに威に服さぬ趣《おもむき》があるのは、いくさぶりが敵兵をつねに開城降伏に導くことをもっぱらとしているからではないか。城というものは、あるときは屠《ほふ》り尽くし、あるときは降《こう》を容《い》れる。こうして一寛一猛のよろしきを得てこそ、敵を威圧することができるのじゃ」

鉢形城と小田原城の間、武州多摩郡《たまごおり》には北条氏照の守る八王子城がある。景勝、利家としては、秀吉に尻を叩かれた以上、小田原へ北国口軍をやる前に甲州街道の要衝にあって西に小仏峠《こぼとけとうげ》の険をも扼《やく》するこの城を屠り尽くすことにより、厳しいいくさもできることを世に示さざるを得なくなったのであった。

三

山城《やまじろ》の八王子城は、下恩方の南を東西に走る陣馬《じんば》街道のさらに南側の高地慈根寺《じごじ》山にある。「じごじ」という妙な発音は、平安期の延喜《えんぎ》年間（九〇一—九二三）に八王子権現《ごんげん》がこの山に勧請《かんじょう》され、別当神護寺《じんごじ》が建立《こんりゅう》されたところ、その神護寺がいつか慈根寺と表記されるようになったものの元の音がほぼ残ったため、とされている。

北条氏照は甲州街道からは北側にあたる慈根寺山にこの城を築いたとき、八王子権現を鎮守としたため城の名も八王子城となったのだ。

その東側、甲州街道の横山宿《よこやましゅく》に、上武《じょうぶ》二州の降人《こうにん》たちを先導とした上杉・前田勢一万五千が多摩川をわたってやってきたのは、六月二十二日のことであった。

上杉勢は「龍」の一文字と「上杉笹紋《うえすぎささもん》」の旗印、前田勢は「梅鉢《うめばち》」の旗印を掲げて行軍するのがつねである。この日、両家の兵はこれらの旗印を丸めて隠してしまっていた。騎馬武者たちの乗馬と引き替えの馬の口には枚《ばい》をふくませて嘶《いなな》かないようにし、蹄《ひづめ》には草鞋《わらじ》を履かせて馬蹄《ばてい》の音が響かないようにしてある。

そのほとんどは深夜になるのを待って甲州街道を西へ進んでいったが、上杉勢の一部は北西へ向かう陣馬街道をゆき、北浅川《きたあさかわ》をわたって下恩方へ近づいていった。

信松尼は関白秀吉が小田原攻めに踏み切った結果、戦火が関東一円にひろがったことは承知していた。

「陸奥守殿は軍評定《いくさひょうじょう》のため小田原へゆかれましたが、兵たちはいずれ豊臣軍が押し寄せてくるのは必定《ひつじょう》と見て、石弓造りや城門の修理に余念がありません」

と、その信松尼に報じてくれたのは、いつも食料を贈られていることについて信松尼が氏照夫人宛に認《したた》めた礼状を八王子城に届けてきた石黒八兵衛であった。石弓とは高みに吊《つ》った大網に巨岩、材木の類《たぐい》を載せておき、敵がその真下を通りかかったなら支えの綱を切って落としてその敵を圧殺する仕掛けのことだという。

世の中にそんな仕掛けのあることなど信松尼はまったく知らなかったが、下恩方から南の平地を越えて陣馬街道を突っ切れば、もう八王子城のある慈根寺山である。食事を摂《と》るたび氏照に感謝していた信松尼としては、八王子城が高遠《たかとお》城や恵林《えりん》寺のような運命をたどらないよう祈るばかりであった。

その信松尼が二十三日の深夜にふと眠りから醒《さ》めたのは、山門の方角から男たちの大声が伝わってきたためであった。手早く法衣《ほうえ》をまとった信松尼が庵《いおり》を出たのは、門外の女たち用の掘立《ほったて》小屋に休んでいるはずの姫たち三人を守らなければ、と咄嗟《とっさ》に考えたためである。

この夜は夜霧が深くてものを見わけにくかったものの、門外の地と男たち用の何棟かの掘立小屋の間には、武具と馬具のこすれ合う音を立てた騎馬武者と徒武者《かちむしゃ》たちが影絵のような姿を見せていた。その数は百人なのか、二百人以上なのか、はっきりしない。

寝間着の着流し姿で小屋を出て、左手に大刀をつかんでこの兵たちと強い口調でやりとりしていたのは石黒八兵衛であった。

「その方どもは、八王子城から番兵としてこの地へ派遣された者たちであろう」

「いや、それがしどもは北条家の家中《かちゅう》の者ではござらぬ。これはだれでも知っておること

なれば、村の者たちに聞いてみるがよい」

「北条家の者でなかろうと、かくも八王子城の近くに住んでおる以上、城内のことは多少

なりと知っているはず。兵力はどのくらいある」

「それはわれらの知る限りにあらず」

顔面に龕灯《がんどう》の光を浴びながら、八兵衛は余計なことを付け足した。

「まあ知っておったところで、教えはいたさん。密告は性《しょう》に合わんのでな」

「何だと、おのれは血を見たいのか」

大刀に反《そ》りを打たせて鯉口《こいくち》を切った相手は、背後を鉄笠にお貸し胴具足《どうぐそく》をまとい、鉄砲

をつかんだ二十余人に守られているところを見ると、鉄砲足軽組の組頭《くみがしら》のようだった。

そのとき、小屋の戸口からあらわれて石黒八兵衛と肩を並べたのは、油川彦八郎《あぶらかわひこはちろう》であ

った。きちんと袴《はかま》を着けてから出てきた彦八郎は、小屋を半円形に取り巻いている足軽た

ちのお貸し胴具足に赤うるしで描かれている家紋をちらりと見やってから、鯉口を切った

相手に呼びかけた。

「その笹紋は、上杉家の紋所《もんどころ》。上杉家の軍勢であれば、無益な殺生など好まぬはず。われらはこの心源院にて仏道修行中の信松尼さま付きの者でござって、いわば寺侍《てらざむらい》と思《おぼ》し召《め》されよ。八王子城の者と道で会えば挨拶いたすが、われらは北条家の者ではござらぬので城中の様子は心得てはおりませぬよ」

信松尼が山門から近づいてきたのは、このときであった。信松尼は兵たちの背後から呼びかけた。

「ただいまのことばに嘘偽りがないことは、この信松尼が請け合いましょう」

一斉に振り返って不躾《ぶしつけ》にも信松尼の顔に龕灯の光を当てた足軽たちは、頭部を白頭巾で覆ったその美貌に驚いて光を揺らめかした。

「それでみなさまは、この深夜に何をなさろうとしておいでなのですか」

濃霧に姿をなかば隠すようにしながらたずねた信松尼の姿には、気品があふれていた。

「はっ、われらは本軍とは別に八王子城へ向かう軍勢でござるが、夜霧の深さに道に迷い申した」

「ここは下恩方と申す里にて、城からは陣馬街道を隔てて北にある、とだけお伝えいたす」

と油川彦八郎が答えたのは、氏照に世話になった分だけ上杉勢とは距離を置いておきたかったからである。

しかし、夜明けにはまだ間のある時刻に慈根寺山の高みから流れてきたのは、焙烙《ほうろく》で豆を煎るのに似た銃声と怒号、そして悲鳴絶叫であった。なおも濃い霧にさえぎられて炎までは確認できなかったが、下恩方と慈根寺山の頂きは直線距離にして二十五町（二七二五メートル）足らずしか離れていないため、物音はよく伝わってくるのだ。

甲州街道から城の大手口に迫った上杉勢主力は、先導の大道寺勢数百を石弓で圧殺されながらも山下曲輪《やましたぐるわ》に突入。北の搦手口から進んだ前田勢は山頂に近い中の丸で撃退されたものの、上杉勢先鋒《せんぽう》が東の谷を越えて三の丸を攻撃、火を放って御主殿曲輪《ごしゅでんぐるわ》へ肉薄したため、氏照の正室と侍女たちは滝に身を投げて自殺。下恩方から迫って水の手を切断し、山頂曲輪にやってきた上杉勢別働軍も合流して城攻めを続行した結果、二十三日の申《さる》の刻《こく》（午後四時）までに八王子城は陥落となった。

奪われた首は一千ないし一千二百。降人の数は二百以上に上り、生首を納めた釣台《つりだい》の列とともに小田原へ連行されていった。

この八王子城の戦いの最大の特徴は、敵の主将だけを切腹させて兵たちの命は助けることの多かった秀吉にしては珍しく、殲滅戦《せんめつせん》をおこなわせたことであった。
ために首を斬獲《ざんかく》された一千ないし一千二百には女子供も多くまじっており、氏照夫人の身投げした滝の水は、三日間血に赤く染まったままだったという。
秀吉が殲滅戦をおこなわせたのは、北条家が小田原籠城をつづけているといずれこうなる、と籠城者たちを恫喝《どうかつ》するためでもあった。しかし、そんな意図とはまた別に、信松尼とその一行はふたたび自分たちの手で食料を調達しなければならなくなったわけである。
対して北条軍は、鉢形城、八王子城のほかに館林《たてばやし》城も奪われて小田原城がまったくの孤城と化してからも、困窮した気配を見せなかった。初めから長期にわたる籠城戦の用意をしておいたためだが、その余裕綽々《しゃくしゃく》たる様子はつぎのように記録された。
「昼は碁、将棋、双六《すごろく》を打って遊ぶ所もあり。酒宴遊舞をなすもあり。炉を構へて、朋と数寄《すき》に気味（気持）を慰むもあり。（略）
さてまた松原大明神の宮の前、通り町十町ほどは、前日《まいにち》（毎日）市立ちて、七座の棚を構へ、与力する物（者）手買ひ、ふりうり（座の特権をもたない商人）とて、百の売物に、千の買物ありて群集す」（『北条五代記』）
いくさのことなどは、眼中にないかのようである。北条氏直もいやに呑気《のんき》に構えていて、このころ立てた高札にはこう書かれていた。

――領民たちは、今年の食料は用意しておくように。余った五穀は市で売ってもよい。来年からは民百姓に扶持米《ふちまい》を与えるし、何につけても悲しい思いはさせない。

攻める豊臣軍と、守る北条軍。

両者の形作った円環の外側で天正十年以来八年ぶりに戦火に翻弄された信松尼は、

（このままここに居ついていては卜山和尚さまに御迷惑をおかけしてしまうから、そろそろ別の土地に庵を結ぶべきなのかも知れない）

と考えはじめていた。

四

そのころまだ降伏せず籠城戦をつづけていた北条方の城として、伊豆の韮山《にらやま》城を挙げることができる。

その城将となっていた北条氏康の五男氏規《うじのり》が、秀吉軍の一翼を担っている徳川家康の本陣へ出頭し、開城降伏を告げたのは六月二十四日のことであった。氏規はかねて交流のある家康から、

「速やかに開城なされて、宗家のおために講和を図られてはいかがか」

と説得されて、開城を決意したのである。

並行して秀吉の養子のひとりで「兒《こ》」の字の旗印を用いることで知られた宇喜多秀家も、攻め口に指定された総構え北門の守将太田氏房《おおたうじふさ》に対し、

「和議を周旋《しゅうせん》して下さらぬか」

と打診。これを受けて秀吉の軍師ふたり——黒田官兵衛《くろだかんべえ》と滝川三郎兵衛《たきがわさぶろべえ》が太田氏房に接触すると、氏房はまもなく籠城日数が百日になんなんとしており、兵糧は充分にあるものの将士に疲れの色が濃いことを理由に、北条氏政に秀吉と和議をむすぶよう申し入れた。

すると五十三歳の老将氏政は、

「戦わずして敵に降《くだ》ることなど考えられぬ」

と答えた。

しかし、これは戦国の世のいくさの手法が次第に変化してきたことを理解していない返答であった。このころ秀吉が自画自讃していた戦術としては、

「三木《みき》の干《ほ》し殺し、鳥取の餲《かつやか》し殺し、高松の水責め」

の三つがある。

「三木の干し殺し」とは、天正六年（一五七八）三月、播州《ばんしゅう》三木城主別所長治《べっしょながはる》が信長に背いたとき、部将として派遣された秀吉が三木城への水と食糧の供給路をことごとく遮断

し、守兵たちを飢餓の淵《ふち》に追いやってから三木城を開城させたことをいう。

「鳥取の餲し殺し」とは、天正九年（一五八一）六月、毛利輝元によって鳥取城の城将とされていた吉川経家《きっかわつねいえ》らを包囲したときの戦法のこと。十日ないし二十日分の兵糧しか貯えていなかった城内では、飢餓の果てに人肉喰いまで発生した。無残ではあるが、攻める側からいえば戦わずして勝ちを制することができるのだから、こんなみごとな包囲戦はなかった。

そして「高松の水責め」は、おなじ毛利攻めの一環として、天正十年（一五八二）五月、すなわち武田勝頼《たけだかつより》の滅亡から二カ月後に秀吉が備中《びっちゅう》高松城を囲んだときにおこなわれた。いずれの場合も信長好みの殲滅戦とはまったく違い、秀吉が城将とその一族さえ切腹すれば守兵たちの命は助ける、という方針を貫いた点が注目に値する。このような条件を提示された城将は、家臣や女子供を生かすために自分が義死を遂げる、と考えて潔い最期を迎えるのがつねとなっていったのだ。

父氏政と違って二十七歳とまだ若い氏直は、このような変化を知っていたに違いない。

「すべての責めはそれがしが負い、割腹つかまつろうと存ずる」

と氏直は滝川三郎兵衛に申し入れたが、秀吉はこれを承諾しなかった。

そもそも、北条家がなす術《すべ》もないまま籠城戦をつづけたのは、城内が抗戦派と和睦派に分裂し、いつ果てるとも知れない会議の譬《たと》えとなる「小田原評定」をだらだらとくりひろげたことに大きな要因があった。

その抗戦派の領袖《りょうしゅう》格は北条氏政とその弟の氏照であり、当主の氏直は家康の娘の督姫《とくひめ》を正室とすることもあって和睦を主張していた。この点に注目すれば、城兵たちの助命を交換条件として切腹すべきは氏政・氏照兄弟だ、ということになる。

秀吉のこのような意向が家康から北条家へ伝えられた結果、氏政は氏照とともに切腹することを承諾。七月七日から三日間、城兵たちは立《た》ち退《の》き勝手とする、と布令してから十一日に城下住まいの医師田村安栖《たむらあんせい》の屋敷に引き移り、兄弟そろってみごとに自刃して果てた。氏照は、享年五十一であった。

やがて心源院の信松尼に伝えられた氏照の辞世は、左のようなものであった。

天地《あめつち》の清き中より生《うま》れ来てもとのすみかにかへるべきかな

信松尼が写経をするときに使っている庫裡の一室に入り、筆硯《ひっけん》を引き寄せてこの辞世を紙に書いてみたのは、この一首に胸を打たれて、発声したときの音の響きとともに文字面も頭に入れておきたい、と感じたからであった。

もとのすみかにかへるべきかな。この下の句を細筆で何度か書いてみるうちに、ゆくりなく思い出されたのは、かつて人から兄勝頼の辞世として教えられた一首であった。

朧《おぼろ》なる月のほのかに雲かすみ晴《はれ》て行方《ゆくえ》の西の山の端《は》

これはむろん、自分がついに西方浄土《さいほうじょうど》へ旅立つべきときを迎えた、という状況を前提にして、朧月が雲に霞んでいる西の空を歌ったものである。

初めてこの辞世を教えられたとき信松尼は、

(織田の大軍に押しつつまれてしまい、きっと御正室を介錯《かいしゃく》して差し上げた直後の御最期だったでしょうに、さすがに四郎さまはどこまでも毅然《きぜん》としていらした)

と思いながらも、ほろほろと涙を流したものであった。

しかし、氏照の辞世と兄勝頼のそれとを較べると、勝頼には失礼かも知れないが氏照の一首の方がより胸に染みるように感じられた。

(なぜ、そう思ってしまうのかしら)

自分の感覚に戸惑った信松尼は、書いたばかりの氏照の辞世の左側に勝頼のそれも認めてみた。

すると、わかったような気がした。

勝頼の辞世は、間近に迫った死を粛々《しゅくしゅく》と受け入れようとしている作柄である。対して氏照は、自分はもともと「天地の清き中」からこの世へ生まれてきたのだから、人生をおえれば「天地の清き中」になおもあるはずの「もとのすみか」に帰るべきだ、という深い思索からこの一首を導き出している。

信松尼がそのように読み解くことのできたのは、氏照も信松尼も卜山和尚について仏道修行に打ちこんだためであろうか。

仏教では、いっさいのものは生滅《しょうめつ》、変化《へんげ》して常住《じょうじゅう》ではないとされ、これを「無常」という。人の死を、

「無常の風が吹いた」

と表現することなどは、現世を無常の世界、来世こそめざすべき真実の美しい世界とする発想に根差したものだが、氏照は勝頼より仏教を深く学んでいたため、この時代の武将としては含蓄のある辞世を残すことができたようであった。

しかも、氏照は軍評定のため小田原城へ行っていた六月二十三日の間に八王子城を北国口軍に落とされてしまい、その正室は御主殿曲輪の滝に身投げして果てていた。その意味でも氏照は、無常の世をさらに生きてゆこうとは思わなくなっていたのかも知れない。

北条家の当主氏直は降伏することを許されて切腹せずに済んだものの、紀州高野山《こうやさん》に追放されたため、豆相二州と関東の大部分を版図《はんと》としていた小田原北条家は、ここに断絶となった。初代の伊勢新九郎《いせしんくろう》、のちの北条早雲が伊豆の韮山城に自立した延徳《えんとく》三年（一四九一）を基点とすると、北条家は五代九十九年でおわったのである。

五

その後、下恩方に八王子城陥落前夜よりも不穏な空気が漂いはじめたのは、小田原城から勝手に立ち退くことを許された北条家の遺臣たちが浮浪化し、その一部が八王子城址をめざして流れこんできたためであった。武士とは哀れなもので、主家滅亡によって禄《ろく》を失い、拝領屋敷を没収されると、たちどころに食うや食わずの境涯に落ちてしまう。

その一部がなぜ八王子城址へさまよってきたかというと、六月二十三日の北国口軍による突入戦は酷《むご》い一方の殲滅戦であり、地域の全域に散乱した死体を狙って烏《からす》や鳶《とび》、野犬、狼、狸から熊までが群がってきたことが大きかった。

——何か金目のものがあるのでは。

そう欲を出して八王子城址へ踏みこんだ者たちは腐臭に辟易《へきえき》としたばかりか、谷をわたる風の音に乗って、怨霊となった死者たちの悲鳴絶叫を聞いた、と顔面蒼白になって逃げ帰ってきた。

そのため北条家遺臣の一部は、こう考えた。

――八王子城址に入りこみさえすれば、地元の者たちから落武者《おちむしゃ》狩りをされる恐れはない。腐臭に堪えて焼け残った殿舎に棲み、拾い集めた武具甲 冑《かっちゅう》などを武蔵七党《むさししちとう》に売りつければ、しばらくは糊口《ここう》をしのげるのではないか。

これが、八王子城址に浮浪の徒が集まった唯一最大の理由であった。

だが、夜露をしのぐことができるようになれば、つぎには食糧がほしくなる。そこで浮浪の徒と化した者たちは徒党を組んで城址から近在の村々へ下りてゆき、早くも錆《さび》の浮いている刀剣や槍《やり》を売りつけたり、それらと交換に米や魚鳥の類を得ようとしたりしはじめた。

ただしこの場合にも、

「貧すれば鈍する」

という格言は生きていた。浮浪の徒と化した蓬髪《ほうはつ》に髭《ひげ》だらけ、垢《あか》じみた破れ衣装しかまとっていない男たちは、村人たちに武具の買い取りや食糧との交換をことわられるや、

「何を」

と居直って押し借り、強盗の類に変貌することがあった。どこそこの村では娘がかどわかされたばかりか手込めにされた、という噂もしょっちゅう聞こえてきた。

そんなことから下恩方の住人たちも見知らぬ人影に気づくと物陰に隠れる癖がつき、花や作物を持って心源院を訪ねてくる者たちも次第に減っていった。

しかし、そういうことよりもこのころ信松尼を困《こう》じさせたのは、これまで八王子城から贈られていた食糧がまったく届かなくなったことであった。

新府城から逃れてきたとき三歳だった仁科家の督姫は蒲柳《ほりゅう》の質ながら何とか十一歳まで育ったし、勝頼・北条夫人夫妻の忘れ形見の貞姫と小山田家の香具姫はそろって十二歳となり、薙刀《なぎなた》の稽古をはじめている。

（この姫たちはこれからもっと食べ盛りのときを迎えるでしょうから、何とかしないと）

信松尼は思ったものの、物を売り買いした経験もなく育った姫君に懐《ふところ》を富ます手段は考えつかない。

思案に余った信松尼は、ある夜、庵の一室に休む前に長持《ながもち》の蓋《ふた》をひらき、畳紙《たとう》に納められた衣装を取り出してみた。

畳紙の中から信松尼の白い手に掬《すく》い上げられたのは、高遠城で仁科盛信夫人から贈られた「桜花《おうか》」であった。絹織物の小袖《こそで》の最高級品であり、身頃《みごろ》を淡い桜色の糸で織られてい

る「桜花」は、信松尼が親しみをこめて、

「五郎さま」

と呼んでいた仁科盛信と優しかったその夫人を偲《しの》ぶよすがとなる唯一の形見である。虫干しのためにこの「桜花」を衣桁《いこう》に掛けるときなど、信松尼はこれを胸に抱きしめるだけで盛信夫妻の面影を脳裡に思い浮かべることができた。すると、

(五郎さまに笑われないよう、しっかり生きてゆかないと)

という気がして、ふたたび厳しい修行にもどってゆくこともできるのだ。

ただしその夜、記憶の底から甦《よみがえ》ってきた盛信夫人の声は、まだ松姫《まつひめ》と称していた信松尼を高遠城本丸奥御殿《おくごてん》の衣装部屋に案内し、衣桁に掛けられた三領の小袖を見せてくれたときのものだった。

「この三領には、すべて織り主によって名前がつけられておりますの。左から順に、『残《ざん》雪《せつ》』『桜花』『夕陽《せきよう》』と申します」

「残雪」と「夕陽」は、織田の大軍が城に突入してきた高遠合戦の際に、戦火によって焼かれてしまったであろう。

わずかに「桜花」のみは失われることなく、なおもふっくらとした美しい色合いを保っている。それを信松尼は、

（一族の中で、ひとりだけ生き残ってしまったわたくしのよう）

と思うことがあるので、ときに小袖に触れてみたくなるのである。

だが、このとき信松尼が思い出してはっとしたのは、この三領にはすべて織り主によって名前がつけられているという表現であった。ということは、その織り主が織り上げた絹織物が小袖に仕立てられ、盛信夫人の目に留まって買い上げられた、という流れを想定することができる。

（ならば、わたくしと侍女たちが機織《はたお》りを覚えさえすれば、姫たちに食事に困らない程度の暮らしはさせてあげられるのではないかしら）

と考えて、いつか信松尼は胸を高鳴らせていた。


機を織るには養蚕《ようさん》からはじめねばならないが、日本神話においては、繭《まゆ》を口にふくむと糸を引くことが知られたときから養蚕が開始された、とされている。『日本書紀』に、天照大神《あまてらすおおみかみ》の妹とも娘ともいわれる稚日女尊《わかひるめのみこと》が斎服殿《いみはたどの》で神々の衣装を織っていた、とあり、第二十一代の天皇雄略《ゆうりゃく》の皇后がみずから桑《くわ》の葉で蚕《かいこ》を育てていた、とあることなどは、機織りという一種の家内労働が貴族階級の女性たちからはじまったことを伝えている。

第三十一代の天皇用明《ようめい》の子の聖徳太子《しょうとくたいし》が庶民に養蚕の術を教えたことから、機織りは男たちの野良仕事に相当する女たちの重要な仕事とみなされるに至った。

一方、歴代天皇の后妃たちも養蚕と糸取りの技術を次代に伝えつづけたことから、鎌倉時代の守護地頭の妻たちもこれを受け継ぎ、戦国の世を迎えた。武田信玄の領国である甲信二州は桑の木が多いため、古くから養蚕の盛んな国柄であって、農家の女性には蚕を、

「お蚕さま」

と呼ぶ習慣があり、蚕の繭を飾った額を奉納されている神社も珍しくなかった。

信松尼の母油川夫人もおつきの女たちとともに蚕を飼っており、まだ「お松」と呼ばれていた幼い信松尼がそのからだにまとわりついて甘えると、糸車をまわす手を休めずに昔咄《むかしばなし》をしてくれたものであった。

信松尼は織田信忠《おだのぶただ》との婚約が破棄された十二歳のころから口数の少ない少女となってゆき、その侍女たちが蚕を育てることを許しはしても、みずから糸取りをしたりすることはふっつりと絶えた。

その信松尼が機織りをして同行者たちの暮らしを支えたいというのだから、並大抵の決意ではなかった。

しかし、石黒八兵衛や油川彦八郎はこの願いを突拍子もないこととは感じなかった。心源院の境内地の周辺にもまばらであるが桑の木が生えており、その葉を食べている蚕や、

葉の裏側に隠れるようにして繭を作った蛹《さなぎ》から蛾《が》が羽化して飛び立つ姿を見掛けるのは珍しいことでもなんでもなかったからである。

遊び道具というものをほとんど持たない督姫たちは、蛹が繭の中で固まると振ったときに音がすると乳母《めのと》たちに教えられ、桑の木から繭を取ってきて耳元で振り合って笑い声を立てることもあった。

また八兵衛や何阿弥《なにあみ》たちは、魚を食べたい、と感じたときには近くの小川へ出かけて春蚕《はるこ》と呼ばれる蛹を釣り餌《え》に用い、大きな鯉を釣り上げたこともあった。

そういう土地柄であったから八兵衛も彦八郎も信松尼の考えに異を唱えることはなく、ほとんど異口同音につぎのように答えた。

「ここよりさらに東へ進んで甲州街道の横山宿に近づきますと、さらに桑の木がめだつようになると聞いたことがございます」

「一度その辺を見てまわり、安住あそばされることができて養蚕にも適した土地を探してまいりましょう」

六

八王子城のあった慈根寺山の北麓を東西に走る陣馬街道は、下恩方の東はずれで東南の方角へ折れ曲り、この道筋を一里あまり東進すると追分に達する。追分とは道がふたつに分岐するところという意味だが、横山宿の西寄りに位置する追分から西を見れば、慈根寺山の北麓へ向かうのが陣馬街道、おなじく南麓へ向かうのが甲州街道、という位置関係である。

七月中旬、三日つづけてこの追分あたりへ日帰りの旅をくり返した石黒八兵衛と油川彦八郎は、四日目に朝の勤行《ごんぎょう》をおえるのを見定めて信松尼を心源院の本堂に訪ね、晴れやかな声で報じた。

「よいところを見つけ申した。追分から南へ十町（一〇九〇メートル）ほど下りますと、御所水《ごしょみず》の里に出るのでござるが、この御所水の里とは京の御所の庭園のように景色がよいという意味と、清らかな湧き水がこんこんとあふれて池を作っているところ、という意味を掛けているのだと申します」

八兵衛がいうと、彦八郎が補足した。

「その池の浅瀬には杜若《かきつばた》がたくさん生えておりますし、まわりには躑躅《つつじ》がたんと植えこまれているばかりか築山《つきやま》や四阿《あずまや》まで設けられておりました。池の南側には老松《おいまつ》が青々と茂っていることもあって近在から風流を好む者たちがこの地に通うようになるうち、だれいうとなく『さらによい景勝の地としよう』ということになって四阿まで建てられたそうでござる。だれの土地というわけでもないのでお気に召したら庵を建ててもよろしいが、地元の子供たちに読み書きを教えて下さる方がおいでならさらにうれしい、と付近に住まう農民たちは申しておりました」

「そうですか。それでは里人たちのために、寺子屋もひらきましょうか。そうそう、桑の木はありましたか」

「ございました」

と、八兵衛はうなずいた。

「御所水の里では桑の木はどこにでも生えておりますので、草地を開墾して植えつければすぐに桑畑ができるそうでござる」

「それではわたくしも一度一緒に連れていっていただいて、庵を結ぶ場所を決めることにいたしましょう」

ふたりに向かって両手を合わせ、信松尼はほっとしたようにいった。

しかし、信松尼一行はすんなりと御所水の里へ移るわけにもゆかなかった。

その最大の理由は、まだ信松尼は知らなかったが、七月十三日のうちに小田原城へ入城した秀吉が関八州を家康に与えると発表したことにある。八王子城の落城後、あるじなき土地となるかに見えた武州八王子方面は、これによって家康の領国の一部となることが確定したのだ。

これは、信松尼にとっては有難《ありがた》迷惑な話であった。

家康が関八州の支配者となって八王子方面にも兵力を派遣すれば、浮浪の徒と化している北条家の遺臣たちが暴れることはなくなるだろうから、その点はありがたい。だが、鳥《とり》居《い》家の家臣山盛正次郎《やまもりしょうじろう》のような者が信松尼のことを家康に告げたなら、家康はみたび裾貧《すそびん》乏《ぼう》な性分をあらわにして信松尼に魔手をのばそうとするかも知れない。

（もしそうなったとしても、もう二度と身代わりは立てない）

お竹の方とお都摩の局、そして妻であるお都摩をあえて家康のもとへおもむかせた油川彦八郎の胸中を思うと申し訳のなさで一杯になってしまう信松尼は、北条氏照の辞世を認めた紙片を取り出しては、

（わたくしもこのような悟りの境地に達しなければ）

と思うのだった。

七

そんな信松尼のことなど知らぬげに、徳川家康が江戸入りしたのは八月一日のことであった。

これは、家康とその兵力二万五千が小田原城の包囲を解いて単独で江戸城へ移動した、ということではない。太閤《たいこう》秀吉は北条氏直が降伏の意思を伝えてきた時点で、つぎは奥羽《おうう》地方の検地をおこなう、と決めていた。

奥州五十四郡の検使は前田利家、副使は浅野長政《あさのながまさ》と石田三成《いしだみつなり》。

出羽《でわ》十二郡の検使は上杉景勝、副使は大谷吉継《おおたによしつぐ》。

これらの者たちがすでに北上を開始していた七月十四日、秀吉本軍は蒲生氏郷を先鋒の将として小田原から江戸へ向かって発進。十五日のうちに、江戸城北曲輪の平河口にある日蓮宗の寺院法恩寺《ほうおんじ》を本陣とした。

そのあと秀吉本軍は二十四日に江戸を出立《しゅったつ》、二十六日に下野《しもつけ》の宇都宮に着き、八月十日には会津黒川《あいづくろかわ》城へ入った。秀吉が江戸へ向かう前から関八州の王者となることの決まっていた家康は、秀吉本軍の後から悠然と東海道を経て江戸入りしたのである。

その八月を迎えたころ御所水の里の一角に庵と何棟かの掘立小屋を建てておえていた信松尼とその一行は、十日までに何とか転居をおこなうことができた。

ようやく庵に落ちつくことのできた信松尼が、つぎにしたのはこの里に長く住み、かつ養蚕によく通じた婦人を探し出すことであった。侍女たちとともに養蚕の心得を学び、必要な道具類があればそれもそろえてゆかないと、と思ったのである。

幸い御所水の里を開墾して大百姓となった清水家にはおみさという名の品のよい妻女がいて、

「まあまあ、わたくしでよろしければ知っていることは何でも教えて差し上げますよ。その代わりといってはなんですが、孫たちに読み書きを教えていただければうれしゅうございます」

といってくれた。髪を引っつめ髪にしているおみさは小柄ながら牝鹿《めじか》のように優しい顔立ちをした、鄙《ひな》には稀《まれ》な品のよい初老の女性であった。

この時代の武家の男たちには、夜咄《よばなし》を聞く、という習慣がある。連れ立って武功のある者を訪ねては、どのような軍略に従って戦場を駆け、いかなる武器をどう用いて敵の首を取ることができたのかを聞いて実戦に備えるのだ。

農民たちにはそのような習慣こそなかったが、琵琶法師《びわほうし》などがまわってきて平曲《へいきょく》を語ったり『太平記《たいへいき》』を読んだりするといえば、村中の者が大百姓の家に集まって、滅びの運命をたどる貴人たちの姿にほろほろと涙を流し合うのはよくあることであった。清水家はいつもそのような集《つど》いに部屋を提供する家であったから、おみさも信松尼たちの願いを快く受け入れたのである。

おみさは里の女たちのまとめ役もしているためか口跡《こうせき》が良く、変な訛《なま》りもないため信松尼たちは気持よくその話に耳を傾けることができた。

黒光りする板の間ではじまった第一回目のおみさの話は、つぎのような内容であった。

――お蚕さまと申しますのは、蛾の一種が桑の葉に産みつけた卵の育ったものでございまして、この卵のことを「お蚕種子《かいこだね》」と申します。昔はそれぞれの家で「お蚕種子」を集めねばならず、それに大変手間がかかったそうでございますが、近頃は大きな紙にこの「お蚕種子」をびっしりと貼りつけた蚕紙《さんし》を売りにくる業者がございますので、みなさまはその蚕紙をお求めになることからはじめてはいかがでございましょうか。

――とは申しましても、年まわりによっては悪い「お蚕種子」ばかり生まれてしまうこともございますので、つぎは極上の「お蚕種子」とはどういうものか、というお話をさせていただきましょう。極上の「お蚕種子」とは、その年の極上の桑の葉をお蚕さまに食べさせ、しっかりと育てた蛾が産んだ卵のことを申します。飼い方にいささかでも手抜きがありましたとき、与えた桑の葉の量が多過ぎたり少な過ぎたりしたとき、「お蚕種子」の入手先が悪かったとき、飼っている間にその家に不吉なことがあったときなどには、決して良い「お蚕種子」はできないものでございます。それからお蚕さまは初めは起きておりますが、四度長く眠ってから繭を作りはじめ、自分はその繭の中で蛹になるわけでございます。繭は人の眉のような形をしているのでマユなのだとおっしゃる方もおいでございまして、わたくしなどはこのような見立てになるほどと思ってしまいますのですが、本当のところははっきりいたしません。

——話がずれてしまいましたが、お蚕さまが四度眠る間に激しい気候の変化がありましたとき——たとえば大風が吹いたとか大雨があったときに蛹になったものからは、やはり良い「お蚕種子」は採れません。ですから「お蚕種子」は、よくよく入手先を吟味なさいましてから上等のものをお求めになるようにして下さりませ。

——「お蚕種子」を採るときは、まず蛾を選ぶことからはじめなければいけません。悪い蛾のことは「ばく」と呼ぶのでございますが、「ばく」の産んだ「お蚕種子」は売り買いいたしますときも安値にしかならないものでござります。対しまして良い蛾はさらに上・中・下にわけられることになっておりまして、最も良い卵は七つの特徴を持っているものでございます。一に、非常に粒がそろっていること。二に、卵の表面が見るからに生き生きしていること。三に、真ん中が少し窪《くぼ》んでいること。四に、地肌が緻密であること。五に、蚕紙にむらなく産卵していること。六に、いやな臭いがないこと。七に、人が蚕紙を扱っているときに、卵が剝げ落ちたりしないで紙にしっかりと付着していること。以上でございます。いずれ本物の蚕紙を御覧いただきますので、なるべく早く「ばく」と良い卵の違いを見わけられるようになって下さるようお願いいたします。

燭台《しょくだい》を立てならべた中に横三列に正座しておみさに顔を向けていた女たちは、信松尼はじめ全員が顔を伏せるようにして膝に置いた懐紙に細筆を動かしていた。

「ここまでの話で、何かおたずねになりたいことのおありの方は御遠慮なくどうぞ」

麻かたびらを涼しげにまとっているおみさがそういって白湯《さゆ》を口にふくんだとき、前列の中央に頭部を白い頭巾に隠して座っていた信松尼はにこやかに口をひらいた。

「わたくしどもも繭から取った糸を糸車に巻いたことぐらいはあるのですけれど、蚕がまだ卵のときから選別するとは存じませんでした。ところでお話の中で悪い蛾のことは『ばく』と呼ぶという下りがございましたが、この『ばく』とはどのような意味でございますか」

信松尼がまことに熱心に耳を傾けてくれることを喜んでいたおみさは、整った目鼻立ちにほほえみを浮かべて教えてくれた。

「はい、『ばく』は漢字なら麦という字でございまして、これは蛾のからだの色が麦飯に似ていることによると申します。対しまして質の良い蛾は白い御飯のような色をしておりますので、どうかこのことも覚えておいて下さりませ。ただし御飯のように白いからだをした良い蛾の産んだ卵でも、桑の育った畑地の土の色によって色合いが異なることも頭の隅に入れておいて下さりませ。赤土の畑に育った桑を与えられたお蚕さまの卵は赤みを帯びますし、黒土の畑の桑で飼われたお蚕さまの卵は黒みを帯びます。農耕にもっとも適した土に植えられた桑で育ったお蚕さまの卵は桔梗《ききょう》の花のような色合いになりまして、しかもその表に薄霜が降りたように見えるものでございます。でもこのように卵の色の違いは、お蚕さまの質の良し悪しとはかかわりがないのでございます」

おみさは養蚕に関しては、驚くべき物知りであった。

（この方をお師匠さまと仰いでお教えを乞えば、きっと良い蚕を育てられる）

と感じた信松尼は、不意に視界がひらけたように思った。

（下巻へ）

『疾風に折れぬ花あり　信玄息女　松姫の一生』二〇一六年四月　ＰＨＰ研究所

文庫化にあたって二分冊とし、上巻には第七章までを収録しました。

中公文庫

疾風《しっぷう》に折《お》れぬ花《はな》あり（上《じょう》）
──信玄息女《しんげんそくじょ》 松姫《まつひめ》の一生《いっしょう》

2020年 8月25日　初版発行

著　者　中《なか》村《むら》 彰《あき》彦《ひこ》

発行者　松田陽三

発行所　中央公論新社
〒100-8152　東京都千代田区大手町1-7-1
電話　販売 03-5299-1730　編集 03-5299-1890
URL http://www.chuko.co.jp/

ＤＴＰ　今井明子
印　刷　三晃印刷
製　本　小泉製本

Published by CHUOKORON-SHINSHA, INC.
Printed in Japan　ISBN978-4-12-206925-1 C1193

定価はカバーに表示してあります。落丁本・乱丁本はお手数ですが小社販売部宛お送り下さい。送料小社負担にてお取り替えいたします。

中公文庫既刊より

な-46-6
幕末入門
中村彰彦
尊王・佐幕、攘夷・開国、攻守所を変え、二転三転する複雑怪奇な動乱の時代。混迷をきわめた幕末の政情をわかりやすく読み解いた恰好の入門書。
724円
204888-1

な-46-7
落花は枝に還らずとも(上)会津藩士・秋月悌次郎
中村彰彦
幕末の会津藩に、「日本一の学生」と呼ばれたサムライがいた。公用方として京で活躍する秋月は、薩摩と結び長州排除に成功するも、直後、謎の左遷に遭う……。
762円
204960-4

な-46-8
落花は枝に還らずとも(下)会津藩士・秋月悌次郎
中村彰彦
朝敵とされた会津を救うため、復帰した秋月に戊辰戦争の苦難が襲う。ラフカディオ・ハーンに「神のような人」と評されたサムライの物語。〈解説〉竹内洋
762円
204959-8

あ-32-5
真砂屋《まなごや》お峰
有吉佐和子
ひっそりと家訓を守って育った材木問屋の娘お峰はある日炎の女に変貌する。享楽と頽廃の渦巻く文化文政期の江戸を舞台に、鮮烈な愛の姿を描く長篇。
781円
200366-8

あ-32-10
ふるあめりかに袖はぬらさじ
有吉佐和子
世は文久から慶応。場所は横浜の遊里岩亀楼。尊皇攘夷の風が吹きあれた幕末にあって、女性たちはどう生き抜いたか。ドラマの面白さを満喫させる傑作。
800円
205692-3

あ-32-11
出雲の阿国《おくに》(上)
有吉佐和子
歌舞伎の創始者として不滅の名を謳われる出雲の阿国《おくに》だが、その一生は謎に包まれている。日本芸能史の一頁を活写し、阿国に躍動する生命を与えた渾身の大河巨篇。
880円
205966-5

あ-32-12
出雲の阿国(下)
有吉佐和子
数奇な運命の綾に身もだえながらも、阿国は踊り続ける。歓喜も悲哀も慟哭もすべてをこめて。桃山の大輪の華を描き、息もつかせぬ感動のうちに完結する長篇ロマン。
880円
205967-2

各書目の下段の数字はISBNコードです。978-4-12が省略してあります。

あ-59-2
お腹召しませ
浅田次郎
武士の本義が薄れた幕末維新期、変革の波に翻弄される侍たちの悲哀を描いた時代短篇の傑作六篇。中央公論文芸賞・司馬遼太郎賞受賞。〈解説〉竹中平蔵
590円
205045-7

あ-59-3
五郎治殿御始末《ごろうじどのおしまつ》
浅田次郎
武士という職業が消えた明治維新期、最後の御役目を終えた老武士が下した、己の身の始末とは。時代の境目を懸命に生きた人々を描く六篇。〈解説〉磯田道史
520円
205958-0

あ-59-4
一路（上）
浅田次郎
父の死により江戸から国元に帰参した小野寺一路は、参勤道中御供頭のお役目を仰せつかる。家伝の行軍録を唯一の手がかりに、いざ江戸見参の道中へ！
640円
206100-2

あ-59-5
一路（下）
浅田次郎
蒔坂左京大夫一行の前に、中山道の難所、御家乗っ取りの企てなど難題が降りかかる。果たして、行列は期日通りに江戸へ到着できるのか――。〈解説〉檀　ふみ
640円
206101-9

あ-59-6
浅田次郎と歩く中山道　『一路』の舞台をたずねて
浅田次郎
中山道の古き良き街道風景や旅籠の情緒、豊かな食文化などを時代小説『一路』の世界とともに紹介します。いざ、浅田次郎を唸らせた中山道の旅へ！
640円
206138-5

い-8-4
獅子
池波正太郎
九十歳をこえてなお「信濃の獅子」と謳われた真田信之が、松代十万石の存亡を賭け、下馬将軍・酒井忠清に挑む、壮絶な隠密攻防戦。〈解説〉小谷正一
552円
202288-1

い-8-8
青春忘れもの　増補版
池波正太郎
小卒の株仲買店の小僧が小説家として立つまで――。著者の創作のエッセンスが詰まった痛快な青春記。短篇小説「同門の宴」を併録。〈解説〉島田正吾
840円
206866-7

う-28-7
孤闘　立花宗茂
上田秀人
武勇に誉れ高く乱世に義を貫いた最後の戦国武将の風雲録。島津を撃退、秀吉下での朝鮮従軍、さらに家康との対決！　中山義秀文学賞受賞作。〈解説〉縄田一男
686円
205718-0

各書目の下段の数字はＩＳＢＮコードです。978－4－12が省略してあります。

う-28-8
新装版　御免状始末　闕所物奉行　裏帳合㈠
上田秀人
遊郭打ち壊し事件を発端に水戸藩の思惑と幕府の陰謀が渦巻く中を、著者史上最もダークな主人公・榊扇太郎が剣を振るい、謎を解く！　待望の新装版。
640円
206438-6

う-28-9
新装版　蛮社始末　闕所物奉行　裏帳合㈡
上田秀人
榊扇太郎は闕所となった蘭方医、高野長英の屋敷から、倒幕計画を示す書付を発見する。鳥居耀蔵の陰謀と幕府の思惑の狭間で真相究明に乗り出すが……。
640円
206461-4

う-28-10
新装版　赤猫始末　闕所物奉行　裏帳合㈢
上田秀人
武家屋敷連続焼失事件を検分した扇太郎は改易された出火元の隠し財産に驚愕。闕所の処分に大目付が介入、大御所死後を見据えた権力争いに巻き込まれる。
640円
206486-7

う-28-11
新装版　旗本始末　闕所物奉行　裏帳合㈣
上田秀人
失踪した旗本の行方を追う扇太郎は借金の形に娘を売る旗本が増えていることを知る。人身売買禁止を逆手にとり吉原乗っ取りを企む勢力との戦いが始まる。
640円
206491-1

う-28-12
新装版　娘始末　闕所物奉行　裏帳合㈤
上田秀人
借金の形に売られた旗本の娘が自害。扇太郎の預かりの身となった元遊女の朱鷺にも魔の手がのびる。江戸闇社会の掌握を狙う一太郎との対決も山場に！
640円
206509-3

う-28-13
新装版　奉行始末　闕所物奉行　裏帳合㈥
上田秀人
岡場所から一斉に火の手があがった。政権返り咲きを図る家斉派と江戸の闇の支配を企む一太郎が勝負に出たのだ。血みどろの最終決戦のゆくえは⁉

640円
206561-1

う-28-14
維新始末
上田秀人
あの大人気シリーズが帰ってきた！　天保の改革から二十年、闕所物奉行を辞した扇太郎が見た幕末の闇。過去最大の激闘、その勝敗の行方は⁉
640円
206608-3

う-29-3
家康の子
植松三十里
徳川家康の子に生まれ、十一歳で人質として豊臣秀吉の養子となった於義丸。天下人に命を弄ばれた男が見た覇権の真実とは。結城秀康の波瀾万丈の生涯！
760円
205961-0

う-29-4
猫と漱石と悪妻
植松三十里

見合いに現れた夏目金之助（漱石）に一目惚れした鏡子。しかし、結婚生活は苦難の連続で……！　涙と笑いの数々を経て、深く結ばれた夫婦の絆を描く。

580円
206278-8

う-29-5
千両絵図さわぎ
植松三十里

江戸期に十二回来日した朝鮮通信使。その行列を描いた絵図を作るべく、版元の三兄弟が奔走する！『唐人さんがやって来る』改題。〈解説〉ペリー荻野

740円
206405-8

う-29-6
志士の峠
植松三十里

文久三年、公家の中山忠光は帝の行幸の先ぶれを命じられ挙兵したが、幕府方諸藩より討伐軍を差し向けられる。天誅組の光跡を描く歴史長篇。〈解説〉細谷正充

820円
206497-3

き-37-1
浮世女房洒落日記
木内　昇

お江戸は神田の小間物屋、女房・お葛は二十七。あっけらかんと可笑しくて、しみじみ愛しい、市井の女房が本音でつづる日々の記録。〈解説〉堀江敏幸

648円
205560-5

き-37-2
よこまち余話
木内　昇

ここは、「この世」の境が溶け出す場所——ある秘密を抱えた路地を舞台に、お針子の齣江と長屋の住人たちが繰り広げる、追憶とはじまりの物語。

660円
206734-9

さ-45-11
武揚伝　決定版（上）
佐々木譲

海軍伝習所を経てオランダへ留学した釜次郎は、観戦武官としてデンマークとプロシアの近代戦争に臨場し、己が国と欧米列強とのあまりの格差に驚愕する！

860円
206488-1

さ-45-12
武揚伝　決定版（中）
佐々木譲

最新鋭艦「開陽丸」を操り帰国した武揚らは幕府海軍創設に参加。だが世界情勢に背を向け内紛を続ける日の本では遂に幕府が崩壊。苦悩する幕臣榎本だが……。

840円
206489-8

さ-45-13
武揚伝　決定版（下）
佐々木譲

榎本総裁のもと箱館に共和国樹立！　だが、海峡を突破し上陸した新政府軍の圧倒的な攻勢に、土方は倒れ、武揚は……。著者畢生の歴史巨篇、ついに文庫化！

900円
206490-4

各書目の下段の数字はISBNコードです。978-4-12が省略してあります。

し-6-27
韃靼《だったん》疾風録（上） 司馬遼太郎
九州平戸島に漂着した韃靼公主を送って、謎多いその故国に赴く平戸武士桂庄助の前途に待ちかまえていたものは。東アジアの海陸に展開される雄大なロマン。
876円 201771-9

し-6-28
韃靼疾風録（下） 司馬遼太郎
文明が衰退した明とそれに挑戦する女真との間に激しい攻防戦が始まった。韃靼公主アビアと平戸武士桂庄助を軸にした壮大な歴史ロマン。大佛次郎賞受賞作。
876円 201772-6

し-6-30
言い触らし団右衛門 司馬遼太郎
自己の能力を売りこむにはPRが大切と、売名に専念した塙団右衛門の悲喜こもごもの物語ほか、戦国豪傑を独自に描いた短篇集。〈解説〉加藤秀俊
590円 201986-7

し-6-31
豊臣家の人々 司馬遼太郎
北ノ政所、淀殿など秀吉をめぐる多彩な人間像と栄華のあとを、研ぎすまされた史眼と躍動する筆でとらえた面白さ無類の歴史小説。〈解説〉山崎正和
876円 202005-4

し-6-32
空海の風景（上） 司馬遼太郎
平安の巨人空海の思想と生涯、その時代風景を照射し、日本が生んだ人類普遍の天才の実像に迫る。構想十余年、司馬文学の記念碑的大作。芸術院恩賜賞受賞。
686円 202076-4

し-6-33
空海の風景（下） 司馬遼太郎
大陸文明と日本文明の結びつきを達成した空海は哲学宗教文学教育、医療施薬、土木灌漑建築と八面六臂の活躍を続ける。その死の秘密もふくめ描く完結篇。
743円 202077-1

し-6-37
花の館《やかた》・鬼灯《ほおずき》 司馬遼太郎
応仁の乱前夜、欲望と怨念にもだえつつ救済を求めて彷徨する人たち。足利将軍義政を軸に、この世の正義とは何かを問う「花の館」など野心的戯曲二篇。
705円 202154-9

し-6-38
ひとびとの跫音《あしおと》（上） 司馬遼太郎
正岡子規の詩心と情趣を受け継いだひとびとの豊饒にして清々しい人生を深い共感と愛惜をこめて刻む、司馬文学の核心をなす画期的長篇。読売文学賞受賞。
667円 202242-3

し-6-39
ひとびとの跫音（下）
司馬遼太郎
正岡家の養子忠三郎ら、人生の達人といった風韻をもつひとびとの境涯を描く。「人間が生まれて死んでゆくという情趣」を織りなす名作。〈解説〉桶谷秀昭
552円
202243-0

し-6-40
一夜官女
司馬遼太郎
「私のつきあっている歴史の精霊たちのなかでもいちばん気サクな連中に出てもらった」（「あとがき」より）。愛らしく豪気な戦国の男女が躍動する傑作集。
552円
202311-6

し-6-43
新選組血風録
司馬遼太郎
前髪の惣三郎、沖田総司、富山弥兵衛……幕末の大動乱期、剣に生き剣に死んでいった新選組隊士一人一人の哀歓を浮彫りにする。〈解説〉綱淵謙錠
933円
202576-9

し-6-55
花咲ける上方武士道
司馬遼太郎
風雲急を告げる幕末、公家密偵使・少将高野則近の東海道東下り。大坂侍・百済ノ門兵衛と伊賀忍者を従えて、恋と冒険の傑作長篇。〈解説〉出久根達郎
952円
203324-5

し-15-10
新選組始末記　新選組三部作
子母澤寛
史実と巷談を現地踏査によって再構成した不朽の実録。新選組研究の古典として定評のある、子母澤寛作品の原点となった記念作。〈解説〉尾崎秀樹
781円
202758-9

し-15-11
新選組遺聞　新選組三部作
子母澤寛
新選組三部作の第二作。永倉新八・八木為三郎・近藤勇五郎など、ゆかりの古老たちの生々しい見聞や日記で綴った、新選組逸聞集。〈解説〉尾崎秀樹
743円
202782-4

し-15-12
新選組物語　新選組三部作
子母澤寛
「人斬り鍬次郎」「隊中美男五人衆」など隊士の実相を綴った表題作の他、近藤の最期を描いた「流山の朝」を収載。新選組三部作完結。〈解説〉尾崎秀樹
781円
202795-4

し-15-16
幕末奇談
子母澤寛
新選組が活躍する幕末期を研究した「幕末研究」と番町皿屋敷伝説の真実など古老の話を丹念に拾い集めた「露宿洞雑筆」の二部からなる随筆集。
857円
205893-4

各書目の下段の数字はISBNコードです。978－4－12が省略してあります。

し-15-17
新選組挽歌　鴨川物語　子母澤寛
鴨川の三条河原で髪結床を構える三兄弟を中心に、動乱の京を血に染める勤王志士と新選組、そして彼らに関わる遊女や目明かしたちの生と死を描く幕末絵巻。
900円
206408-9

よ-13-2
お医者さん・患者さん　吉村昭
患者にとっての良い医者、医者からみた良い患者とは？　20歳からの大病の体験を冷厳にまたおかしく描き、医者と患者の良い関係を考える好エッセイ。
590円
201224-0

よ-13-3
花渡る海　吉村昭
極寒のシベリアに漂着、わが国に初の西洋式種痘法をもたらしながら、発痘の花を咲かせることなく散った海の男の生涯を追う長篇。〈解説〉菅野昭正
838円
201545-6

よ-13-4
蛍　吉村昭
ひっそりと危うく生き続ける人間たちをも見逃さない人生の出来事。ささやかな日常に潜む非現実をとらえて、心にしみ透る小説9篇。〈解説〉小笠原賢二
629円
201578-4

よ-13-7
月夜の魚　吉村昭
人は死に向って行列すると怯える小学二年生。蛍のように短い生を終えた少年。一家心中する工場主。さまざまな死の光景を描く名作集。〈解説〉奥野健男
629円
201739-9

よ-13-8
蟹の縦ばい　吉村昭
小説家にとっての憩いとは何だろう。時には横ばいしない蟹のように仕事の日常を逸脱してみたい。真摯な作家の静謐でユーモラスなエッセイ集。
800円
202014-6

よ-13-9
黒船　吉村昭
ペリー艦隊来航時に主席通詞としての重責を果し、のち日本初の本格的英和辞書を編纂した堀達之助の劇的な生涯をたどった歴史長篇。〈解説〉川西政明
876円
202102-0

よ-13-10
碇星　吉村昭
葬儀に欠かせぬ男に、かつての上司から特別な頼みごとが……。表題作ほか全八篇。暮れゆく人生を静かに見つめ、生と死を慈しみをこめて描く作品集。
700円
204120-2